braumüller

HELMUT WLASAK

IN ALLEN PUNKTEN

braumüller

Bibliografische Information der Deutschen Nationalbibliothek
Die Deutsche Nationalbibliothek verzeichnet diese Publikation in der Deutschen
Nationalbibliografie; detaillierte bibliografische Daten sind im Internet über
http://dnb.d-nb.de abrufbar.

1. Auflage 2021
© 2020 by Braumüller GmbH
Servitengasse 5, A-1090 Wien
www.braumueller.at

Lektorat: Johann Auer
Coverfoto: © Shutterstock/Mopic, © Shutterstock/PiXXart
Cover innen: © Shutterstock/PavelKant, © Shutterstock/PiXXart
Druck: FINIDR, s.r.o., Lípová 1965, 737 01 Český Těšín
ISBN 978-3-99200-287-0

INHALT

Hans
Rauschzeit

Ein heller Glockenton hallte durch die Gänge und verkündete das Ende der Pause. Die Schüler strömten in die Klassenzimmer zurück. Binnen weniger Augenblicke war der Raum angefüllt mit zweiunddreißig Polizeischülern, die ihre Plätze auf den Bänken einnahmen. Es war ein ruhiger Tag gewesen, bisher. Nun stand „Verwaltung" auf dem Lehrplan. Die Auszubildenden lümmelten mehr oder weniger interessiert an ihren Tischen. Beim nächsten Glockenschlag betrat pünktlich wie eine Uhr der Vortragende die Klasse. Die Schüler schoben Müdigkeit oder Desinteresse beiseite – versuchten es wenigstens – und erhoben sich.

„Danke, setzen!", sagte der Abteilungsinspektor und ließ seinen Blick durch das Klassenzimmer schweifen. Bald würden diese jungen Menschen im Dienst der Allgemeinheit stehen. Manche waren dafür wie prädestiniert. Andere nicht. Der Inspektor selbst war ein alter Hase, beherrschte sein Fach nicht nur in der Theorie, sondern vor allem auch aus der Praxis. Das zeichnete ihn aus. Mit anschaulichen Beispielen schaffte er es stets, die Paragrafen und gesetzlichen Bestimmungen greifbar zu machen. Sogar völlig

Unbedarfte hätten seinem Unterricht folgen können. Er wollte eben mit dem Unterricht anfangen, als ein Klopfen ihn unterbrach. Ein weiterer Polizeilehrer betrat den Raum, nur Sekunden später gefolgt vom Stellvertreter des Schulkommandanten. Die beiden bauten sich vor der Klasse auf.

„Meine Damen und Herren, wir werden benötigt. Wir rücken in einer Stunde aus", begann der stellvertretende Schulkommandant. Was folgte, waren kurze Informationen zu einem bevorstehenden Praxisteil, den die Ausbildungskriterien so eigentlich nicht vorsahen: Alle Grundausbildungslehrgänge sollten in den Osten des Bundeslandes verfrachtet werden, um an einer groß angelegten Suchaktion der dortigen Polizei und Feuerwehr teilzunehmen. Zwei Personen seien seit einigen Tagen abgängig.

Wenige Stunden später entstiegen die jungen Polizeischüler unweit eines Waldstückes den Bussen. Nach der allgemeinen Besprechung wurden die insgesamt mehr als einhundert Anwesenden in Gruppen aufgeteilt. Die Polizeischüler, aber auch Beamte des hiesigen Postens, des Bezirkskommandos und zahlreiche Angehörige der Feuerwehr bildeten lange Ketten und nahmen die Suche auf. Im Abstand von etwa zwei Metern begannen sie, das Gelände zu durchkämmen, um Hinweise auf den Verbleib der Vermissten zu finden. Oder auch die Vermissten selbst. Anhaltspunkte für ein Verbrechen gab es nicht.

Der Weg führte durch hüfthohes Gras, Halme und Dornen, Büsche und Gestrüpp, Unterholz und Bäumchen. Teilweise war der Bewuchs so dicht, dass ein Durchkommen fast unmöglich war. Hier kamen die wenigen Suchhunde zum Einsatz. Sie waren die eigentlichen Hoffnungsträger der Aktion, aber leider gering an der Zahl. Einige Stunden gingen so dahin, durch Wald und Wiese, es gab eine kurze Pause, dann abermals Stunde um Stunde durch die Natur. Trotzdem hatten sie bis zum Einbruch der Dunkelheit nur belanglosen Müll gefunden. Nach dem Befehl, wieder einzurücken, ging es also unverrichteter Dinge zurück in die Polizeischulabteilung des Landespolizeikommandos.

Und so ging es weiter. Am nächsten Tag und auch am dritten. Man fand nichts. Keine Hinweise auf die Verschwundenen, keine Spuren, nicht der kleinste Anhaltspunkt. Für die Suchenden wurden die Tage zäh. Sie schienen nicht nur immer länger zu werden, sondern auch heißer. Die Luft flirrte über den grün leuchtenden Büschen und Sträuchern, in deren Zwischenräumen Brennnesseln und Dornen wucherten.

„Es ist zum Verrücktwerden", erklärte einer der Polizeischüler am dritten Abend auf der Rückfahrt, „wir wissen nicht einmal genau, was wir suchen. Und können es eigentlich gar nicht wissen, solange wir es nicht gefunden haben …"

„Ein Messer muss mindestens so scharf sein wie ich!", plärrte Hans am Stammtisch und schlug mit der flachen Hand auf die Tischplatte.

„Als ob Schärfe dir was bringen würde! Du wirst doch ohnehin nie eine richtige Frau abkriegen!", lachten seine Tischgenossen, und ernteten von Hans dafür einen bösen

Blick. Sogar seine Saufkumpane nahmen ihn nicht für voll. Immer war das so. Mit dem Gewehr galt Hans als Genie. Aber all die Auszeichnungen, die er im Schießverein gesammelt hatte, der Respekt vor seiner Leistung, seiner Schießkunst, verblasste, sobald es an dieses leidige Thema ging. Jedes Mal. Die Stimmung kippte, aber am Tisch bemerkte das kaum jemand.

„Kümmert euch lieber um euren eigenen Scheiß!", zischte Hans böse zurück. Er lallte schon ein wenig. Diese Idioten. Ihm reichte es. Er stemmte beide Hände auf die Tischplatte und erhob sich mühsam, bis er auf wackeligen Beinen zu stehen kam. Den anderen war es egal, dass Hans offensichtlich beleidigt war. Er würde wieder nüchtern werden und sich beruhigen. Tat er doch sonst auch. Ein bisschen komisch war er ja immer.

„Ach, komm", sagte einer noch, aber als Hans ihn anblickte, ein Friedensangebot vermeinend, fügte der andere hinzu: „Ist doch nicht so schlimm, wenn keine auf deinen Hof kommt. Sie könnte dort eh nichts machen!" Die ganze Runde prustete vor Lachen.

„Ich scheiß' auf euch! Und auf den verfluchten Hof scheiß' ich auch!" Damit war für Hans alles gesagt. Er schüttelte zornig den Kopf und taumelte in die klare Nacht hinaus. Das Wiehern seiner sogenannten Freunde konnte er noch hören, als er schon an der frischen Luft stand und mit dem Rücken an der geschlossenen Tür des Gasthauses lehnte. Dass sie ihm immer damit kommen mussten. Sein Pech bei den Frauen und dann der Hof seiner Eltern. Klar gab es auf dem Hof nichts mehr zu tun. Seine Eltern waren zu alt dafür. Und Hans musste sich als Saatgut-Verkäufer durchschlagen, verdiente dabei mehr schlecht als recht. Kein Wunder, dass der Hof langsam verfiel. Sogar sein einziges echtes Hobby, die Jagd, konnte Hans sich inzwischen kaum mehr leisten. In dieses verdammte Gasthaus würde er auch nicht mehr gehen. Er stieß sich von der Tür ab und machte sich in ärgerliche Selbstgespräche vertieft auf den Heimweg. Die Kühle der Nacht klärte seine Gedanken ein wenig.

Außerdem: Es war nicht so, dass er unbedingt eine Frau gebraucht hätte. Er hatte immerhin noch seine Nachbarin. Das wusste am Stammtisch natürlich keiner. Durfte auch niemand wissen. Früher war er einfach in Bordelle gegangen, aber heute hatte er keine Lust mehr, sich Illusionen zu kaufen. Das ging so weit, dass er eine richtige Abneigung gegen die käuflichen Körper entwickelt hatte. Denn nichts anderes war das letztlich: Man kaufte einen Körper, der einem etwas vorspielte. Im Nachhinein war er damit immer unzufriedener gewesen. Er wollte seine Lust ausleben, ja, aber nicht mit einer Frau, die nur auf Geld aus war, das er ohnehin nicht hatte. Er brauchte echte Höhepunkte, keine Illusionen, keine Gaukeleien.

Zuhause angekommen konnte er endlich ein wenig durchatmen. Er schob die Hefte beiseite, in denen er sonst die Autokennzeichen und seine weiteren Beobachtungen im Wald notierte. Stattdessen holte er sein Kleinkaliber-Gewehr. Seit Wochen praktizierte er das häufig so: Er legte sich hinter seinem Fenster auf die Lauer und blickte durch das Präzisions-Zielfernrohr auf ein noch erleuchtetes Fenster des Nachbarhauses. Der runde Ausschnitt der Welt im Zielfernrohr wackelte, weil er in seinem Zustand das Gewehr nicht mehr ruhig halten konnte. Aber sonst bewegte sich … nichts. Seine Nachbarin, eine alleinstehende Lehrerin mittleren Alters, ließ sich nicht blicken. Das war ein fixer Teil einer jeden Jagd: Man musste geduldig sein. Manchmal verbrachte Hans Stunden in dieser Position, stierte durch das Fernrohr. Und dann, wenn sie sich umzog oder gerade aus dem Bad kam, nichts ahnend, dass er bereits auf der Lauer lag, hungrig nach einem Zentimeter ihres entblößten Körpers, konnte er einen guten Blick erhaschen. Der Blattschuss. Manchmal nur ein Oberschenkel. An anderen Tagen auch schon mal ein blanker Busen. Und dieser eine Blick, diese intime Teilhabe am Leben dieser Frau, die er eigentlich kaum kannte, entschädigte ihn für die Stunden des Wartens. Stunden, in denen sich seine Erregung ins Unbeschreibliche steigerte, so sehr, dass er sich körperlich befriedigen musste.

„Wir müssen nochmal raus!", verkündete der Schulkommandant, als sich das Wetter nach einigen Regentagen endlich wieder gebessert hatte. Die Suche hatte diesmal einen anderen Fokus. Man wollte sich auf ein Gebiet konzentrieren, das die Verschwundenen möglicherweise für den Heimweg benutzt haben könnten. Es war ein Schuss ins Blaue. Die tagelange, erfolglose Suche ließ nicht mehr viele Optionen. Erstmals wurde das Gesuchte bei seinem neuen Namen genannt: Vermutlich suchte man inzwischen nach Leichen. Alles andere ergab immer weniger Sinn. Mittlerweile hatte man herausgefunden, dass die Verschollenen keinerlei Habseligkeiten mitgenommen hatten. Ihre Ersparnisse lagen unangetastet auf ihren Konten. Und wenn das Paar nicht gemeinsam getürmt war, dann musste es noch irgendwo sein.

Die Suche war noch auslaugender als zuletzt. Die Polizeischüler gingen durch die beginnende Hitze des Tages, der Wiesengrund dampfte vom vergangenen Regen. Sie kämpften sich durch aufgeweichten Boden. Schlammiger Morast wollte ihnen die Schuhe von den Füßen ziehen, und gab sie nur mit einem feuchten Schmatzen wieder her. Über ganze Stunden hinweg machte dieses Schmatzen fast die gesamte Geräuschkulisse aus. Im Wald war es trotz Schatten kaum besser. Die Gesichter der Suchenden glänzten in den vereinzelten Sonnenstrahlen, die durch die Baumkronen fielen. Die Hemden klebten schweißnass an den Rücken. Abertausende Mücken und Kleinstlebewesen fluteten durch die trübe Luft und belagerten die Schüler, die ihre Ausbildung so unerwartet in diesen Dschungel geführt hatte. Irgendwann schoben sie sich mit vollem Körpereinsatz durch ein Dickicht im Nirgendwo und stießen auf der anderen Seite auf eine eben noch verborgene Lichtung, wo eine Halbkugel aus Millionen von schwarzen Pünktchen sie empfing. Diese Lichtung wäre ein hervorragender Platz für ein kleines Lager, das war ihnen sofort klar. Die Spannung, die sie wie eine Art ätherische Dunsthaube begleitet hatte, verwandelte sich unvermittelt, wurde für einen kurzen Augenblick zu einer Erleichterung. Waren sie an der richtigen Stelle angelangt, nach all den Tagen?

Die ganze Lichtung dampfte. Sonnenstrahlen brachen durch das Weißgrau der wassergeschwängerten Luft und gaben den gespenstischen Schemen eines abgestellten

Autos preis. Insekten stoben unbeeindruckt von den Neu-
ankömmlingen durch den Dampf. Die Erleichterung der
Polizeischüler währte nur Sekunden, dann verwandelte
sie sich abermals. In Entsetzen. Dafür reichte bereits
dieser spezielle Geruch. Niemand musste es aussprechen.
Die Polizeischüler hatten das Gesuchte gefunden. Minuten später stand die versammelte Truppe am Schauplatz.
Reglos, mit verbleiten Muskeln, wie Statuen harrten sie im
Dunst aus und versuchten, ihre Fassung wiederzufinden.

Einen völlig undefinierbaren Zeitabschnitt später saßen
sie mit hängenden Köpfen und von Mückenstichen durch-
löchert endlich wieder im Bus. Auf der ganzen Heimreise
wurde kein einziges Wort gesprochen.

Eines Abends hatte Hans im Gasthaus erfahren, dass
es außerhalb des Ortsgebietes einige Plätzchen gab, an
denen sich Liebespaare einfanden, um einander näherzu-
kommen. Von da an war er abends sehr oft unterwegs. Es
war gar nicht so anders als seine geliebte Jagd. Kaum war
es dunkel, klemmte er sich hinter das Lenkrad und fuhr
jene Stellen ab, wo abseits manchmal Fahrzeuge versteckt
waren, in denen sich die Liebeshungrigen ihren Begier-
den hingaben. Dann stieg er aus, pirschte durch das
Unterholz, beobachtete das Treiben so gut es ging mit seinem Fernrohr und versuchte, dem Geschehen möglichst
nahe zu kommen, um auch in den Genuss des Zuhörens
zu gelangen. Über diese besonderen Jagd-Abenteuer
machte er sich sogar Aufzeichnungen und las sie später
zum Vergnügen oder auch, um die Zeit totzuschlagen,
wenn es einmal einen Abend ohne Beobachtungen gab.

Hans wusste mittlerweile genau, wann an welchen Orten das meiste zu sehen war. Er notierte sich auch die Kennzeichen der Autos, die Fahrzeugmarken und Modelle. Einige Kennzeichen hatte er bald zuordnen können. Waren neue dabei, musste er schnell handeln, um nichts zu versäumen. Wie heute.

Als sich der Wagen näherte, war Hans schon in Position. Er erspähte die Beifahrerin schon von Weitem durch das Zielfernrohr. Jung, blond, ganz nach seinem Geschmack. Er hatte sie noch nie gesehen. Auch das Kennzeichen war ihm neu. Es war Rauschzeit. Der Abend versprach, aufregend zu werden. Hans war entschlossen, sich ganz nah hinzuschleichen, um alles hören zu können. Er roch beinahe den jugendlichen Körper. Als das Fahrzeug gestoppt hatte und das Licht ausgegangen war, beobachtete Hans die beiden Insassen durch sein Zielfernrohr. Sie verloren keine Zeit, lagen einander schon in den Armen. Hans wartete noch kurz und schlich los, das Gewehr geschultert. Es dauerte nicht lange, da war er in unmittelbarer Nähe des Wagens, legte sich daneben auf den Boden und lauschte. Er konnte deutlich das Atmen der beiden hören, ein noch leises Stöhnen im Rhythmus der Bewegungen, die sich bald auf den gesamten Wagen übertrugen und ihn gleichmäßig schwanken machten. Bisher hatte Hans sich nie so nahe an eines der Autos gewagt.

Das anschwellende Gestöhne des Mädchens machte ihn ganz irre. Er musste sie sehen, seine Erregung ließ daran keinen Zweifel. Er musste sie unbedingt ansehen. Ihr Gesicht, ihre Augen, vielleicht ihren nackten Körper, der sich dieser Freiheit, dieser Lust hingab. Nicht weil sie Geld dafür bekam, sondern weil sie es wollte. Weil sie ihren Körper gegen den anderen pressen, eins mit ihm sein wollte. Hans erhob sich ganz leise, stand nun direkt neben der Fahrertür. Die Scheibe war beschlagen, obwohl sie ein Stück geöffnet war. Für Hans reichte es. Er sah sie deutlich. Den Rücken des jungen Mannes, um den sie ihre Arme schlang, dann, seitlich daneben, ihren Kopf. Hans blickte ihr direkt ins Gesicht. Ihre Augen waren geschlossen, der Mund leicht geöffnet. Hans konnte es nicht mehr aushalten, ließ eine seiner Hände zu seiner Hose wandern. Es war ein unglaubliches Erlebnis. Aber auch ein flüchtiges. Die immer lauteren Geräusche aus dem Inneren des Wagens signalisierten Hans, dass er sich beeilen musste, aber das machte nichts. Er war fast so weit. Noch immer starrte er in dieses hypnotische Gesicht. Er stellte sich vor, dass er diese junge Schönheit jetzt selbst lieben und sie sich ihm ganz hingeben würde, ihren Körper so an den seinen drückte, wie sie es jetzt mit diesem anderen tat, weil sie ihn liebte, und weil sie mit ihm zusammen sein wollte. Weil sie … sein ganzer Körper erbebte. Und plötzlich blickte er mitten in ihre Augen.

Nur einen Sekundenbruchteil danach stieß sie einen markerschütternden Schrei aus, der nicht nur Hans, sondern auch den Jungen auf ihr hochfahren ließ. Das Mädchen stemmte sich plötzlich mit voller Kraft gegen ihren Liebhaber, der verstört und irritiert zugleich für einen Moment überhaupt nicht wusste, was los war. Erst ihre weiteren Schreie und ihr panischer Blick brachten den jungen Mann dazu sich umzudrehen, zuerst nur flüchtig, mit hastigem, ängstlichem Blick. Er fasste sich aber schnell, schon sprang er aus dem Fahrzeug, mit einer Hand noch seinen Hosenbund hochziehend. Hans wollte weglaufen, aber auch seine Hose baumelte um seine Knie. Er versuchte ungeschickt, sie hochzuziehen, während er ein paar Schritte davonstolperte. In Hans' Kopf schossen die Gedanken wie Gewehrkugeln durch die Synapsen. Der junge Mann nahm seinen ganzen Mut zusammen und schrie ihn an, dass er sich verziehen solle, weil er ihm sonst eine vor den Latz knallen würde. Hans verstand die Worte nur teilweise. Sein Gehirn brannte immer noch, und neben dem Jungen schrie auch das Mädchen im Auto noch immer. Sie verstand er aber gut. Sie beschimpfte ihn als Spanner, als Wichser, drohte ihm wortgewaltig. Hans war panisch und ängstlich zugleich, fasste sich aber schließlich doch – und dann wurde er zornig. Zornig, weil sie ihn bei seiner Lieblingsbeschäftigung überrascht hatten, zornig, weil er seinen Höhepunkt nicht auskosten konnte. Zornig, weil die Angelegenheit damit sicherlich nicht erledigt war, und zornig vor allem deshalb, weil er seine Schießkameraden schon mit neuen Hänseleien im Hinterkopf hören konnte. Dazu beschimpfte ihn jetzt auch der junge Mann mit überbordender Aggression, wurde immer heftiger, sodass Hans einige weitere Schritte zurückwich. Aber der junge Mann beruhigte sich nicht, ganz im Gegenteil. Da griff Hans nach seinem Gewehr, das er nach wie vor geschultert hatte, und richtete die Mündung auf den Burschen. Dieser verstummte, überrascht, aber nur für einen Moment. Er hatte keine Angst vor Hans und seinem ratlosen Blick. Nein, er schrie noch lauter und beschimpfte Hans noch wüster. Dass der nur ein kleines Würstchen sei, schrie er, und dass er sich an anderen aufgeilen müsse, weil er sonst keinen mehr hochbekomme. Nur mit der Waffe könne er sich groß fühlen. Jetzt begann der Junge sogar zu lächeln, was Hans noch mehr irritierte, und ging obendrein einen Schritt auf ihn zu. Sogar in der Dunkelheit sah Hans jetzt genau das zornverzerrte Gesicht und die Wut in den Augen des Angreifers. Das Mädchen hatte sich inzwischen angezogen und stieg jetzt auch noch aus dem Auto. Der junge Mann war nur mehr wenige Meter vor ihm.

Ohne auch nur ein einziges Wort gesagt zu haben, drückte Hans ab. Es knallte, die Kugel traf den Jungen in den Hals. Er strauchelte und fiel zu Boden. Die Schreie des Mädchens veränderten sich und brachen abrupt ab, als Hans die Waffe auf sie richtete. Er starrte in ihre weit aufgerissenen Augen. Plötzlich wandte sie sich nach links und wollte davonlaufen. Ihr erster Schritt war aber noch nicht am Boden abgesetzt, da traf sein nächster Schuss ihren Brustkorb. Die weiteren Schritte waren ein Wanken und Fallen. Ihre Beine stützten sie nicht mehr. Das zweite Geschoss schlug direkt in ihr Rückenmark. Und dann lag auch ihr Körper reglos neben dem Auto mit seinen immer noch leicht beschlagenen Scheiben.

Die Polizeischüler, die an einem furchtbaren Sommertag die Leichen gefunden hatten, erfuhren das alles nur mehr aus der Zeitung und von ihrem Abteilungsinspektor. Hans' Aufzeichnungsleidenschaft bezüglich der Kraftfahrzeuge und Kennzeichen war ihm letztlich zum Verhängnis geworden. Der Sachbearbeiter der Kriminalabteilung hatte das Motiv und die Hintergründe relativ rasch herausgearbeitet, Staatsanwaltschaft und Gericht setzten dem dringend Tatverdächtigen so massiv zu, dass der sich im Zuge einer Tatrekonstruktion bereit erklärte, zu zeigen, wie es zu der Tat gekommen war. Ein Geschworenengericht verhängte daraufhin eine lebenslange Haftstrafe.

In der Haft verzeichnete Hans alle seine Besucher in einem eigenen Notizblock. Es war eine kurze Liste. Die Kennzeichen sah er von den Hafträumlichkeiten aus nicht.

Dr. med. SA
Ein Halbnackter in Weiß

Das Schöffengericht hatte eben das Urteil in einem Erpressungsfall verkündet. Im Verhandlungssaal kehrte Ruhe ein. Sie währte kurz. Es klopfte.

„Herein!", schrie der vorsitzende Richter regelrecht, damit man es draußen hören konnte. Die Flügeltüren öffneten sich, drei Personen traten ein. Zwei Polizisten, die einen Mann Mitte sechzig vor sich herschoben. Er trug nichts weiter als Pantoffeln, Socken, seine Unterhose und ein Unterhemd, alles in Weiß.

Der anwesende Staatsanwalt Kuber musste unvermittelt an Edmund Sackbauer, alias Mundl, aus der Fernsehserie „Ein echter Wiener geht nicht unter" denken. Ein Blick in die Akten machte klar, um wen es sich wirklich handelte.

„Danke für die Vorführung. Brauchen Sie eine Bestätigung?", fragte der Richter. Die Beamten verneinten.

„Besondere Vorkommnisse?"

„Nur, dass er die ganze Strecke über verbal aggressiv war", gaben die Beamten zurück.

„Na bravo, das fängt ja schon gut an", meinte der Richter, und dann, an den Angeklagten gewandt, „warum haben Sie nichts an?"

„Weil das alles eine Sauerei ist!"

„Eine Sauerei ist eher, was Sie da aufführen", polterte der Richter zurück. „Erst kommen Sie wiederholt nicht zum Gerichtstermin, und jetzt erscheinen Sie in Unterwäsche. Nicht falsch verstehen, mir persönlich ist das egal, und wie ich den Herrn Staatsanwalt kenne, geht es ihm genauso …"

„Mir ist das völlig einerlei", war die prompte Antwort des leitenden Staatsanwaltes, „von mir aus können Sie gerne nackt erscheinen. Nur zeigen Sie damit auch gleich, was Sie von uns halten … Sie scheinen jedenfalls ein Spaßvogel zu sein, würde ich sagen."

„Im Übrigen", fügte der Richter hinzu, „wenn Sie das nächste Mal einfach kommen, wenn Sie dazu aufgefordert werden, müssen wir Sie nicht abholen lassen." Der Gerichtsvorsitzende nickte in Richtung der Exekutivbeamten, woraufhin diese noch ausführten, dass sie mehrfach versucht hätten, den Herrn zum Anziehen zu bewegen. Sie verabschiedeten sich kopfschüttelnd, was den Angeklagten wieder auf den Plan rief.

„Warten Sie doch", rief er entgeistert, „wie soll ich denn wieder nach Hause kommen?"

„Ist so nicht vorgesehen", antwortete der Richter trocken, „es sei denn, die Beamten tun Ihnen den Gefallen?" Er blickte zu den Polizisten, die schon an der Tür standen.

Gruppeninspektor Stuber war von der Idee nicht angetan. „Sonst immer gern, würde jetzt aber heißen, dass wir uns wieder siebzig Kilometer lang beschimpfen lassen. Also nein, sicher nicht."

„Klare Antwort, oder?", wandte sich der Richter an den Herrn in Unterwäsche, „falls Sie das noch nicht gewusst haben: Beamtenbeleidigung wäre eigentlich sogar strafbar." Die Polizisten schlossen die Saaltüren. Von außen.

Damit konnte die Verhandlung beginnen. Wie immer wurden zunächst die personenbezogenen Daten abgefragt.

„Sie sind Doktor der Medizin?"

„Ja, Dr. med. SA", entgegnete der Angesprochene und brachte damit gleich die nächste Verwirrung aufs Tapet. Von einem „Doktor SA" hatte noch niemand etwas gehört.

Der halbnackte, etwas korpulente Mann auf der Anklagebank konnte über das Unwissen des Gerichts nur den Kopf schütteln. Das „SA" verweise natürlich auf „South Africa", wie er erklärte. Dort habe er das Doktorat abgeschlossen. Dieses Thema führte auch gleich mitten in die zu verhandelnde Sache. Denn die Ärztekammer war der Meinung gewesen, unser „Arzt" habe diesen Titel entweder in Großbritannien oder Nigeria bei einer „windigen Gesellschaft" eingekauft. Man hatte ihm jegliche ärztliche Tätigkeit strengstens untersagt – was der nun Angeklagte mit einem Drohbrief quittiert hatte, in welchem er nahelegte, dass alle Angehörigen der Ärztekammer bestenfalls zu „vergasen" wären.

Die Verhandlung sollte nun herausstellen, wie das gemeint war, das berühmte „Motiv" samt der „subjektiven Tatseite": Hatte der Angeklagte „nur" eine Drohung aussprechen wollen oder vertrat er nationalsozialistisches Gedankengut, betrieb damit also „Wiederbetätigung"?

Der Halbnackte hörte sich alle Fragen an und gab auch Antworten dazu, die Schriftführerin schrieb gewissenhaft mit. Das Gericht allesamt in Anzügen oder Talaren, der

Angeklagte in seiner Unterwäsche. Eine absurde Szene. Der Vorgeführte gab zu Protokoll, dass die Ärztekammer der „größte Scheißverein der Geschichte" sei. Als die Befragung ans Ende kam, erfuhr der Richter endlich, weshalb der Angeklagte ihn die ganze Zeit über so gemustert hatte.

„Sie haben ein Magenleiden", sagte er mit Blick auf den Vorsitzenden.

„Bitte?"

„Sie haben ein Magenleiden", wiederholte der Dr. med. SA langsam und deutlich.

„Nein, habe ich nicht."

„Doch, Sie haben ein Magenleiden."

So ging es mehrmals hin und her. Der Richter hatte keinerlei Magenbeschwerden. Weil der Angeklagte von seiner Blickdiagnose aber nicht und nicht abrücken wollte, musste der Richter letztlich klein beigeben, um die Diskussion um dieses Thema zu beenden. Der Halbnackte nahm es zufrieden hin und verlangte sogar die Aufnahme seiner Diagnose ins Protokoll. Auch diesem Begehren kam der Vorsitzende um des lieben Friedens willen nach. Leider war zu diesem Zeitpunkt längst klar geworden, dass weitere Erhebungen nötig sein würden, um die Strafsache zu einem Abschluss zu bringen. Für heute war die Zeit aber um.

Erst jetzt schien dem mutmaßlich falschen Arzt so richtig bewusst zu werden, dass er gleich in Unterwäsche aus dem Gerichtsgebäude kommen würde.

„Wie sieht das denn aus?", warf er verärgert ein.

„Ihr Problem", gab der Richter zurück, „Sie hätten sich beispielsweise etwas anziehen können."

„Na toll. Das heißt, Sie schicken mich jetzt raus, und vor der Tür nimmt mich gleich der Nächste fest, weil ich in der Öffentlichkeit in Unterhosen herumlaufe! Das glaubt mir doch kein Mensch, dass ich so vor Gericht war!"

Wenigstens das stimmte mit Sicherheit.

„Wissen Sie was?", sagte der Richter, „ich gebe Ihnen eine offizielle Bestätigung, dass Sie heute hier einen Termin hatten, mit Geschäftszahl und allem. In Ordnung? Dann können Sie beweisen, dass Sie hier waren."

Auch das stellte den Angeklagten nicht völlig zufrieden.

„Und wie komm' ich heim?", fragte er, als er den rasch ausgefertigten Zettel in der Hand hielt. Die Antwort darauf kannte er schon.

„Ihr Problem!"

„Und schon die nächste Sauerei!", wetterte er sofort wieder los, „ich habe nicht einmal eine Geldbörse eingesteckt! Das ist wirklich eine Frechheit, wie in diesem Land mit einem Steuerzahler umgegangen wird!"

„Ihr Problem!"

Da der Richter aber christlich erzogen war und das Konzept von „Nächstenliebe" auch halbnackte, potenzielle Betrüger nicht ausschloss, nahm er sich dann doch ein Herz.

„Ich gebe Ihnen einen Zwanziger, okay? Damit können Sie sich ein Busticket kaufen." Dass der Busbahnhof gut zwei Kilometer entfernt war, erwähnte er an dieser Stelle sicherheitshalber nicht.

„Den zahl' ich Ihnen zurück!", erklärte der Dr. med. SA, nahm das Geld und die schriftliche Bestätigung und ging endlich hinaus. Erleichtertes Aufatmen im ganzen Saal.

Im Lauf der nächsten Tage bürgerte sich rasch der Usus ein, dass die restlichen Gerichtsbediensteten den Richter regelmäßig fragen mussten, ob er sein Geld denn schon zurückerhalten habe. Und nur ein Wundergläubiger wäre nicht überrascht gewesen, als am achten Tag tatsächlich ein Brief des Angeklagten einlangte. Der Verfasser wurde bereits in der Adressierung kenntlich: „An die Vergasungsabteilung des Landesgerichtes für Strafsachen."

Die ohnehin kleine Hoffnung, dass in dem Kuvert tatsächlich das geliehene Geld sein könnte, war rasch zerstreut. Stattdessen gab es ein Zettelchen mit wüsten Beschimpfungen. Es sei eine katastrophale Sauerei gewesen, wie man ihn vorgeführt habe. Auf dem Rückweg habe der Busfahrer ihn erst gar nicht in den Bus lassen wollen, die Leute hätten ihn alle angestarrt. Und dann stand da noch: „PS: Habe als Dr. med. SA bei Ihnen, Hohes Gericht, während der Befragung eine Irisdiagnose vorgenommen mit dem Ergebnis ‚Magenleiden', was auch vom Untersuchten bestätigt wurde. Mein ärztliches Honorar für die Diagnose beträgt zwanzig Euro. Danke. Außerdem gehört das Landesgericht vergast."

Die Assistentin konnte den Brief kaum zu den Akten bringen, weil sie vor Lachen fast von ihren hochhackigen Schuhen fiel. Der Staatsanwalt sah das etwas pragmatischer und teilte nur mit, dass der Dr. med. SA nun auch wegen Betruges verfolgt würde. Dass wiederum von „vergasen" die Rede war, brachte auch die letzte Strafsache ein wenig voran. Wie sehr, fand man aber nie heraus, denn bevor weitere Schritte gesetzt werden konnten, stellte ein Gutachter fest, dass unser Arzt zweifelsfrei unzurechnungsfähig sei – und damit auch schuldunfähig. Geistig abnorm, nach Meinung des Experten aber nicht gefährlich. Immerhin. Ende des Aktes, Ende eines Strafverfahrens.

Ein halbes Jahr danach sah der Richter den ehemals Verfolgten wieder. Nicht im Verhandlungssaal und auch nicht in einer Zelle, sondern auf einer Ärztetagung mit Hunderten von Gästen. Am Buffet trat der „Arzt" an den Gerichtsvorsitzenden heran: „Kollege! Wir kennen uns doch! Ich weiß nur nicht mehr, woher … komm, hilf mir: Woher kennen wir uns?"

„Ich bin Ihr Strafrichter."

Selten hatte man auf einer Ärztetagung jemanden so schnell laufen sehen.

Als der Richter fast zwei Jahrzehnte später tatsächlich an der Galle operiert werden musste, zwang sich trotz großer Schmerzen ein Lächeln auf seine Lippen. Anmerkung: Ein „Magenleiden" ist trotzdem keine echte Diagnose.

Edith und Erika
Verschollene Gartenzwerge

Vollkommene Stille in der ganzen Wohnung. Erika dachte wehmütig daran, dass das früher anders gewesen war. Früher, als ihr Freund noch hier gewohnt hatte. Früher, als sie an vielen Wochenenden Besuch hatten. Früher, als es noch etwas zu feiern gegeben hatte. Und nun diese Stille, die so undurchdringlich war, als hätte sie die Fähigkeit, ein aufkeimendes Geräusch einfach zu ersticken. Es war keine normale Stille. Sie hatte ein Ausmaß, so gewaltig, dass sie kaum in die Wohnung passte.

In den letzten Monaten war Erika kaum mehr außer Haus gegangen. Was hätte sie draußen auch tun sollen? Sie kannte niemanden in der Umgebung, nicht mal ihre Nachbarn, gesichtslose Menschen, die sich nur zu erkennen gaben, wenn sie hämmerten oder die Wände anbohrten. Auch um zu arbeiten verließ Erika diese Wände nicht mehr. Arbeitslosengeld und später Sozialhilfe genügten ihr, um sich warm zu halten. Äußerlich. Innerlich übernahm das der Alkohol, den sie in „mittleren Mengen" konsumierte, wie sie selbst es formuliert hätte. Auch das nicht im gemütlichen Lokal um die Ecke, sondern immer nur hier, in ihrer stummen Behausung. Die Getränke holte sie ausschließlich vom Diskonter – eine der ganz wenigen Gelegenheiten, zu denen sie die Wohnung noch verließ. Es war jedes Mal eine Qual. Ihr Körper wollte die Anstrengung nicht mehr mitmachen. Wenn sie so nach Hause ging, die Sackerl mit diversen Fläschchen und Flaschen gefüllt, meldeten sich ihre Bandscheiben unmissverständlich. Jede Bewegung tat dann weh. Aber nicht so sehr wie diese dunkle Stille. Außerdem: Gegen den Schmerz konnte sie etwas unternehmen. Einen kräftigen Schluck und Tabletten, eine Mischung, die ihre Schmerzen in den Hintergrund drückte, während sie in ihrer Wolke saß, irgendwo zwischen Wachen und Schlafen, zwischen Zufriedenheit und Tod. Wahrscheinlich wäre sie nicht einmal jemandem abgegangen, vermutete sie.

Seit zehn Tagen schon hatte Erika nur mehr trockenes Brot gegessen, das sie mit Grünem Veltliner hinunterspülte. Heute war das Brot zu Ende gegangen. Sie würde also einkaufen gehen müssen. Ächzend schälte sie sich vom Sofa im Wohnzimmer, rang mit dem beginnenden Schwindel, zog sich an – das Klimpern der Schlüssel ungewohnt laut – und ging nach draußen. Was sie nicht wusste, und wohl auch niemandem geglaubt hätte, war, dass heute ihr Glückstag war. Der Tag, an dem sie aus diesem Gefängnis der Stille ausbrechen würde. Zunächst sah es aber nicht danach aus, als ob der Tag sich ins Positive wenden wollte.

Sie kaufte wie immer nur das Nötigste ein. Brot, einige Konserven, Wein in Tetra Paks, ein paar Flaschen Bier. Was sich im Nachhinein als Glücksfall herausstellte, präsentierte sich zuerst als Unglück: An der Kassa rutschte ihr eine der Bierflaschen aus der Hand und zersprang am Boden in tausend Scherben. Daran, dass Scherben Glücksboten sind, dachte sie nicht, als sie sich nach ihnen bückte und sich auch noch die Hand blutig schnitt. Die Kassiererin, sie hielt Erika für eine nichtsnutzige Alkoholikerin, reagierte mit einem unfreundlichen „Passen Sie doch auf!"

Während Erika aber noch versuchte, sich ihre Kränkung nicht anmerken zu lassen, und weiter am Boden Scherben zusammenklaubte, bückte sich eine Dame zu ihr hinunter. „Kommen Sie, ich helfe Ihnen. Sie zerschneiden sich ja noch die ganze Hand." Edith.

Von diesem Zeitpunkt an änderte sich für Erika alles. Aus der Begegnung mit Edith erblühte eine enge Freundschaft. In Wahrheit wohnten die beiden fast Tür an Tür, hatten einander aber noch nie kennengelernt. Monate später trafen sie einander fast jeden Tag. Erika war nicht mehr allein.

Und das mit großen Auswirkungen. Erika veränderte sich. Sie begann, regelmäßig zu essen, nahm endlich ein wenig zu. Ediths Lachen zerfetzte die Stille und füllte die Wohnung mit einem Leben an, das Erika schon gar nicht mehr gekannt hatte. Lange Abende mit langen Gesprächen lösten das Schweigen ab. Erikas derart neu gefundene Lebenslust sorgte sogar dafür, dass sie nun viel weniger trank. Sie brauchte es nicht mehr, weil sie mit Edith über Gott und die Welt sprechen konnte. Erika schaffte es auch wieder regelmäßig aus dem Haus, weil Edith an ihrer Seite ihr die Kraft dafür gab. Manchmal waren sie bis spät in die Nacht unterwegs und zogen von einem Lokal ins nächste.

Zur vollendeten Glückseligkeit fehlte es aber bald an anderer Stelle. Während Erika früher gut von ihrem schmalen Einkommen hatte leben können, wurde das Geld nun knapp. Lange Nächte waren auch teure Nächte. Zu den Getränken selbst kamen Abendessen, Desserts und Snacks für zwischendurch. Anfangs luden die beiden einander wechselseitig ein, erkannten dann aber, dass das auch keinen Sinn machte. Sie gingen dazu über zusammenzulegen, um die Rechnungen schultern zu können. Und besonders dann war offensichtlich, dass sie einen ganzen Haufen Geld ausgaben, das sie eigentlich beide nicht hatten. Das führte bald dazu, dass sie sich lieber zu Hause trafen und dort ein paar Gläschen Wein miteinander tranken. Dieser Wein kam jetzt nicht mehr aus Kristallgläsern, sondern wieder aus dem Tetra Pak. Und weil der so günstig war, nun wieder oft.

Sie bemerkten aber beide, dass ihnen das irgendwie den Wind aus den Segeln nahm. Es blieb lustig, natürlich, aber gleichzeitig wurden die Themen, über die sie sich unterhielten, wieder lapidarer, banaler. Ediths Lachen, das einst die Stille aus der Wohnung vertrieben hatte, wurde immer öfter zu einem Verlegenheitslachen. Und je leiser das Lachen wurde, desto mehr erkannte Erika, dass diese Wände, zwischen denen sie saßen, dieselben waren wie früher. Sie spürte die Schmerzen wieder dringlicher. Die vor Kurzem noch angeregten Diskussionen verliefen sich, und am Ende ging es immer um ihre Geldsorgen.

„Es hilft nichts, wir brauchen mehr Geld, so kann es nicht weitergehen!", meinte eines Tages Edith und blickte Erika fragend an.

„Ja, was schaust du mich an? Soll ich es herzaubern?", entgegnete Erika, die die Aussage ihrer Freundin als Beleidigung auffasste.

„Herzaubern wird wahrscheinlich schwierig. Und dass es nicht auf der Straße liegt oder auf Bäumen wächst, wissen wir auch. Aber sicher gibt es Möglichkeiten, an Geld zu kommen."

„Und welche Möglichkeit haben wir, deiner Meinung nach? Ich wüsste nicht, was uns Geld einbringen könnte."

„Na, von selbst wird es nicht kommen, das ist klar. Wir werden schon etwas tun müssen ...", meinte Edith nachdenklich.

„Ja, und was, bitte schön? Meinst du, ich soll auf meine alten Tage noch stehlen gehen?"

Edith blieb Erika die Antwort schuldig. Wenigstens verbal. Der Blick, mit dem sie Erika jetzt bedachte, sagte viel mehr, als in ein paar Wörter gepasst hätte. Erst nachdem sie einander gefühlte Minuten lang angesehen hatten, begannen sie wieder hörbar zu sprechen. Das, was sie dann sagten, staffierte aber nur mehr das aus, was sie zuvor bereits stumm beschlossen hatten. Vielleicht war das gar keine so blöde Idee.

Ihre Hand zitterte, als Edith rasenden Herzens den Seitenschneider ansetzte und ein paar Stellen des Maschendrahtzaunes durchzwickte. Erika ergriff den Zaun und zog die geöffnete Stelle weit genug auseinander, dass sie sich durchzwängen konnten. Das Grundstück des Baumarktes lag in der schwarzen Nacht vor ihnen. Sie lauschten lange in diese Finsternis, bis sie ausreichend sicher waren, alleine zu sein. Sie hatten in den letzten Tagen einige Möglichkeiten abgewogen, und waren zu dem Schluss gekommen, dass der Baumarkt wohl die sicherste Option darstellte. Sie hatten auch gar nicht vor, in das Gebäude einzudringen. Viel zu gefährlich. Es war mit Sicherheitskameras gespickt. Hier, hinter dem Gebäude, im Freiluft-Gartenbereich, hatten sie keine Kameras finden können, als sie ihn bei Tageslicht ausgekundschaftet hatten.

Sie sahen einander an. Ihre Gesichter bestanden fast nur aus Aufregung, aber das kleine bisschen, das keine Aufregung war, strahlte die wachsende Überzeugung aus, dass sie mehr oder weniger sicher waren. Das mit der fehlenden Videoüberwachung war ein entscheidender Faktor. Diese Tatsache war aber dem Grund zu verdanken, dass es hier schlicht wenig zu stehlen gab, das dieses Stehlen auch wert war. Es war sinnlos, jetzt mit Säcken voll Rindenmulch das Weite zu suchen. Dasselbe galt naturgemäß für Pflastersteine, den Zement und was es sonst noch alles gab. Einige der großen Statuen aus Granit waren zweifellos bare Münze wert, aber zu schwer, um sie abzutransportieren. Immerhin war das ausdrückliche Gebot der Stunde, unauffällig zu sein. Sie durften keine Risiken eingehen. Das Wertvollste, was sie an beweglichen Gütern finden konnten, waren Gartenzwerge.

Als sie endlich in Erikas Wohnung ankamen und ihre Angst vor der Tür aussperrten, fluteten Endorphine ihre Körper und wuschen die Nervosität weg. Sie standen im Wohnzimmer, betrachteten ihre Beute – und freuten sich wie kleine Kinder. Die Gespräche des restlichen Abends hatten nichts Banales, nichts Lapidares. Edith und Erika ließen das Erlebte Revue passieren und waren voll von Jubel, Erleichterung und Freude. Sie flogen auf ungekannten Höhen. Stolz klirrten die Gläser aneinander. Ein solches Wagnis, ein solcher Mut.

Es sollten noch viele derartige Tagesabschlüsse werden. Mehrmals pro Woche besuchten sie fortan nachts den Baumarkt. Die Beute verkauften sie im Internet auf ganz normalen Plattformen für private Verkäufer. Nur besonders schöne Stücke behielten sie für sich. Bald waren ihre Wohnungen voll von Gartenzwergen, Blumentöpfen und Nixen, die auf Muscheln sitzend geduldig ihre Prinzen erwarteten.

Das ging nach einiger Zeit so weit, dass sie in ihren eigenen Wohnungen keinen Platz mehr fanden, wenn etwas Neues hinzukam, das sie behalten wollten. Sie dekorierten den kleinen Garten vor dem Wohnhaus. Und als es auch dort zu bunt wurde, holten sie die Erlaubnis ein, im Nachbargarten einiges abzustellen. Einen Verdacht hegte niemand. Man hatte schon Merkwürdigeres gesehen als zwei reifere Frauen mit einer Vorliebe für Gartenzwerge.

Für Erika hatte das Ganze noch einen sekundären Effekt: Das Adrenalin, das die Einbrüche in ihrem Körper ausschütteten, ließ sie ihre Schmerzen vergessen. Wenn sie in der Dunkelheit auf den Baumarkt zustrebten, gab sie die Schmerzen am Zaun ab wie den Mantel vor einem Konzert. Sie fühlte sich jung und energetisch, als sie sich bückte, um noch ein schönes Stück für ihre Sammlung aufzuheben. Aber gerade, als ihre Finger die kleine Statuette umschlossen, zerteilte ein Lichtstrahl die Nacht und machte den Gartenbereich des Baumarktes zu einer Bühne. Scheinwerfer an, Vorhang auf.

„Keine Bewegung! Hier spricht die Polizei!", rief eine männliche Stimme, deren Quelle im blendenden Gegenlicht unsichtbar blieb. Erika und Edith erstarrten zu Salzsäulen, die Beute noch in den Händen. Erika konnte es zuerst gar nicht glauben. Ihr Kopf sagte ihr, dass das nicht stimmen könne. Dass sie in Wahrheit schlief und träumte. Einen sehr, sehr schlimmen Traum. In diesem Traum stand sie nachts auf der nassen Wiese der Abteilung für Gartenbedarf und fühlte plötzlich, wie ihre Schmerzen zurückkamen, in ihren Rücken fuhren, wo die mitgenommenen Bandscheiben gequält ächzten, und sich von dort ausbreiteten in jeden ihrer Knochen, in alle Gelenke.

„Seien Sie vernünftig! Sie können nicht weglaufen!", rief nun eine weibliche Stimme. Zweifellos die Kollegin des Polizisten von eben. Vielleicht, dachte Erika, ist das gar kein Traum. Vielleicht ist es ein Film. Diese Sätze sind doch aus einem Film …

Für die Beamten der Polizeiinspektion war das offenbar alles Routine. Schnell waren die personenbezogenen Daten ermittelt – die sogenannten „Generalien" – und der zuständige Staatsanwalt verständigt, der die Antragsstellung auf Verhängung der Untersuchungshaft zusicherte. Erika und Edith wurden voneinander getrennt. „Verdunkelungsgefahr", sagte eine der Polizistinnen, als sie das Protokoll aufnahm.

Edith und Erika zeigten sich umfassend geständig, sie gaben mehr als dreißig Diebstähle zu. Die Polizistin sagte etwas von Einbruchsdiebstahl und gewerbsmäßigem Diebstahl. Ja, kann schon sein, keine Ahnung, was heißt bitte „gewerbsmäßig"?

Die nächsten Tage waren ruhig. Sehr ruhig. Erika hatte immer noch jeden Tag, als man sie weckte, das Gefühl, sie müsse nun endlich aufwachen. Richtig aufwachen und sich in ihrem Zuhause im Bett wiederfinden. Aber das geschah nie. Sie wachte nicht auf. Stattdessen zog sie sich an, ging eine Stunde lang im Hof spazieren, dann zurück in die Zelle. Mittagessen. Abendessen. Kontakt zu Edith hatte sie keinen, obwohl diese angeblich, wie früher auch, gleich nebenan untergebracht war.

Nachts, wenn Erika nicht schlafen konnte, traf sie eine alte Bekannte: Die Stille. Aber hier hatte die Stille eine gänzlich andere Qualität. Sie war so dicht, dass sie wehtat, und sich in Erikas Knochen bohrte. Diese Stille nistete sich in ihr ein und brachte den Schmerz mit. Mit in Erikas Körper, und in ihren Geist. Die Behausung, die die Stille sich früher dort eingerichtet hatte, war jetzt zu klein. Zu klein für diese neue Stille, die wie ein Tumor wuchs und Erika jeden Tag mehr fast zu zerreißen drohte.

Die Anklagebehörde arbeitete rasch, die Staatsanwältin erhob die Anklage. Ihre Verfahrenshilfeverteidiger rieten den beiden Frauen, auf einen Anklageeinspruch zu verzichten. „Sie haben ja alles zugegeben. Es macht keinen Sinn, einen Einspruch gegen eine korrekte Anklage zu erheben, das würde nur Zeit kosten ..." Ja, verständlich. Nicht verständlich waren dagegen all die juristischen Begriffe und

Paragrafen, mit denen Erika und Edith nun beworfen wurden. Ein Wahnsinn. Als man sie über das mögliche Strafausmaß informierte, wurden ihre schlimmsten Befürchtungen Realität. Angeblich hatten sie einen sehr strengen Richter, ließen die Verfahrenshilfeverteidiger sie noch wissen.

Justizwachebeamtinnen brachten Erika und Edith in den Verhandlungssaal. Die Verteidiger waren schon da, es gab einiges an Publikum. Möglicherweise waren auch Menschen von der Presse darunter, wie Erika zuvor erfahren hatte.

Erika fühlte ihr Herz klopfen wie am Abend ihres ersten gemeinsamen Einbruchs. Ihre Hände waren schweißnass, sie war nervös und unsicher. Sie sah ihre Freundin Edith verlegen lächeln. Dieses Lächeln machte ihr fast noch mehr Angst, als sie ohnehin schon hatte. Zwei ängstliche Frauen auf der Anklagebank des großen Verhandlungssaales.

Der vorsitzende Richter blickte über seine Brillengläser, befragte sie kurz zu den persönlichen Daten. Dann folgte der Anklagevortrag der Staatsanwältin, die nicht alle Details vorbrachte, sondern für den Moment lediglich davon sprach, dass im großen Stil und äußerst professionell Einbruchsdiebstähle begangen worden seien und beinahe die gesamte Diebesbeute im Netz verkauft worden sei. Darauf folgten die Eröffnungsworte und Gegenausführungen der Anwälte. Erika fiel auf, obwohl sie das Ganze wie in Trance miterlebte, dass ihr Verteidiger eigentlich alles bestätigte, was die Staatsanwältin vorgebracht hatte. Ebenso Ediths Anwalt. Sie beide, Edith und Erika, hatten bereits alles zugegeben, es gab nichts zu beschönigen.

Als Erika auf dem Sessel vor dem Richtersenat Platz nahm, war ihre Kehle wie zugedrückt.

„Frau Angeklagte!" Die Worte des vorsitzenden Richters drückten ihren Hals noch fester zu. „Also ganz ehrlich, ich habe in meiner beinahe 40-jährigen Karriere im Strafbereich schon vieles erlebt …" Er schüttelte den Kopf. „Vielleicht können Sie mir das ja dennoch erklären: Warum stiehlt man fast einhundertfünfzig Gartenzwerge, Plastikfiguren, Rosenkugeln, Blumentöpfe und Blumentopferde, Stauden und Plastikkübel und was weiß ich noch alles, und schleppt das Ganze dann auch noch nach Hause? Abgesehen davon, dass Sie einiges im Internet verkauft haben, haben Sie die Zwerge ja sogar im Garten aufgestellt – in Ihrem und dem des Nachbarn … Wo doch alle Nachbarn wissen, dass Sie keine Arbeit haben und folglich auch nicht das Geld für diese Anschaffungen. Und wie konnten Sie das alles überhaupt tragen, obwohl Sie einen Bandscheibenvorfall haben?"

Erika wurde viel Zeit eingeräumt, alles zu erklären. Dann gab es eine Gegenüberstellung. Der Geschäftsleiter des Baumarktes konnte einige Gartenzwerge eindeutig identifizieren.

Die Geschichte ging für Edith und Erika letztlich glimpflich aus. Sie bekamen eine bedingte Haftstrafe mit Probezeit. Das hieß: Sie mussten nicht mehr ins Gefängnis zurück.

„Danke! Ich habe noch einen Gartenzwerg mit knallroter Nase, der gehört wirklich mir, darf ich Ihnen den schenken, als Erinnerung?", fragte Erika den Vorsitzenden zuletzt, über alle Maßen erleichtert, dass sie die Verhandlung als freie Frau verlassen durfte. Der Vorsitzende sammelte aber keine Gartenzwerge.

Am Abend saßen Edith und Erika gemeinsam in Erikas Wohnzimmer und genossen die wunderbare Stille dort. Herrlich. Sogar die Nachbarn nahmen sie nur wahr, wenn diese hämmerten oder die Wände anbohrten.

Peter
Eine Nacht im Chinarestaurant

Peter war Schulabbrecher, dümpelte mehrere Jahre ohne fixe Anstellung umher, entwickelte sich dann zunächst zum Staubsaugerverkäufer, um letztlich – nachdem er passende Kontakte hergestellt hatte – im Rotlicht anzudocken. Er verkaufte also nicht etwa Infrarotkabinen oder rote Glühlampen, sondern fungierte als eine Art Bodyguard und Chauffeur einer Rotlichtgröße.

Offiziell war er als teilzeitbeschäftigter Kellner unterwegs, servierte aber eher selten Getränke, sondern vielmehr Kokain an ausgewählte Kundschaft. Gelegentlich brachte er auch die Prostituierten, die für seinen Chef, die Unterweltgröße, arbeiteten, als Escort-Mädchen zu Events oder Kunden. Die Damen des horizontalen Gewerbes nannten ihn liebevoll „Bärli", weil er einem Stoffbären mit Knopf im Ohr ähnelte. Gelegentlich bezeichnete man ihn auch als „Steif-Bär". Mit dem Unternehmen „Steiff", das Kuschelbären erzeugt, hatte das aber wenig zu tun. Vielmehr war es ein besonderer Zustand, in dem er sich des Öfteren befand: Im Milieu bedeutet „steif" so viel wie „betrunken".

Abgesehen davon, dass er dem Alkohol manchmal etwas zu sehr zusprach, galt er als ausgesprochen galanter und netter Mensch. Den Damen gegenüber war er niemals grob oder zweideutig. Dies, gepaart mit seiner Verlässlichkeit, machte ihn rasch zu einem begehrten Fahrer. Er wurde eine richtige Respektsperson in seiner Branche. Passend zu seiner schieren Körpergröße und vor allem seiner Leibesfülle war er zudem mehr als gutmütig. Irgendwelche Animositäten oder Probleme mit Zuhältern (die in der Stadt offiziell ja ohnehin nicht existierten) gab es bei ihm nie. Jeder wusste: Peter konnte man jederzeit und bedenkenlos ein Mädchen anvertrauen. Er würde es beschützt und behütet zur gewünschten Adresse und auch wieder zurückbringen.

Für einen Teilzeitkellner verdiente Peter dabei horrende Summen. Die goldene Rolex war ebenso selbstverständlich wie die Harley, die jedoch meistens mit einer Plane bedeckt in der Tiefgarage stand. Immerhin arbeitete Peter hauptsächlich in der Nacht, tagsüber schlief er dann. In Ausübung seines Berufes fuhr er quasi mit dem Dienstwagen seines Chefs. Dabei agierte Peter immer sehr unauffällig. Mit dem Gesetz war er noch nie in Konflikt gekommen. Offiziell tat er ja nichts Verbotenes, und verpfiffen hatte ihn allein schon deshalb nie jemand, weil er eigentlich überall nur Freunde hatte. Dass er dann doch in Kontakt mit der Justiz kam, ergab sich aus gänzlich anderen Umständen.

„Es wird gleich warm", sagte Peter und blickte über den Innenspiegel zur Rückbank. Die beiden Mädchen fröstelten in ihren kurzen Röcken und den Netzstrümpfen. Am Oberkörper trugen sie wenig mehr als Seidentücher. Sie quittierten seinen besorgten Blick mit einem dankbaren Lächeln. Die Sitzheizung lief bereits auf höchster Stufe. Peter fluchte innerlich. Er hasste es, nachts im Regen zu fahren. Der Scheibenwischer des teuren S-Klasse Mercedes bemühte sich redlich, freie Sicht zu schaffen.

Als endlich warme Luft aus dem Gebläse kam, hatten sie ihr Ziel schon fast erreicht. Peter lenkte den Mercedes auf das Grundstück und hielt auf den prächtigen Eingangsbereich der Villa zu, der paradoxerweise von Plastikpflanzen gesäumt war. Peter hielt sie für äußerst geschmacklos. Also die Pflanzen. Nachdem der Wagen zu stehen kam, stieg er aus und öffnete den Damen wie ein Kavalier alter Schule die Türen. Sie schwebten aus dem Fond des Wagens, um sofort mit ihren Stöckelschuhen im Schotter des Eingangsbereiches zu straucheln und zu versinken. Peter mochte keine High-Heels. Die Mädchen, die sich in ihnen zum Eingang quälen mussten, taten ihm leid. Er selbst trug am liebsten seine ausgelatschten Cowboy-Stiefel. Die gaben schon nach, wenn er nur die Zehen streckte.

Die jungen Frauen hatten es mittlerweile bis zur Eingangstüre der Villa geschafft. Ganz offensichtlich geschah hier etwas Größeres, denn Peter konnte schon weitere Damen der Nacht ankommen und über den unwegigen Boden stolpern sehen. Peter erkannte sogar den Zuhälter, der sie gebracht hatte. Walter, ein Freund von ihm. Sie kannten einander schon eine ganze Weile. Walter war das genaue Gegenteil von ihm selbst, zwar auch sehr groß, größer noch als Peter sogar, dabei aber dünn und hager, ohne jeden Bauchansatz, schütteres Haar, meistens so blass, dass man ihm sogar den Beinamen „Mister White" gegeben hatte. Walter mochte die Sonne nicht besonders. Abgesehen davon folgte er kein bisschen dem Klischee eines Zuhälters. Keine Goldketten oder dicke Uhren, ein eher ruhiger Typ, mit dem man sich auch normal unterhalten konnte. Nur wenn er genug getrunken hatte, änderte sich das ab und an. Dann konnte er nicht nur lockerer werden, sondern vergaß manchmal auch das gute Benehmen, redete Schwachsinn oder wurde auch schon mal ausfällig. Er bezeichnete das als „philosophische Phase". Gewalttätig wurde er aber sogar dann nie.

Da Peter und Walter nun darauf zu warten hatten, dass sie die Mädchen wieder mitnehmen konnten, beschlossen die beiden, die Zeit in einem Chinarestaurant in der Nähe totzuschlagen. Peter hatte ohnehin riesigen Hunger. Mai Lings Restaurant war genau der richtige Platz, sich den Bauch vollzuschlagen und einmal sonst nichts zu tun. Die Mädchen waren für vier Stunden gebucht, ihre Chauffeure hatten also genügend Zeit.

Gesagt, getan. Die Chefin selbst, Mai Ling, bediente die beiden. Obwohl die zwei Männer wenigstens äußerlich sehr unterschiedlich waren, verband sie auch etwas: Sie konnten essen wie Mähdrescher. Es wurde ein vergnüglicher Abend. Die beiden scherzten, trieben ihre Späßchen miteinander und aßen sich wie nebenbei fast durch die gesamte Speisekarte. Zunächst die Speisen mit den Nummern 104, 105 und 106, gefolgt von 344 und 345, dazu auch noch die 400, die so gut war, dass sie sie gleich nochmals bestellten, zum Abschluss dann noch die 455 und die 459. Mai Ling rechnete sich bereits aus, dass der heutige Tagesumsatz durch die Mitwirkung der beiden am Wochenrekord kratzte. Natürlich aß man aber nicht nur. Walter konsumierte ein Bier nach dem anderen, Peter hielt sich – wenigstens anfangs – zurück und war vor allem seinem geliebten Radler treu, den er in regelmäßigen Abständen als „Ladlel mit Almdudlel" bei Mai Ling in Auftrag gab. Sie brachte ihn lächelnd, und blickte über die Beleidigung hinweg. Während Walter also recht bald einen Spiegel erreichte, auf dem er sich kaum mehr beherrschen konnte, dauerte es bei Peter ein wenig länger. Eigentlich wollte der sich ja zurückhalten, immerhin musste er heute noch die Damen abholen, aber der warme, süße Reiswein, den Mai Ling ungefragt zwischen den Gängen auf den Tisch stellte, setzte auch Peter bald schwer zu. Wer lange in der Gastronomie arbeitet, erkennt eine goldene Rolex sehr schnell – und zieht daraus die richtigen Schlüsse.

Die beiden alberten also fast drei Stunden lang herum, schimpften über Walters Chef, den sie beide für einen ausgemachten Idioten hielten, und nahmen zufrieden alles zu sich, was in der Speisekarte Rang und Namen hatte. Dabei merkten sie nicht einmal, dass sie schon seit einer Weile die einzigen Gäste im Lokal waren. Als dann die Rechnung kam, waren beide sichtlich überrascht, die angeführten Nummern stimmten aber, soweit sie das überhaupt in Erinnerung hatten. Peter, der durch seinen Ladlel und den Reiswein innerlich gut aufgewärmt war, übernahm gönnerhaft gleich die ganze Rechnung. Das brachte wiederum Walter dazu, dass er gleich noch eine Runde spendierte. Aus dieser Runde wurden dann nochmals einige. Verschiedene Reisweine flossen literweise in die Mägen. Mai Ling, die dazu lange Zeit ein freundliches Gesicht gemacht hatte, wollte die zwei Männer dann aber irgendwann doch auch gerne aus dem Lokal haben. Inzwischen war es so spät geworden, dass es eigentlich schon fast wieder früh war; das Personal hatte sich längst verabschiedet. Außerdem ging ein guter Teil des Reisweines aufs Haus. Walter und Peter, die inzwischen die ganze Welt besprochen hatten, warteten indes noch immer auf die Anrufe, die sie wieder zurück in die Villa beordern sollten. Kurzerhand verlangten sie auch noch geflammte Bananen als letzte Stärkung, die die Chefin mit Hilfe ihrer Schwester selbst zubereitete. Als die Männer dann endlich so weit waren aufzubrechen, stachen ihnen die Salz- und Pfefferstreuer auf dem Tisch in die Augen. Ein überraschend schönes, asiatisches Design. Die Entscheidung fiel einstimmig: Sie würden sich dieser exquisiten Streuer bemächtigen. Ein kleines Souvenir des ausklingenden Gelages.

Man traf also Anstalten, sich zum Weggehen zu richten, vergaß aber auch die Streuer nicht. Weil es sonst keine Gäste mehr im Lokal gab, und Mai Ling sich den beiden trotz abnehmender Geduld weiterhin umsichtig widmete, fiel ihr natürlich sofort auf, dass sich die beiden Herrschaften an ihrem Gut vergriffen hatten. Aber die Küche war mittlerweile schon leer, der Küchenchef längst gegangen, außer ihr und ihrer Schwester, die dort inzwischen alles geputzt hatte, war kein Personal mehr zugegen. Peter und Walter schafften es indes, sich in die Senkrechte zu hieven, und wollten das Restaurant schon verlassen, als die etwa 45 kg schwere Mai Ling sich ihnen todesmutig entgegenstellte und die Aushändigung des Diebesgutes verlangte. Im ersten Moment verstanden die beiden Männer nicht, worum es ging, aber auch, als es ihnen wieder einfiel, dachten sie gar nicht daran, die Streuer aus ihren Jackentaschen zu retournieren. Zweifellos hatten sie diese heute mehrmals abgezahlt. Mai Ling gab sich damit nicht zufrieden und wich keinen Millimeter. Dann machte sich die Situation irgendwie selbstständig. Es ging sehr rasch: Peter, der wohl das Dreifache von Mai Ling auf die Waage brachte, verlor die Nerven, packte sie plötzlich und hob sie hoch, bis sie fast die Decke berührte. Walter zog der wehrlosen, in der Luft hängenden Frau die Stöckelschuhe aus und drohte ihr, sie solle ins Bett gehen und keinen Wirbel machen. Dann stellte Peter sie wieder ab, und wollte ein wenig torkelnd weiter, als die leichtgewichtige Frau sich schon gefangen hatte, an ihnen vorbeistürmte und mit einem Sessel den Ausgang blockierte. Mit einem Mal stand sie auf diesem Sessel, einen ihrer Stöckelschuhe wie eine Waffe erhoben. Peter ließ sich davon nicht aufhalten. Als er aber versuchte, an ihr vorbeizukommen, schlug sie ihm mit voller Wucht den Absatz ihres Stöckelschuhs auf den Kopf. So fest, dass der sich scheinbar in seiner Kopfhaut verfing und binnen Sekunden Blut über seine Augen lief.

„Ich habe ein Loch in den Kopf des Mannes geschlagen!",
übersetzte die Dolmetscherin dem Richter im Verhandlungssaal. „Ich gebe zu, dass ich das auch wollte", betonte Mai Ling nochmals.

„Ja, aber Sie wollten ihn doch nicht ermorden, oder?",
meinte der Richter.

Nach mehrmaligem Hin- und Rückübersetzen wurde klar: Mai Ling hatte den Herrn Peter zwar nicht ermorden, ihm aber doch ein Loch in den Kopf schlagen wollen, damit er nicht weggehen könne, ohne ihre Salzstreuer auszuhändigen.

„Da haben wir einen ganz schönen strafrechtlichen Spielraum", resümierte der Staatsanwalt, der über die Situation als solche ein wenig lächeln musste.

Als dann Peter mit seinen 140 kg, gut eins neunzig groß, und Walter, ebenfalls fast zwei Meter groß, aber nur 70 kg schwer, der eineinhalb Meter großen Mai Ling gegenübergestellt wurden, konnte man schon selbst folgern, wie das damals wohl vonstattengegangen war.

Peter, als Zeuge befragt, führte dann auch noch aus: „Herr Rat, ich bitte Sie, die Kleine war echt lieb, was soll sie denn machen? Ich alter Depp hab' den Salz-, Zucker- oder Pfefferstreuer eingesteckt gehabt, ich weiß nicht einmal mehr wozu, wahrscheinlich haben wir die stehlen wollen, und das hat sie sicherlich bemerkt. Ich bin ihr nicht böse, dass sie mir eine mitgegeben hat. Die Wunde wurde im Unfallkrankenhaus genäht, das ist ja keine große Sache. Ich hab' nicht einmal die Nadelstiche gespürt. Außerdem bin ich ihr sowieso dankbar, weil sie auch die Polizei gerufen hat – so sind Walter und ich gar nicht mehr dazu gekommen, mit dem Auto zu fahren. Das wäre sicherlich in die Hose gegangen. Ich bin ihr sogar dankbar, dass sie mich geschlagen hat! Sicher hat sie gesagt, dass sie mich erschlagen würde oder so … aber schauen Sie mich an, Herr Rat, glauben Sie wirklich, dass ich vor der Kleinen Angst gehabt habe? Wirklich nicht. Und zu Walter hat sie nicht mal was gesagt, der hat seinen Streuer gleich herausgegeben, als der Stöckelschuh in meinem Schädel gesteckt ist. Er ist einfach ein Vernunftmensch."

„Ich möchte gar nicht wissen, was passieren hätte können, wenn der Küchenchef noch da gewesen wäre", meinte der Richter.

„Küchenchef hätte ihn mit dem Messer aufgeschlitzt!", entfuhr es Mai Ling, die die Aussage des Richters zwar übersetzt erhalten, aber diese auch selbst verstanden hatte.

„Bitte nicht", sagte der Staatsanwalt, „doch nicht wegen zweier Streuer!"

„Streuer ist schönes chinesisches Muster!", antwortete Mai Ling.

„Ihre Offenheit ist beinahe schon wieder erschreckend", konnte sich der Richter nicht verkneifen.

Nachdem auch Walter nichts von einer gefährlichen Drohung gehört hatte – wobei es auf seine Aussage ohnehin nicht angekommen wäre –, wurde der Fall zu den Akten gelegt. Viel Luft, eigentlich um nichts.

„Ich hab' geglaubt, Peter hat sich den Schuh selber reingehaut, als er die Kleine aufgehoben hat!", deponierte Walter, der sichtliche Erinnerungslücken hatte. Auf den Anruf hätten Walter und Peter übrigens noch längere Zeit zu warten gehabt. Die Party hatte sich bis in die Abendstunden des nächsten Tages gezogen.

„Bis dorthin wären wir dann echte Leichen gewesen!", meinte ein philosophierender (oder wissender) Walter.

Walter wurde Jahre nach diesem Vorfall von einem Alkoholisierten erschossen, die Randumstände nie wirklich aufgeklärt, weil der Täter Selbstmord beging. Peter blieb dem Milieu treu. Der Verhandlungsrichter lernte ihn später aufgrund aufgeflogener Kokaingeschäfte besser kennen. Aber das ist eine andere Geschichte.

Anna
Die Oma mit den Maschinengewehren

Die Zuschauerplätze des kleineren Verhandlungssaales im zweiten Stock des Landesgerichtes waren fast alle besetzt. Reporter warteten auf den Beginn des Verfahrens, Studenten von der juridischen Fakultät waren anwesend. Stifte kritzelten schon, bevor es wirklich etwas zu berichten oder zu merken gab. Unter den vielen neugierigen Gesichtern war auch eine ganze Gruppe von Rentnern. Sie hatten unmittelbar hinter der Anklagebank Platz genommen und tuschelten leise miteinander.

Der Verfahrensrichter eröffnete die Verhandlung mit Blick auf die Angeklagte. Die Beschuldigte war Anna, eine 76-jährige Dame, die nervös mit ihren Fingern spielte und seinen Blick schüchtern erwiderte.

„Frau Angeklagte, fühlen Sie sich schuldig oder nicht schuldig, 4.000 Stück Ecstasy-Tabletten und zwei Maschinengewehre aus Kroatien über Slowenien nach Österreich transportiert, also hier eingeschmuggelt zu haben?"

„Ja, das stimmt! Ich bekenne mich voll schuldig im Sinne der Anklage!" Annas Stimme zitterte vor Aufregung. Der ganze Körper der alten Dame bebte. Sie stand das erste Mal vor Gericht. Noch nie zuvor war sie in einem

Verhandlungssaal gewesen. Und nun war sie in diesem Gebäude, in diesem Verhandlungssaal im zweiten Stock, und sie war die Angeklagte. Die Pensionisten hinter ihr waren mucksmäuschenstill geworden.

Aber Anna war willens, alles zu sagen. Noch bevor jemand eine weitere Frage stellen konnte, fuhr sie fort: „Ich war in Zagreb, um die Drogen zu holen. Der Lieferant hat ziemlich blöd geguckt, als ich ihn dort im Park angesprochen habe. Er wollte mir die Sachen zuerst gar nicht geben … Erst, als ich ihm gesagt habe, dass er sich nicht so blöd anstellen soll, hat er alles gebracht."

„Sie meinen, er hat Ihnen das Suchtgift und die beiden Maschinengewehre gegeben?"

„Ja, genau. Dass er mir auch Waffen mitgeben würde, hatte ich nicht erwartet, aber ich hab' die Sachen dann einfach alle ins Auto gepackt."

„Und dann sind Sie damit direkt nach Hause gefahren?"

„Von Zagreb bis nach Maribor und dann weiter nach Österreich, ja. Ich fahre fast jede Woche in Spielfeld über die Grenze, weil ich am Donnerstag immer in Maribor zum Friseur gehe. Der ist viel günstiger als in Österreich, arbeitet aber trotzdem besser. Danach gehe ich meistens in ein Fischrestaurant, und wenn das Wetter passt, mache ich noch einen Spaziergang an der Drau. Es ist wunderschön dort. Zum Abschluss vielleicht noch einen gemütlichen Kaffee und ein Stück Torte, dann geht es wieder Richtung Heimat. Ich kenn' mich dort schon aus. Ich glaube, die Beamten an der Grenze kennen mich auch schon alle."

„Warum hat man Sie dann angehalten?"

„Ganz ehrlich? Ich habe keine Ahnung! Das eine Gewehr war hinten auf der Hutablage, aber unter einer Häkeldecke versteckt. Man hat sicher nichts davon sehen können. Die Drogen und das andere Gewehr waren im Kofferraum. Ich hätte niemals damit gerechnet, dass sie nachschauen. Als die Beamten dann auf einmal doch nachsehen wollten, ist mir das Herz in die Hose gerutscht. Der Zollbeamte hat gesagt: ‚Gnädige Frau, seien Sie so lieb und machen Sie bitte den Kofferraumdeckel auf.‘ Mein Gott, war ich nervös!“

„Und dann wurde alles gefunden?“

„Zuerst das Gewehr im Kofferraum und die Drogen, die sind ja danebengelegen.“

„Und das zweite Maschinengewehr?“

„Das ist erst viel später gefunden worden, da war ich schon festgenommen und das Auto abgestellt, die Polizei hat es dann nochmals durchsucht. Ich kann mich noch gut erinnern, dass ich bei der Einvernahme gleich zugeben hab’, dass ich zwei Gewehre geschmuggelt habe, und mich der Beamte blöd angeschaut hat. Bis dorthin hatten sie ja nur eines gefunden. In dem Moment geht die Türe auf und die Polizisten kommen mit dem zweiten Maschinengewehr herein. Die haben alle ganz schön dumm aus der Wäsche geguckt, das können Sie mir glauben! Später wollten sie dann sogar mein Auto zerlegen, ich habe ihnen aber gesagt, dass sie da nichts mehr finden würden.“

„Warum schmuggeln Sie als beinahe Siebenundsiebzigjährige Suchtgift und Waffen nach Österreich?“, wollte der Vorsitzende kopfschüttelnd wissen.

„Ich habe es für meinen Enkel getan. Der Junge hat schon ein paar Mal Drogen und irgendwelche Waffen nach Hause gebracht … ich muss aber sagen, er hat sich in letzter Zeit ziemlich dumm angestellt. Ich habe mir Sorgen um ihn gemacht. Er hat sich einmal den Arm so angeschlagen, dass ich ihm tagelang Verbände anlegen musste, ein anderes Mal hat er sich den Kopf gestoßen, und einmal ist ihm sogar eine Pistole vom Wohnzimmertisch hinuntergefallen, weil ich versehentlich ohne anzuklopfen ins Zimmer gekommen bin. Stellen Sie sich vor, die wäre geladen gewesen. Der Bub ist einfach blöd. Ich habe ihm dann auch gesagt, dass man ihn bei seiner Dummheit bald mal erwischen würde …"

Der „Bub", Jürgen, Ende dreißig, saß als Zweitangeklagter neben seiner gesprächigen Großmutter auf der Anklagebank. Bei ihren Worten zuckte er merklich zusammen.

„Und der Herr Zweitangeklagte, was sagt der zur Anklage?", wandte der Staatsanwalt sich nun an Jürgen. „Fühlen Sie sich schuldig, Ihre Großmutter zum Suchtgift- und Waffenschmuggel angestiftet zu haben und auch selbst zuvor die angeführten Gegenstände, sprich Suchtgift und Waffen, geschmuggelt zu haben?"

„Nein, nicht schuldig!", antwortete Jürgen. Die Rentner direkt hinter ihm flüsterten leise. Es war Annas Bastelclub.

Anna blickte streng zu ihrem Enkel. Sogar nach ihrem Dafürhalten war er ein Flegel. Seit Monaten hätte sie ihm des Öfteren am liebsten eine Ohrfeige gegeben. Er war ungepflegt, lag nur noch in seiner zugemüllten Wohnung herum und ging kaum an die frische Luft. So würde der Junge doch nie eine Frau finden! Sogar seine Eltern hatten längst mit ihm abgeschlossen, hielten ihn für einen Nichtsnutz. Er hatte keine Freunde mehr. Nur Anna war ihm noch beigestanden.

Dabei war Jürgen ein so liebes Kind gewesen. Ausgesprochen hübsch, groß und schlank; er hatte seinen Großeltern damals viel Freude bereitet. Wie rasch doch die Zeit dahinflog. Wilhelm, Annas Mann, war nun schon seit drei Jahren tot. Sein Verlust lastete schwer auf ihr. Noch immer. Wenn sie Jürgen umsorgte, gelegentlich für ihn kochte, sogar seine Wohnung putzte, gab es ihr das Gefühl, gebraucht zu werden, machte es ihr leichter, nicht immer nur an Willi zu denken. Er war etwas Besonderes gewesen, und Anna hatte immer gehofft, dass Jürgen das auch wäre. Früher war Jürgen stets mit einem Lächeln aus dem Kindergarten gekommen, aus der Schule, und später hatte er manchmal sogar gelächelt, wenn er aus der Arbeit gekommen war. Als er noch eine hatte. Nun beschwerte er sich nur mehr. Ihm sei langweilig, es sei nichts los, die Tage zögen sich dahin. Dann hatte Anna ein paar Mal irgendwelche Kapseln oder Tabletten bei dem Jungen gefunden. Und Bustickets nach Zagreb. Natürlich hatte sie ihn danach gefragt, der Bub hatte aber nie etwas dazu sagen wollen.

Da Jürgen scheinbar nicht vorhatte, sich weiter vor dem Gericht zu äußern, erzählte Anna nun mit fester Stimme, wie sie eines Tages Hunderte, wenn nicht Tausende dieser Tabletten entdeckt habe. Daraufhin habe der Junge einen Weinkrampf bekommen und ihr alles gestanden: „Er hat gesagt, dass er diese Medikamente brauchen würde, weil er eine seltene Krankheit hätte. Er habe es geheim gehalten, um seine Eltern nicht damit zu belasten. In Österreich seien die Medikamente aber nicht zugelassen, deshalb zahle sie auch die Krankenkasse nicht. Und weil er dafür immer extra nach Zagreb musste, und andere diese Medikamente ja auch brauchen würden, hätte er den Preis ein wenig erhöht. Schon die Bustickets sind ja nicht billig. Ehrlich gesagt war ich froh, dass der Junge wenigstens ein Einkommen hatte. Ich habe mich schon immer gefragt, wie er ohne Arbeit über die Runden gekommen ist."

„Sie haben sich also nicht viel dabei gedacht?" Der Staatsanwalt war ein wenig perplex ob ihrer Schilderung.

„Ich habe ihm das alles geglaubt, ja."

„Und warum sind dann letztlich *Sie* gefahren?", fragte der Richter.

„Na, weil er doch so tollpatschig ist! Als er von seiner Krankheit erzählt hat, habe ich mir natürlich Sorgen gemacht. Ich wollte, dass er zum Arzt geht, das wollte er aber nicht. Es sei sein Problem und seine Verantwortung, hat er gesagt. Aber dann hat er immer so viele blaue Flecken gehabt, hat sich ständig irgendwo angestoßen. Einmal ist er sogar in die Badewanne gefallen! Sein ganzer Rücken war blau!"

Jürgen wurde neben seiner Oma inzwischen ganz klein. Die ließ ihren Sorgen aber weiter freien Lauf: „Ich habe ihm schon so oft gesagt, dass er zu ungeschickt ist. Ich habe gewusst, dass noch etwas Schlimmes passieren würde."

Annas Enkelsohn zog es vor, auch dazu nichts zu sagen. Damit machte der Staatsanwalt jetzt Schluss. Er wandte sich wieder an ihn.

„Also, fühlen Sie sich noch immer unschuldig?"

„Ja, nicht schuldig!", gab Jürgen erneut zurück.

„Aber klar bist du schuldig, rede nicht herum!", rief nun seine Großmutter und forderte ihren Enkelsohn resolut auf, sich endlich zu bekennen.

Dieser konterte: „Ich habe meine Oma nicht dazu gezwungen, für mich nach Zagreb zu fahren, um die Ecstasy-Tabletten und die Maschinengewehre zu holen!" Nach einer Pause fügte er etwas kleinlauter hinzu: „Sie hat sich selbst angeboten. Sie hat gesagt, ich stell' mich so dämlich an, dass sie mich wirklich einmal erwischen …"

„Aber Sie haben ihr den Platz und den Lieferanten genannt, bei dem die Sachen abzuholen waren?"

„Ja, das schon."

„Und Sie haben ihr auch gesagt, dass sie die Sachen zu Ihnen bringen soll?"

„Ja, schon, wohin denn sonst?"

„Hat sie den Lieferanten gekannt, oder wie darf man sich das vorstellen?"

„Nein. Ich habe den Termin vereinbart", antwortete Jürgen mit gesenktem Kopf, „ich hab' aber den Lieferanten telefonisch nicht mehr erreicht, hab' ihm also nicht sagen können, dass meine Oma kommt."

„Darum war er so überrascht, dass jetzt die Großmutter nach der Ware fragt, und nicht Sie?"

„Ja, bestimmt sogar."

„Das Gesicht des Lieferanten hätte ich gerne gesehen", rutschte es dem Vorsitzenden heraus.

„Vielleicht sehen wir es bald. Wir haben einen internationalen Haftbefehl beantragt, den werden wir sicher auch bekommen!", meinte ein zuversichtlicher Staatsanwalt.

Anna verlor inzwischen die Geduld mit ihrem Enkel.

„Gib jetzt endlich alles zu, wird's bald!", fauchte sie ihn so druckvoll an, dass er instinktiv den Kopf einzog. Vereinzeltes Schmunzeln im Saal. Noch bevor der Vorsitzende weiter in ihn dringen konnte, gestand Jürgen: „Ist ja gut … Voll schuldig, alle Punkte sind richtig."

Angesichts dieser Aussagen war ein Beweisverfahren nicht mehr notwendig. Der Sachverhalt war auch so ausreichend klar geworden. Der Vorsitzende wollte aber noch jenen Grenzbeamten hören, der die Angeklagte damals kontrolliert hatte. Überraschung stand im Gesicht dieses Beamten, als er in den Saal gerufen wurde und die zahlreichen Zuhörer sah.

„So, Sie sind der Beamte, der alles entdeckt und die Angeklagte verhaftet hat?"

„Jawohl, Herr Rat!", bestätigte der Grenzbeamte.

„Können Sie dem Gericht erklären, wie das vonstattengegangen ist?"

„Die Frau Angeklagte habe ich schon gekannt. Also nicht wirklich gekannt, aber vom Sehen eben. Für uns ist sie wie eine Grande Dame, sie passiert jeden Donnerstag die Grenze. Vormittags nach Slowenien und nachmittags wieder zurück. Auch ihr Auto war uns schon bekannt, sie ist immer mit demselben gefahren."

„Und warum haben Sie sie genau an diesem Tag kontrolliert? Oder haben Sie das zuvor auch schon manchmal getan?"

„Nein, bis dahin noch nie. Aber sie war, wie ich schon sagte, praktisch jede Woche an der Grenze, und beim Heimfahren hatte sie immer eine neue Frisur. Diesmal aber nicht."

„Es stimmt, ich war an diesem Tag nicht beim Friseur!", rief Anna. Die Mitglieder ihrer Bastelrunde hinter der Anklagebank nickten geschlossen.

„Alles klar", meinte der Vorsitzende.

Ob Jürgen wohl gerade überlegte, dass auch seine Oma ungeschickt sei, und man sie mit einer neuen Frisur nicht kontrolliert hätte, wollte der Vorsitzende dann schon nicht mehr wissen. Anna wurde letztlich zu drei Jahren auf Bewährung verurteilt. Dass nur eine bedingte Haftstrafe ausgesprochen wurde, ergab sich vor allem aus der Tatsache, dass sie keinerlei Rückfallgefahr hatte. Für Enkelsohn Jürgen ging die Sache nicht ganz so milde aus.

Jan und Marinella
Eine Liebschaft mit gewissen Vorzügen

Jan hatte es eilig. Er hatte Marinella viel zu verdanken und wollte sie nur ungern warten lassen. Als er sein Studium – Mathematik und Informatik – abgebrochen hatte und feststellte, dass es in Rumänien keinerlei Zukunftsperspektive für ihn gab, hatte sein Vater Jans Umsiedelung nach Österreich unterstützt. Und ihn an Marinella verwiesen, die bereits in Graz wohnte. Sie kenne Gott und die Welt, hatte Jans Vater gesagt, und würde ihm zu den Chancen verhelfen, die er, Jan, sich verdient habe. Und so war es dann auch gewesen: Schon bei seiner Ankunft hatte ihn Marinella vom Bahnhof abgeholt und ihm eine günstige Unterkunft vermietet, die er sich nun mit Silviu und Lorand teilte, die auch aus Rumänien stammten. Für Jan ein echter Glücksgriff. Die muttersprachlichen Kontakte erleichterten seinen Einstieg in das fremde Land. Silviu war schon länger hier und unterstützte den Neuankömmling, wo es nur ging. Sie waren fast gleich alt, Jan und Silviu, nur Lorand war etwas älter. Jan fand sich in diesem Kreis gut zurecht. Er mochte Silviu und Lorand, und Marinella mochte er auch. Obwohl sie mindestens zwanzig Jahre älter sein musste als er, hatte sie einen guten Zugang zu dem jungen Mann gefunden. Gelegentlich vermittelte sie ihm kleinere Aushilfsarbeiten, damit er sich über Wasser halten konnte, und an Wochenenden kochte sie oft sogar für alle und man verbrachte gemeinsam lustige Abende. Jan hatte es Marinella zu verdanken, dass er hier halbwegs gut leben konnte, und er war ihr dafür dankbar. Und genau deshalb wollte er sie jetzt auch nicht warten lassen.

Er war völlig außer Atem, als er das Lokal endlich betrat. Ein schmächtiger Bursche mit zerzaustem Haar und offenem Hemd. Er sah sich um und erblickte Marinella, die vor einem Kaffee saß und gerade auf die Uhr sah. Sie trug einen enganliegenden, braunen Lederrock und einen weiten Pullover, der die Halter ihres BHs freigab.

„Hi …", keuchte er, froh, dass sie noch da war.

„Wurde auch Zeit", mahnte Marinella mit gespielter Strenge. Sie bestellte ihm auch einen Kaffee.

„Also", sagte sie, nachdem seine Tasse vor ihm stand, „wie geht es dir hier? Was hältst du von der Wohnung?"

„Danke, ja, die Wohnung ist prima. Ich bin echt froh, dass du mir das alles ermöglicht hast."

Sie nickte zufrieden. „Was ist mit den Jungs? Also Silviu und Lorand? Kommt ihr miteinander aus?"

Abermals erklärte Jan, dass das absolut passen würde, und dass er ihr sehr dankbar sei. Die Situation fühlte sich für ihn ein klein wenig seltsam an, aber das kam wohl daher, dass er zuletzt am Wochenende ein bisschen mit ihr geflirtet hatte. Jan war nicht ganz nüchtern gewesen, und natürlich war es beim unschuldigen Spiel geblieben. Trotz des Altersunterschiedes fand er, dass sie eine attraktive Frau war. Ohne Frage: Sie war etwas Besonderes, nicht nur äußerlich schön, sondern auch immer gut gelaunt. Sie strahlte eine gewisse Unbeschwertheit aus. Er lächelte sie scheu an. Sie erwiderte seinen Blick und grinste nun auch, dann beugte sie sich zu ihm, um Zucker in seine Tasse zu gießen – er ließ sie gewähren, obwohl er eigentlich gar keinen Zucker haben wollte, und konnte gar nicht anders, als ihren Duft einzuatmen. Einer ihrer Stöckelschuhe berührte sein Bein unter dem Tisch und löste eine kleine Welle der Aufregung aus, die langsam durch seinen Körper wanderte.

Sie stellte ihm ein paar weitere Fragen, die er alle beantwortete, ohne noch wirklich herausgefunden zu haben, weshalb sie beide heute hier waren. Nach einer Weile schien sie diesen Gedanken zu erraten.

„Ich möchte, dass du etwas für mich tust", sagte sie unvermittelt, „komm, ich zeig' dir was ..." Darauf nahm sie seine Hand, zog ihn vom Sessel hoch, und ging mit ihm auf die Damentoilette. Er ließ es geschehen. In der Kabine schloss sie die Tür hinter ihnen ab, dann legte sie eine Hand auf Jans Schulter, drehte ihn ein wenig und lehnte sich gegen seinen Rücken, so dass er mit dem Bauch an der Wand dastand. Sie öffnete ein kleines Fenster direkt vor seinem Kopf.

„Was siehst du?", fragte sie, aber er konnte kaum mehr wahrnehmen als ihre roten Lippen, die ihm jetzt, hier in der Enge, sehr nahe kamen, und die Tatsache, dass ein Träger ihres Büstenhalters von ihrer Schulter gerutscht war. Sie roch wirklich gut.

„Komm, was siehst du?", fragten ihn diese roten Lippen jetzt wieder. Sie legte eine Hand um seinen Hals. In seinem

Kopf kribbelte der Satz, dass er eine wunderschöne Frau sehe, er wagte es aber nicht, ihn auszusprechen. Jetzt übte die warme Hand an seinem Hals einen leichten Druck aus und drehte seinen Kopf zum Fenster.

„Schau raus. Was siehst du?"

Jan starrte hinaus. Was sollte er sehen? Eine Wiese, den Gehsteig und dann die Häuser auf der anderen Seite der Straße, das sah er.

„Siehst du das Haus dort, das graue mit dem roten Dach?"

„Ja", stammelte Jan, berauscht von ihrer Nähe. Marinella lehnte sich jetzt richtig gegen ihn, und presste ihn mit dem Bauch an die Wand. Er spürte die Wölbungen ihrer Brüste an seinem Rücken, die Wärme ihres Körpers, ihres Atems.

„In diesem Haus ist etwas, das ich haben will. Und du willst ja, dass es mir auch gut geht, oder? So, wie ich will, dass es dir gut geht."

„Ja, natürlich." Jans Herz klopfte heftig. Er wusste nicht so recht, was er sagen sollte.

„Und ich sorge ja auch dafür, dass du dich hier wohl fühlst, oder?", hauchte sie von hinten an sein Ohr. Er spürte irritiert, wie ihre Hand zwischen seine Beine wanderte. Die Berührung schickte einen Schauer durch seinen ganzen Körper. Sie begann, ihn zu streicheln, ihre Lippen küssten ganz sanft seinen Nacken. Ihm war, als spürte er ihre harten Brustwarzen an seinen Schulterblättern. Er schloss die Augen und genoss ihre warme, weiche Hand an seinem Geschlecht. Sie brachte ihre zweite Hand zwischen seine Beine, ihre Bewegungen wurden fordernder. Er hätte sich gerne zu ihr umgedreht, aber sie erlaubte es nicht. Stattdessen presste sie sich noch fester an ihn. Ihr rhythmischer Atem prickelte an seinem Hals, immer heißer …

„Siehst du, wie gut ich für dich sorge", flüsterte sie ihm, immer noch gegen seinen Rücken gepresst, feucht ins Ohr, als sein Zittern langsam nachließ, „in diesem Haus gibt es eine Kasse mit viel Geld. Keine Alarmanlage. Bring mir das Geld aus der Kasse."

Jan folgte. Er funktionierte. Er erfüllte ihren Wunsch – und alle weiteren Wünsche, die sie in der kommenden Zeit an ihn herantrug: Schmuck, Uhren, Bargeld, wertvolle Kleider, Elektroartikel. Aus Privathäusern, Büros oder Geschäften. Sie kundschaftete aus, und er tat, was sie ihm sagte, ohne Spuren zu hinterlassen. Gelegentlich durfte er etwas davon behalten, die wahre Belohnung waren aber keine Gegenstände, sondern Streicheleinheiten. Und je mehr Wünsche er ihr erfüllte, desto größer wurden auch die Belohnungen. Bald erlaubte sie, dass er sie streichelte. Und nach einer Weile durfte er das erste Mal eine Nacht mit ihr verbringen. Jan verliebte sich Hals über Kopf, verfiel ihr mit Haut und Haar. Als sie des Nachts nebeneinander lagen, sagte sie ihm, dass sie ihn lieben würde, und er war selig.

Einmal kam er tagsüber in ihre Wohnung, und einer seiner Mitbewohner, Silviu, stand in ihrem Wohnzimmer, während Marinella gerade Tee zubereitete. Jan war zuerst unklar, was Silviu hier machte, aber noch bevor er einen Keim der Eifersucht entwickeln konnte, zeigte sich schon, dass Silvius Anwesenheit ganz andere Gründe hatte. Marinella kam mit einem Lächeln aus der Küche und machte die beiden praktisch zu Kollegen. Silviu unterstützte bei weiteren zwanzig Einbrüchen. Der Ablauf war derselbe wie immer: Marinella kundschaftete aus, Jan und Silviu holten die Objekte ihrer Begierde ab. Nicht immer waren es wertvolle Dinge, die ihr ins Auge stachen. Einmal stahl Jan Hunderte von Blumen für sie, weil deren Farbe sie wahnsinnig mache, wie sie ihm zuvor im Bett erklärt hatte. Und Jan fügte sich, weil sie ihn auch wahnsinnig machte. Er erfüllte ihre Wünsche, sie erfüllte dafür seine kühnsten Träume.

Irgendwann rief sie ihn an und verlangte, dass er sofort kommen solle. Sie empfing ihn an der Tür, küsste ihn noch im Vorraum und brachte ihn ins Wohnzimmer, wo Silviu bereits wartete. Sie servierte Kaffee und erläuterte das kommende „Projekt".

„Diesmal gibt es viel Geld. Wir teilen alles durch drei, dann schaut für jeden von uns eine dicke Beute heraus!", erklärte Marinella überschwänglich.

Marinella parkte gut zweihundert Meter vom ausgewählten Haus entfernt, schaltete das Licht aus und den Motor ab. Es war Nacht. Das Haus lag ziemlich abgelegen, mehr als zehn Kilometer außerhalb der Stadt. Alle Fenster waren dunkel. Die Umgebung wirkte wie ausgestorben. Keine Autos, keine Lichter, die das Strahlen der Sterne behinderten.

„Niemand zu Hause, keine Alarmanlage, kein Licht, niemand in der Nähe", sagte Marinella mit einem Zwinkern. „Ihr könnt ruhig lauter sein, es gibt niemanden, der euch hören könnte. Ich bleibe hier und rufe euch an, wenn irgendetwas sein sollte."

Jan und Silviu sprinteten im Dunkeln zum Haus. Die Tür war mit wenigen Handgriffen geöffnet. Sie waren beide inzwischen ziemlich geübt in diesen Dingen. Marinellas Beschreibungen passten wie immer wie die Faust aufs Auge. Sogar die Möbel standen genau so, wie sie gesagt hatte. Im Schlafzimmer im ersten Stock stießen sie auf den Safe. Das Ziel des heutigen Abends. Zum ersten Mal aber reichte das mitgebrachte Werkzeug nicht aus. Sie schafften es einfach nicht, den Safe zu knacken. Die Scharniere und das Schloss der Safetür hätten eine Bombe ausgehalten, ihre Stemmeisen prallten wirkungslos ab. Ärger machte sich breit. Während Jan immer verzweifelter auf den Safe einschlug, reichte es Silviu aber irgendwann. Er rief Marinella an und erklärte ihr, dass das Werkzeug Scheiße sei. Sie gab zurück, dass sie besseres Werkzeug holen würde, verabschiedete sich und war nach kurzer Zeit wieder vor Ort. Sie rief Silviu an, der die neuen Gerätschaften abholte – Flex, Bohrer und so weiter – und wieder ins Haus zurückging. Als sie eine halbe Stunde später noch nichts von den beiden gehört hatte, rief Marinella sie an. Silviu, inzwischen deutlich verärgert, erklärte ihr, dass sie den Safe immer noch nicht aufbekommen würden. Sie verstand ihn kaum, weil Jan im Hintergrund mit der Flex hantierte. Silviu erklärte Marinella, dass sie den Safe von der Wand schneiden müssten, und dementsprechend jemanden bräuchten, der ihn abtransportieren konnte. Sie hörte ein Poltern und dann Jan, der schimpfte wie ein Rohrspatz.

„Du musst Lorand anrufen!", sagte Silviu.

Marinella biss sich auf die Lippen. Mist. Ihr fiel aber auch kein anderer Ausweg ein. Eine knappe halbe Stunde später kam Lorand mit einem Transporter. Sie brauchten eine Weile, um den schweren Safe aus dem Haus zu schaffen und zu verladen. Nach dem kräftezehrenden Unterfangen fuhren sie damit in ein Waldstück, und nach weiteren zwei Stunden war der Safe endlich offen. Enttäuschung griff um sich – die Beute war signifikant kleiner als erwartet. Sie zählten 35.000 Euro, die sie jetzt durch Lorands Mithilfe auch noch durch vier teilen mussten. Es kam zu einem kleineren Streit um die jeweiligen Anteile. Nach der Aufregung und der körperlichen Anstrengung hatte Jan zum ersten Mal keine Lust mehr, noch mit zu Marinella zu kommen, und fuhr mit Silviu und Lorand in ihre gemeinsame Unterkunft. Er war gereizt und erschöpft. Er wollte nur mehr schlafen.

Mitten in der Nacht weckte ihn ein Lichtstrahl, der direkt auf sein Gesicht gerichtet war. Die Polizei stand neben seinem Bett.

„Stehen Sie auf. Sie sind festgenommen."

Bald darauf fand Jan sich in der Justizanstalt wieder. Jan, der jegliche Aussage konsequent verweigerte, hatte bis dorthin nur begriffen, dass es um den Safe ging. Er hatte weder eine Ahnung, ob Silviu und Lorand ebenfalls verhaftet waren, noch, was die Polizei sonst wusste. Seine Gespräche mit dem Haftrichter und später mit seinem Verteidiger ergaben keine weiteren Informationen.

Jan bekam aber ausreichend Möglichkeit, sich sein Hirn darüber zu zermartern, denn obwohl er damit rechnete, jederzeit dem Ermittlungsrichter, dem Staatsanwalt oder wenigstens einem Polizisten vorgeführt zu werden, geschah vorerst nichts davon. Die ersten Tage über machte ihn das zusehends nervöser, dann aber kam er zu dem Ergebnis, dass man wohl schlicht nicht viel wissen konnte, was auch sein Verteidiger bestätigte. Jan hatte immer Handschuhe getragen und nie Spuren hinterlassen. Von der Beute aller bisherigen Einbrüche besaß er so gut wie nichts, die Werkzeuge waren gut versteckt. Sorgen bereitete ihm nur die noch immer offene Frage, ob man Silviu ebenfalls verhaftet hatte – und, was der zu Protokoll geben könnte.

Die erste Haftverhandlung brachte nicht viel Neues, es folgte die Verlängerung der Untersuchungshaft. Damit fand er sich ab. Jan hatte anfangs – abgesehen von seiner inneren Unruhe – nicht einmal ein Problem damit, dass er in Haft saß. Er konnte ausschlafen, das Essen war okay und seine Zellengenossen angenehm schweigsam. Je mehr Tage vergingen, desto mehr trat aber ein anderes Gefühl aus der Leere der Haftanstalt in den Vordergrund: Die Sehnsucht nach Marinella, nach ihrer Unbeschwertheit, ihrer Haut. Die eine Stunde, die er täglich in dem zubetonierten Hof der Anstalt im Kreis gehen durfte, geriet ihm zur Qual. Wusste Marinella, dass er verhaftet worden war? Wahrscheinlich schon. Er dachte an ihren Duft, an ihre weichen Berührungen. Er vermisste ihre stets gute Laune, ihre Lippen, ihre Stimme. Wann konnte er sie endlich wiedersehen?

Nach Wochen holte ein Justizwachebeamte ihn aus seiner Zelle, um ihn zu einem Verhör zu bringen. Dort erfuhr er, dass man auch Silviu inhaftiert hatte, und ihnen gemeinsam eine ganze Anzahl an Einbrüchen vorwarf. Jan versuchte, ruhig zu wirken, schaffte es aber auch unter großer Anstrengung kaum. Er blieb bei seiner bisherigen Kommunikationsstrategie und sagte nichts. Zehn Minuten später war er schon wieder in seiner Zelle, und dann vergingen abermals Wochen, bis sich wieder etwas tat. Er erhielt die Anklageschrift und studierte sie bang und mit einem wachsenden Gefühl der Enge um seine Brust. Es waren viele Punkte angeführt, an die er schon längst nicht mehr gedacht hatte. Bei seinem letzten Zusammentreffen mit seinem Anwalt wusste er im Nachhinein kaum, was sie besprochen hatten. Jan nahm sich vor, weiterhin Stillschweigen zu bewahren und abzuwarten, was das Schicksal bereithielt. Wieder wartete er, bis endlich die Hauptverhandlung kam.

Als Jan in den Verhandlungssaal geführt wurde, sah er Silviu auf der Anklagebank. Aber nicht nur ihn: Lorand war ebenfalls da. Und – Marinella. Jan konnte bei ihrem Anblick kaum seine Gefühle entziffern, deutlich spürte er nur den Stich in seiner Brust. Sie trug einen schwarzen Rock und einen gleichfarbigen Pullover. Sie würdigte ihn keines Blickes. Jan fühlte sich wie betäubt. Man führte ihn zu seinem Platz. Er war der Letzte in der Reihe der Angeklagten und blickte nach vorne, als der Richter nun die personenbezogenen Daten aller Beteiligten abfragte. Für Jan gab es ein paar Überraschungen. Zuerst, dass Marinella eine geschiedene Frau und wesentlich älter war, als er vermutet hatte. Von einer Scheidung hatte sie nie erzählt. Dazu noch, dass Lorand schon mehrere Jahre in Haft gewesen war, und Silviu, der eigentlich sogar noch zwei Jahre jünger war als Jan, dreifacher Vater war. Silviu hatte nie auch nur ein Wort darüber verloren, dass er eine eigene Familie in Rumänien hatte. Nach den ersten fünf Minuten der Verhandlung war Jans Bild der anderen völlig verändert. Alle drei waren unehrlich zu ihm gewesen, die ganze Zeit über, und er hatte es nicht einmal bemerkt. Beim Verlesen der Anklageschrift wurde für Jan zudem deutlich, dass die Polizei offenbar sehr viel über ihre Umtriebe wusste. Die Verlesung dauerte. Die Verteidiger brachten im Anschluss nur mehr vor, dass die Anklagepunkte falsch seien und alle vier ihrer Klienten sich für nicht schuldig erklärten. Die Angeklagten selbst bestätigten das der Reihe nach. „Nicht schuldig", wollte auch Jan mit fester Stimme sagen, aber diese versagte ihm fast ihren Dienst, und als er die Worte letztlich herausbrachte, flüsterte er beinahe.

„Ich möchte mit dem Drittangeklagten beginnen", sagte der Vorsitzende und forderte Silviu auf, am Angeklagtenstuhl vor dem Richtersenat Platz zu nehmen. Jan bemühte sich, aufmerksam zu sein. Er selbst hatte sich vorgenommen, weiterhin den Mund zu halten. Es war entscheidend, dass sie einander nicht gegenseitig belasteten.

„Sie wissen, dass ein Geständnis ein Milderungsgrund ist, wenn es umfassend, reumütig oder der Wahrheitsfindung dienlich ist?", fragte der Vorsitzende Silviu eben, „Sie haben ja schon Gerichtserfahrung … und bei Ihren Vorstrafen benötigen Sie gute Milderungsgründe, sonst schaut es im Falle eines Schuldspruches nicht gut für Sie aus!"

„Ja, weiß ich", antwortete Silviu, für Jan etwas überraschend.

„Also. Ich frage Sie noch einmal: Schuldig oder nicht schuldig?"

„Nicht schuldig!"

„Bei allen Punkten?"

Silvius Zögern wirkte wie verstärkt durch die Tatsache, dass es sehr ruhig im Saal war. Als hätten alle gleichzeitig die Luft angehalten. Jan fragte sich ohnehin, wer diese ganzen Leute waren, die dem Verfahren beiwohnten.

„Nicht schuldig. In allen Punkten", sagte Silviu endlich.

Der Vorsitzende ließ Silviu über sein Leben berichten, davon, wie er nach Österreich gekommen und was der Inhalt seiner Vorstrafen gewesen sei, was er so hier gemacht habe, seine Kontakte und einiges mehr. Jan verstand die meisten Fragen inhaltlich nicht wirklich und sah keinen Zusammenhang mit den Taten, die ihnen vorgeworfen wurden. Es entwickelte sich etwas, was man fast als gemütliche Plauderei hätte bezeichnen können. Jan schaffte es endlich, ein wenig ruhiger zu werden. Er bereitete sich gedanklich darauf vor, dieselben oder wenigstens ähnliche Fragen zu beantworten. Sein Blick wanderte wie von selbst zu Marinella, aber sie sah nur stur nach vorne.

„Kennen Sie die Erstangeklagte?", wollte der Richter von Silviu wissen.

„Nur vom Sehen her, sie hat mir mein Zimmer vermietet."

„Haben Sie am Tag vor Ihrer Verhaftung Kontakt mit ihr gehabt?"

„Nein."

„Wann war der letzte Kontakt mit ihr?"

„Kann ich jetzt nicht sagen … wahrscheinlich einen Monat vorher, als ich die Miete bezahlt habe."

„Im Akt steht etwas anderes. Aus ihm geht hervor, dass Sie sehr wohl vor Ihrer Verhaftung mit der Erstangeklagten telefoniert haben."

„Daran kann ich mich nicht erinnern." Jan atmete innerlich ein wenig auf. Offensichtlich plante auch Silviu, nichts zu verraten. Wirklich glaubhaft war das in Anbetracht der Umstände nicht, aber wenigstens gab er nichts zu – und verriet niemanden.

Der Richter blickte Silviu streng an. „Na gut, wenn Sie sich nicht erinnern können, dann unterstütze ich Sie gern dabei. Also: Sie haben mit der Angeklagten telefoniert und ihr mitgeteilt, dass sie ein anderes Werkzeug bringen solle. Fällt Ihnen vielleicht jetzt etwas dazu ein?"

Das saß. In Jans Hals bildete sich ein Kloß. Er hätte sich den Akt viel besser ansehen sollen. Sogar vor seinem Anwalt hatte er die Vogel-Strauß-Taktik verfolgt und so letztlich offensichtlich nicht nur selbst wenig gesagt, sondern auch wesentlich zu wenig mitbekommen. Wie kam das Gericht zu diesen Informationen?

„Ich weiß nicht mehr, was ich gesagt habe und wann das genau war …", versuchte Silviu sich herauszureden.

„Kein Problem!", rief der Vorsitzende. „Ich helfe Ihnen gerne nochmals auf die Sprünge: Sie sagten, und ich zitiere, ‚das Werkzeug ist Scheiße'."

Jan war, als hätte jemand den Boden unter seinen Füßen weggezogen. Man hatte sie wirklich abgehört? Sein Geist wehrte sich vehement gegen diese Information.

„Kann sein", druckste Silviu.

„Was kann sein?", bohrte der Richter impulsiv nach.

Bevor Silviu sich noch eine Antwort zurechtlegen konnte, setzte der Richter schon fort: „Soll ich es Ihnen vorspielen? Da hört man auch Ihren Kumpel, der gerade den Safe bearbeitet. Sie haben unpassendes Werkzeug mitgehabt. Darum haben Sie die Erstangeklagte angerufen, sich über das Werkzeug beklagt und sie aufgefordert, Ihnen ein besseres zu bringen!"

„Ihren Kumpel …", wiederholte Jans Kopf wie automatisch. Klar, er saß hier mitten drin. Dennoch hatte er es bisher irgendwie geschafft, diese Erkenntnis abzublocken, nicht wahrzunehmen, dass ihm das Wasser längst bis zum Hals stand. Er hatte sich an die Hoffnung geklammert, bald wieder bei Marinella zu sein, und dass das alles, wie durch ein Wunder, nicht schlimm ausgehen würde.

„Soll ich es Ihnen vorspielen?", meinte der Richter nochmals.

„Nein, nicht notwendig." Jan sah, oder meinte wenigstens zu sehen, wie Silvius Körperhaltung geradezu … nachgab. Er sackte ein wenig in sich zusammen, fast unmerklich, aber Jan registrierte es genau. Silviu war in Begriff aufzugeben.

„Herr Angeklagter, ich spiele es Ihnen wirklich gerne vor. Auch in meiner Karriere als Strafrichter wäre es das erste Mal, dass ich Einbrecher bei der Arbeit höre. Auch die Schöffen würde das sicher interessieren. Wer werkt und flucht da übrigens im Hintergrund?"

„Jan", sagte Silviu und senkte seinen Blick. Jan hörte seinen Namen nur ganz dumpf, als wäre sein Kopf unter Wasser. Aus. Das war's. Er schloss seine Augen. Auch der Rest des Gespräches klang für ihn seltsam gedämpft.

„Und wer hat Sie beide dann mit dem Auto abgeholt?"

„Lorand. Er hat einen Transporter. Der Safe war sehr schwer."

„Aufgeschnitten haben Sie ihn dann später im Wald. Was ist mit der Beute geschehen?", fragte der Vorsitzende.

„Wir haben sie aufgeteilt."

„Durch drei oder vier?"

„Vier."

„Wer war der oder die vierte? Lassen Sie sich nicht jedes Wort aus der Nase ziehen!"

„Marinella."

„Die Erstangeklagte hat also ein Viertel der Beute erhalten?"

„Ja."

„Und die anderen Einbrüche, die Sie alleine oder mit einem Mittäter begangen haben? Was ist mit denen?"

„Es stimmt alles, was in der Anklage steht."

„Was war mit der Diebesbeute?"

„Habe ich Marinella gegeben, wenn ich alleine war. Wenn Jan dabei war, haben wir auch etwas bekommen." Silviu wurde redseliger. Er lieferte sie alle ans Messer. Für Jan klang die Diskussion immer noch sehr dumpf. Nur Marinellas Name stach hervor, erhob sich aus dem Meer der Wörter wie eine Boje mit einem blinkenden Licht an der Spitze.

„Bei den dreißig Einbrüchen, die Sie alleine durchgeführt haben, haben Sie die ganze Beute der Erstangeklagten gegeben?"

„Ja." Die nächste Überraschung für Jan. Dreißig Einbrüche hatte Silviu alleine durchgeführt? Wann? Der Vorsitzende bohrte sofort weiter. Es ging jetzt Schlag auf Schlag.

„Das verstehe ich nicht. Was haben Sie von den Einbrüchen, wenn Sie die ganze Beute abgeben?"

„Ich …"

„Kommen Sie, sagen Sie es einfach!"

„Ich war ja mit Mari befreundet, also …" Silviu stoppte.

„Herr Angeklagter, hören Sie damit auf, um den heißen Brei herumzureden! Was heißt, Sie waren befreundet? Waren Sie liiert?"

„Liiert nicht wirklich, wir waren … zusammen."

„Was jetzt? Ein Verhältnis? Eine Affäre, oder wie sagt man?"

Jan gab es erneut einen Stich. Zu seiner eigenen Überraschung tat der mehr weh als die immer deutlichere Aussicht auf eine Verurteilung. Ihm wurde schlecht, als würde er seekrank. Zum Glück saß er bereits, sonst wäre er einfach umgekippt. Sogar dem Vorsitzenden fiel es auf. „Geht es Ihnen nicht gut?", wollte der wissen, als er sein blasses Gesicht bemerkte.

„Geht schon", stammelte Jan, aber es war nicht die Wahrheit. Irgendetwas in ihm klammerte sich an die Hoffnung, dass Marinella das abstreiten würde.

„Es war nur ein sexuelles Verhältnis", führte Silviu plötzlich aus, „ich habe seit gut zwei Jahren ein Verhältnis mit ihr. Ich habe ihr immer die Beute gegeben, Geld habe dafür aber nicht viel bekommen."

„Was heißt ‚nicht viel'?"

„Keine Ahnung, nicht viel. Ich musste die Wohnung aber nicht zahlen, und wenn ich bei ihr war, habe ich auch zu essen und trinken bekommen. Das Geld, das sie mir gegeben hat, habe ich in meine Heimat zu meiner Familie geschickt."

„Und geschlafen haben Sie auch bei der Erstangeklagten?"

„Nur wenn die Beute wirklich groß war."

Jan fühlte jedes Wort wie einen einzelnen, präzise geführten Schlag.

„In Ordnung", sagte der Vorsitzende, „zusammenfassend kann man also sagen, dass Sie sich schuldig bekennen, die gegenständlichen Einbrüche laut Anklage begangen zu haben. Geld gab es dafür nicht viel, aber Sex als Gegenleistung. Stimmt das so?"

Silviu bestätigte. Eine junge Frau zwei Reihen hinter der Anklagebank stand plötzlich auf und verließ den Verhandlungssaal, die Dame neben ihr, möglicherweise Silvius Mutter, begann zu weinen.

Jan hätte vor Enttäuschung und Wut jetzt auch am liebsten geweint. Oder wäre, noch lieber, auch hinausgerannt, um das alles hinter sich zu lassen. Er wollte nur mehr, dass die Verhandlung vorbei war, egal wie sie ausgehen mochte. Aber sie fing gerade erst an. Der Richter rief Marinella nach vorne. Sie nahm vor dem Richtertisch Platz.

„Frau Erstangeklagte, was sagen Sie dazu?"

„Was soll ich denn jetzt noch dazu sagen?", meinte Marinella ruhig, „stimmt so, aber die ganze Beute habe ich nicht bekommen, die anderen haben schon auch einen Anteil gekriegt."

„Wie hoch war der, wovon abhängig?"

„Davon, mit wem ich gerade zusammen war."

„Was heißt das?", wollte das Gericht wissen.

„Ich hab' unterschiedliche Verhältnisse gehabt, wissen Sie."

„Was soll das jetzt bedeuten? Was wollen Sie uns sagen?"

„Ich bin geschieden, Herr Rat. Mein erster Mann ist bald nach der Heirat gestorben, der war schwer krank. Mein zweiter Mann hat sich eine Jüngere angelacht, der dritte war nichts, von dem hab' ich mich dann scheiden lassen. Und dann habe ich die jungen Männer kennengelernt. Und die können was, das dürfen Sie mir glauben. Sie sind frisch, und standfest. Über junge Männer kann ich wirklich nur das Beste sagen …"

„Das ist nicht nötig, Frau Angeklagte", bremste der Vorsitzende sie ein. „An Ihren Liebesgeschichten sind wir nicht interessiert. Nur an der Frage, ob Sie auch ein Verhältnis zu den anderen Angeklagten hatten."

„Ja, Herr Rat, der Jan ist aber auch ein ganz entzückender junger Bursche, der hat noch richtig Manneskraft …"

„Keine Details", unterbrach der Staatsanwalt, „ich glaub', das können wir uns ersparen." Marinella kam jetzt richtig ins Schwärmen. Dass sie Jans Herz brach, war ihr entweder nicht bewusst oder sie ignorierte es.

„Lorand ist doch schon ein wenig älter, der bringt es im Bett nicht mehr so richtig", schob sie nach und führte gleich weiter aus, dass das Auto, mit dem sie in der Nacht vor der Verhaftung unterwegs gewesen sei, einem jungen Mann namens Ibro gehöre. Ein „ganz lieber und fescher Bursche", auch erst Mitte zwanzig, wie sie mit einem leicht entrückten Lächeln erklärte: „Der weiß aber nicht, was ich mit seinem Auto gemacht habe."

Das Meer in Jan wurde immer tiefer. Er gab es auf, zu schwimmen. Irgendwo ganz tief unter der wogenden Oberfläche stieß er auf eine sehr leise Stimme: Vielleicht ist es gut, dass sie uns erwischt haben. Dem Staatsanwalt sagte eine ähnliche Stimme, dass es wohl ein weiteres Verfahren gegen die Angeklagte geben werde. Sie sollte damit recht behalten.

Augusto-Bernardo
Kolumbianische Zeichensprache

Es ging um eines der größten Suchtgiftgeschäfte der letzten Jahre: Mehr als 400 Kilogramm reinstes Kokain aus Kolumbien. Naturgemäß geht es bei solchen Aktionen um viel Geld. Sehr viel Geld. In diesem Fall waren die Abnehmer die albanische und die russische Drogenmafia. Die Erhebungen ergaben ein bis ins kleinste Detail ausgearbeitetes, internationales System – die Exekutive hatte gemeinsam mit mehreren ausländischen Behörden jahrelang daran gearbeitet, Strukturen und Beteiligte offenzulegen. Vor allem für die verdeckten Ermittler keine ungefährliche Sache. In diesen Umfeldern ist man nicht zu Scherzen aufgelegt.

Der Zweitangeklagte, Augusto-Bernardo, angeblich Sohn eines kolumbianischen Drogenkartell-Bosses, brachte im Zuge der Befragung bei den Sicherheitsbehörden nichts Essenzielles vor. Dass man überhaupt auf ihn gekommen sei, wäre reine Folge eines Missverständnisses gewesen. Dasselbe erklärte er danach in der Befragung durch den Untersuchungsrichter. Der Angeklagte habe im Zuge eines Urlaubs in Spanien eine Frau aus Österreich kennengelernt, mit der er dann nach Wien gereist sei, um sich die Stadt anzusehen. Mit der russischen Drogenmafia habe er selbstverständlich überhaupt nichts am Hut, er wisse gar nicht, dass eine solche überhaupt existiere. Noch dazu hier in Österreich, wo doch alles so schön sei. Laut Akt hatte man Augusto-Bernardo aber auf Schritt und Tritt überwacht – und nach einer Sightseeing-Tour sah sein Aufenthalt hierzulange nicht aus. Das waren aber natürlich nur Indizien, keine Beweise …

Dass er mit dem russischen Auftraggeber (der jetzt übrigens als Erstangeklagter nur ein Stück neben ihm saß) in Wien etwas abzuklären gehabt hätte, war laut seiner Aussage jedenfalls eine reine Mutmaßung. Er sei aus einem Grund hier gewesen, und nur aus einem: Urlaub. Für einen kurzen Moment erschien das den Schöffen, also den Laienrichtern, sogar glaubhaft. Er konnte allerdings nicht sagen, was er in Wien konkret unternommen hatte. Seine Freundin, die bereits genannte Urlaubsbekanntschaft, habe ihm alles gezeigt, er selbst kenne sich für derartige Auskünfte zu wenig aus, erklärte der zweitangeklagte Augusto-Bernardo. Schon zu Beginn der Verhandlung führten Kleinigkeiten zu heftigen Auseinandersetzungen zwischen Staatsanwaltschaft und Verteidigung. Die anderen Mittäter – es gab hier insgesamt vier Angeklagte – verfuhren ähnlich, es fehlten neben echten sachlichen also auch persönliche Beweismittel. In einem solchen Verfahren können letztlich winzige Details ausschlaggebend sein. Derartige Prozesse können dauern. Es darf nichts unberücksichtigt bleiben, was den Angeklagten zum Vor- oder Nachteil gereichen kann.

Und zu berücksichtigen gab es einiges, denn seit er in Wien-Schwechat dem Flugzeug entstiegen war, hatte man Augusto-Bernardo lückenlos observiert. Er hatte den Flughafen übrigens alleine verlassen. Die vielbesagte Freundin aus Wien, die unser Angeklagter in Spanien kennengelernt haben wollte, war sicherlich nicht dabei. Im Taxi nach Wien saß der Angeklagte auch alleine, wenngleich er Gegenteiliges aussagte. Es gab gestochen scharfe Fotos, die ihn alleine zeigten. Augusto-Bernardo blieb dennoch bei seiner Geschichte, obwohl er auch einen Namen oder eine Telefonnummer seiner angeblichen Freundin nicht vorweisen konnte. Das mit der Urlaubsbekanntschaft war also eine heikle Angelegenheit. Es blieb geheimnisvoll.

Der Verteidiger, schon bisher nicht um Einwürfe verlegen, versuchte auch hier behilflich zu sein: „Ich bitte Sie, was weiß man schon von einer Urlaubsbekanntschaft? Das ist ja ganz normal. Das war ein ‚Techtelmechtel' und sonst gar nichts."

„Ja, aber das Techtelmechtel soll angeblich im Flieger gewesen sein, Herr Verteidiger, nur hat das keiner gesehen!", konterte der Staatsanwalt.

„Was nicht heißen muss, dass es nicht da war!"

„Dann lassen wir das jetzt so stehen, das Techtelmechtel war vielleicht im Flieger, wir wissen es aber nicht. Und weil das Techtelmechtel keinen Namen hat, können wir es auch nicht befragen", verkürzte der Vorsitzende die Diskussion.

„Vielleicht fällt meinem Mandanten der Name noch ein!" Der Verteidiger wollte offensichtlich unbedingt das letzte Wort in dieser Sache haben.

„Da bin ich aber gespannt", erklärte Staatsanwalt Bachler. „Wenn es dieses Techtelmechtel wirklich gibt, dürfen Sie mich ‚den mit dem Brett vor dem Kopf' nennen."

Aus dem Techtelmechtel wurde ein richtiges Hickhack. Die Spanisch-Dolmetscherin an Augusto-Bernardos Seite hatte es nicht leicht. Sie bemühte sich aber redlich, der Kolumbianer folgte ihr aufmerksam.

Nachdem in der Frage dieser Urlaubsbekanntschaft schon keine Einigkeit erreicht werden konnte, war es beim nächsten Thema ebenso. Das Observationsteam hatte weiters nämlich beobachtet, dass der Angeklagte – ohne Begleitung – einen russischen Mafiaboss (der ebenfalls anwesende Erstangeklagte) und dessen Frau in einem Restaurant getroffen hatte.

„Worüber wurde gesprochen?", wollte der Vorsitzende des Schöffengerichtes wissen.

„Keine Ahnung. Bedeutungsloses. Urlaubsbekanntschaft!", erhielt er aus dem Spanischen übersetzt als Antwort.

„Schon wieder eine Urlaubsbekanntschaft?"

„Ja!"

„Herr Vorsitzender, ich bitte Sie, man lernt eben Leute kennen, wenn man in Wien unterwegs ist!", warf der Verteidiger ein.

„Das nennen Sie Urlaubsbekanntschaft, wenn sich der Erstangeklagte und der Zweitangeklagte im Plachutta treffen?", fragte der Staatsanwalt.

„Es war nur eine Bekanntschaft!", warf jetzt auch der russische Erstangeklagte ein.

„Woher kannten Sie ihn?"

„Es hat geheißen, er werde kommen!", gab der Russe zurück. Aha.

So viel zum Thema Urlaubsbekanntschaft. Sprachbarrieren soll es nicht gegeben haben, da man sich ja sowieso nichts zu sagen gehabt habe. Wie das eben bei zufälligen

Urlaubsbekanntschaften so ist. Geklärt wurde lediglich, dass man sich auf Englisch unterhalten habe. Immerhin.

Nach Meinung der Anklagebehörde musste aber Wesentliches besprochen worden sein. Immerhin ging es wohl um die Lieferung von Hunderten Kilogramm besten Kokains, das in Holzbrettern versteckt in Containern transportiert worden war. Massive Teakholzterrassendielen bester Tropenwaldqualität. Nicht nachhaltig. Einige der Bretter waren von einem Spezialisten, der der amerikanischen Drogenbehörde auch namentlich bekannt war, ausgehöhlt worden. Und nach Meinung der Staatsanwaltschaft hatte das Treffen der beiden Angeklagten dazu gedient, nicht nur vertrauensbildende Maßnahmen zu setzen, sondern auch und vor allem zu klären, welche der Tausenden Bretter jene waren, die das wertvolle Gut beinhalteten. Das war von außen nicht leicht festzustellen, wie auch die Behörden erfahren mussten. Der Spezialist, der das alles angefertigt hatte, hatte sogar darauf geachtet, dass die präparierten Bretter dasselbe Gewicht wie die anderen hatten.

Der Kolumbianer wusste von dieser ganzen Sache natürlich nichts, ebenso wie seine russische Zufallsbekanntschaft. Dumm nur, dass diese Zufallsbekanntschaft kurz davor bei Whiskey und Zigarre in einer Bar einiges besprochen hatte – und dabei nicht auf die (richtige) Idee gekommen war, sein Gegenüber könnte ein verdeckter Ermittler sein. Dabei hatte der Russe auch erwähnt, dass jemand aus Südamerika kommen werde, um den Deal zu besprechen. Der Erstangeklagte bestritt dieses Gespräch zuerst, aber eine Kamera im „O" des Schriftzuges auf einem Marlboro-Päckchen sah das ganz anders. Das bewies aber natürlich nicht, dass Augusto-Bernardo dieser Jemand sein musste.

Als der Russe zusammen mit seiner Frau und Augusto-Bernardo nach dem gemeinsamen Dinner das Lokal verließ, schossen die observierenden Beamten abermals Fotos, die aufgrund der fortgeschrittenen Stunde – es war bereits nach Mitternacht – und den entsprechenden Lichtverhältnissen aber nur drei graue Gestalten zeigten. Diese verließen also das Lokal und gingen getrennter Wege, wobei die Silhouetten aber zu den beobachteten Personen passten. Der Russe, seine Frau, natürlich im Pelzmantel, und der Kolumbianer, der zu Fuß weiterging, während die anderen beiden ein Taxi bestiegen. Trotz der widrigen Umstände konnte aber ein bemerkenswertes Foto gemacht werden: Der Russe blickte dem anderen nach der Verabschiedung noch nach und dieser zeigte ihm sodann mit der rechten Hand eine Faust mit hochgestrecktem Daumen, was man allgemein etwa als „Okay" interpretieren würde. Die Staatsanwaltschaft interpretierte es als „in Ordnung; auf eine gute Zusammenarbeit".

Augusto-Bernardo bestritt das alles vehement. Zuerst, dass er überhaupt im Lokal gewesen sei – die Berichte und Aufzeichnungen der Polizei machten ihm das Abstreiten dieses Sachverhaltes aber so schwer, dass er letztlich zugab, dort gewesen zu sein. Im Weiteren bestritt er, in diesem Lokal mit jemandem Kontakt gehabt zu haben. Auch diese Behauptung hatte es im Angesicht der Aufzeichnungen nicht leicht und musste seinerseits fallengelassen werden. Und dann trat wieder seine mystische Urlaubsbekanntschaft auf: sie sei es gewesen, mit der er sich dort getroffen habe. Mit den Bildern konfrontiert, die drei graue Gestalten beim Verlassen des Lokals zeigten, erklärte er, er könne sich daran nicht erinnern. Daneben: Er könne das allein schon deshalb unmöglich sein, weil er ein solches Handzeichen sicher niemals geben würde, er wisse nämlich nicht einmal, was das bedeuten solle. Und selbstredend würde niemand ein Handzeichen abgeben, das er nicht verstünde. Das könne er grundsätzlich verneinen. Also ja, er sei in dem Lokal gewesen, die Person, die gemeinsam mit dem Russen und seiner Frau herausgekommen war, sei er aber nicht.

Es ging also schon um Kleinigkeiten, wobei natürlich immer noch die Frage im Raum stand, warum der Angeklagte zunächst behauptet hatte, nicht in diesem Lokal gewesen zu sein. Hier war sein Verteidiger behilflich.

„Ich bitte Sie, Herr Rat, wissen Sie im Urlaub alle Lokale, in denen Sie gewesen sind?"

Ob der Vorsitzende sich nach einem Urlaub noch an einzelne Lokale erinnern konnte, war eigentlich nicht Thema, er und der Staatsanwalt waren einander aber einig, dass man das wohl gemeinhin schon können sollte.

„Vielleicht war es ja gar nicht der Erstangeklagte, sondern dessen Frau, der Sie das Handzeichen gegeben haben", fiel nun einem der anderen Verteidiger ein.

„No!", rief der Angeklagte. „Ich mache ein solches Zeichen nicht. Ich weiß nicht, was es bedeutet, und würde es deshalb auch nicht zeigen", übersetzte die Dolmetscherin den Rest seiner Rede, die tonal mittlerweile zwischen Langeweile und Frustration oszillierte.

Der Schöffensenat kämpfte sich im Zuge der nächsten Verhandlungstage durch den umfangreichen Prozessstoff. Nach einigen Tagen voller Einvernahmen begann endlich das Beweisverfahren. Beweis für Beweis und Indiz für Indiz wurden zusammengetragen. Schön langsam ergab das Ganze ein Bild, die Puzzlesteine wurden zusammengelegt, Konturen, Strukturen, Verbindungen und Handlungen wurden sichtbar. An einem dieser Tage fiel Augusto-Bernardo gleich zu Beginn der Verhandlung um 9 Uhr im Geschworenensaal des Landesgerichtes auf, weil er seinen Kopf erschöpft mit beiden Händen abstützte.

„Schon wieder oder noch immer müde?", fragte der Vorsitzende.

Er ließ die Frage von der Dolmetscherin übersetzen, der Angesprochene richtete sich daraufhin auf und meinte, er sei nicht müde, sondern habe schlimme Zahnschmerzen. Weil die Hauptverhandlung an diesem Tag für mehr als zehn Stunden ausgeschrieben war, unterbrach der Richter sie und ließ den Angeklagten zum Anstaltsarzt bringen. Dort bekam er ein Schmerzmittel, kam wieder zurück auf die Anklagebank, und die Beweisaufnahme wurde fortgesetzt. Nach einer Weile fiel dem Vorsitzenden auf, dass Augusto-Bernardo wieder etwas Farbe bekommen hatte, und er ließ die Dolmetscherin fragen, ob das Schmerzmittel ausreichend sei.

Augusto-Bernardo stand auf, sah dankbar lächelnd zum Richter, hob seine rechte Hand, ballte sie zur Faust und streckte den Daumen in die Höhe. Das internationale Zeichen für „alles okay!"

Der Vorsitzende lächelte nun ebenfalls, hob ebenso seine rechte Hand und gab das Zeichen zurück, weiterhin lächelnd: „Okay?"

Der Zweitangeklagte stand immer noch und hatte seine Hand zum „Okay-Zeichen" erhoben. Nun gefror das Lächeln auf seinem Gesicht. Es wurde gespenstisch ruhig. Das Hin und Her der vorhergehenden Tage wirkte auf einmal wie weggeblasen. Die Farbe auf seinem Gesicht verabschiedete sich bereits wieder.

Der Richter protokollierte umgehend, dass der Angeklagte scheinbar doch wusste, was dieses Handzeichen bedeutete, und es auch selbst einsetzte, also ganz offensichtlich früher gelogen hatte.

„Danke, wir machen Mittagspause", meinte der Vorsitzende, immer noch grinsend.

Dieses Handzeichen, in Verbindung mit dem Umstand, dass man in Augusto-Bernardos Brieftasche auch noch ein kleines, nur auf den ersten Blick unbedeutsames Zettelchen mit einigen Zahlen und Buchstabenkombinationen fand, führte am Ende zur Verurteilung des Angeklagten. Die Zahlen und Buchstaben gaben kodiert die Bretter an, in denen das Kokain zu finden war. Das Schöffengericht verhängte eine langjährige Haftstrafe. Eine Sekunde, eine Geste, eine Bewegung oder Reaktion kann entscheidend sein. Man darf nichts unbeachtet lassen, was dem oder der Angeklagten zum Vor- oder Nachteil gereichen kann.

Louis
Ein Abstecher ins Fegefeuer

Nur etwa eine halbe Stunde, nachdem Louis aus dem Lohn-
büro gekommen war, war der größte Teil des Geldes schon
dahin. Er hatte bei einigen seiner Kollegen Schulden. Einer
davon hatte das nicht mehr auf sich sitzen lassen und Louis
fast alles abgenommen, was er diesen Monat verdient hatte.
Die Buchhalterin war nicht sonderlich erfreut gewesen und
hatte ihm den Betrag nur ungern in bar ausgehändigt. Nun
stand Louis auf dem Firmenparkplatz und sah ihr nach, wie
sie gerade in ihr Auto stieg und wegfuhr. Es war Freitag-
nachmittag. Keines Blickes hatte sie ihn gewürdigt, als sie
eben an ihm vorbeigegangen war. Sie war heiß, fand Louis,
das einzige Positive an der Sache. Louis mochte große Ober-
weiten und hatte sich das ganze Gespräch über schwergetan,
ihr nicht unentwegt in den Ausschnitt zu gaffen.

Jetzt stieg aber dennoch langsam die Wut in ihm hoch.
Beinahe das ganze Geld war weg. Kein Geld, das hieß:
Wieder das Leben an sich vorbeiziehen lassen. Wieder
kein Geld, um abends in einer Bar zu sitzen. Wieder jede
verdammte Münze zweimal, dreimal umdrehen, bevor er
sie ausgeben konnte. Und auch dann nur für das Aller-
wichtigste. Lebensmittel, die Miete. Sowas war doch kein

Leben. Wofür arbeitete er überhaupt? Sein Zorn ebbte nicht ab. Auf keinen Fall konnte er jetzt einfach nach Hause fahren und dann in seiner kleinen, abgefuckten Bude das ganze Wochenende lang vor Fernseher und Computer sitzen, bis es wieder Zeit zu arbeiten war. Beim Gedanken an die aufreizende Buchhalterin kam ihm aber eine andere Idee, die mit jedem weiteren Gedanken überzeugender wurde. Er machte sich auf den Weg. Nicht nach Hause, sondern zu einer anderen Destination. Es war ihm egal. Heute war ihm alles egal. Das bisschen Geld, das er jetzt noch eingesteckt hatte, wollte er für sich selbst ausgeben und wenigstens an diesem einen Abend das Leben führen, das er sich erträumte. Eine freudige Erregung breitete sich aus, trotz allem. Zumindest dieser eine Abend würde gut werden, morgen war Louis dann ohnehin wieder der ewige arme Schlucker. Wenn er die paar Scheine jetzt auch noch ausgab – es machte keinen großen Unterschied mehr.

Nur wenig später fuhr er bereits im Schritttempo die bekannte Straße entlang. Einige der Prostituierten hatten bereits Stellung bezogen. Louis hatte so etwas noch nie gemacht, sich nie getraut, eine anzusprechen, aber er kannte die Straße vom Durchfahren. Nun kam er sich vor wie ein Kind vor dem Schaufenster einer Spielwarenhandlung. Frau für Frau, ohnehin kaum mehr als Reizwäsche am Körper, tastete er mit gierigen Augen ab. Wachsende Vorfreude darauf, dass er heute Nacht nicht mit sich und seinen Wünschen alleine sein würde. Er ging wählerisch vor. Die erste war ihm zu groß, bei der zweiten passte ihm die Nase nicht, die dritte war ihm zu dick … seine Erregung wuchs trotzdem beständig.

Da erblickte er eine, die ihn an die Buchhalterin in seiner Firma erinnerte, und er wusste sofort: Die oder keine. Etwas kleiner als er, ein wenig „griffiger", wie er es formuliert hätte. Gelber, kurzer Rock, blond, und vor allem: einen überdimensionalen Busen. Genau das war es. Genau sie war es. Und obwohl er so etwas noch nie getan hatte, übernahm seine Erregung das Kommando über seinen Körper, befahl seinem rechten Bein, auf die Bremse zu steigen. Er blieb neben der Blonden stehen und kurbelte das Fenster herunter.

„Musst du noch kurbeln, geht nichts elektrisch?", fragte die Blonde eher spöttisch als aufreizend, nachdem sie sich etwas heruntergebeugt hatte und Louis einen freien Blick in ihr Dekolleté gewährte. Sein Herz hüpfte vor Aufregung und Spannung.

„Wie viel?", fragte er, und seine Gefühle unterdrückten ihm fast die Atmung.

„Kommt ganz darauf an, was du haben willst, Süßer!" Das waren jetzt die Worte, die er sich gewünscht hatte. Auch die Betonung, der Unterton, genau richtig. Mit diesem einen Satz fegte sie alle seine Gedanken weg. Die Gedanken, die ihm vorhielten, dass er dafür eigentlich kein Geld hatte. Die, die ihn fragten, wovon er in den kommenden Wochen leben wollte. Und er ließ sich mit wegfegen, genauso, wie er es sonst beim Kartenspielen tat, dem er seine ganze finanzielle Misere eigentlich erst zu verdanken hatte.

„Alles, für eine Stunde!"

„Im Auto oder in deiner Wohnung?"

Mit dieser Frage hatte Louis überhaupt nicht gerechnet. Wo sollte er mit dem Mädchen überhaupt hin? Nach Hause konnte er zweifelsfrei nicht. Vor seinem geistigen Auge sah er die Schöne bereits über die getragenen Unterhosen am Boden seiner schäbigen Zimmer-Küche-Wohnung steigen. Das ging auf keinen Fall. Er wollte sich nicht auch noch dafür schämen müssen, die ganze Situation war seltsam genug. Sein Auto? Ging auch nicht. Mit ihrer dummen Meldung von wegen kurbeln hatte sie ja recht gehabt. Louis konnte sich beim besten Willen nicht vorstellen, hier im Auto mit der üppigen Blondine eine Nummer zu schieben. Es funktionierte ja nicht einmal die Verstellmechanik der Sitze. Aber ihr Blick, und wie sie sprach, und dieser Körper … Louis musste etwas sagen. Jetzt.

„Im Hotel!", brach es aus ihm heraus, und er erschrak selbst über diese Worte, die er sich aussprechen hörte. Er war überrumpelt, von ihr, von sich selbst und seinen Gelüsten.

„Okay, eine Stunde, alles inklusive, aber mit Gummi." Die Blonde saß bereits am Beifahrersitz und griff ihm mit ihrer linken Hand in den Genitalbereich. Sie nannte ihm die Summe.

„Und ohne Gummi?" Louis fasste den Mut, auch danach zu fragen.

Die Blonde lächelte ihn an, spitzte ihre Lippen zu einem angedachten Kuss und nannte einen Preis, der gut um die Hälfte höher lag als der vorige: „Sonderpreis für dich, weil du so süß bist!"

Louis war einverstanden. Ihre Hand griff noch fester zu. Ihm war, als kralle sie sich direkt in sein Gehirn.

„Wohin geht's?", fragte sie genüsslich, und wieder plapperte Louis' Mund drauflos, bevor er darüber nachdenken konnte.

„Ins beste Hotel der Stadt!" Louis stellten sich die Haare auf. Nicht nur wegen der Frau, sondern nun vor allem auch im Hinblick auf die finanzielle Katastrophe, in die er sich immer tiefer hineinmanövrierte. Nur durch Zufall kannte er überhaupt ein solches Hotel. Er war dort einmal auf einer Tagung gewesen, als er noch Versicherungsvertreter hatte werden wollen. Lange war das her. Sie fuhren los.

Louis parkte in einer Tiefgarage in der Nähe des Hotels. „Na komm, die Zeit läuft", hauchte die Blondine und stieg aus. Louis ärgerte sich über die Aussage, versuchte aber, sich nichts anmerken zu lassen.

Der Portier, der seit dreißig Jahren in dem Hotel arbeitete, stufte die Situation sofort richtig ein, als er das ungleiche Paar hereinkommen sah. Sie, eine Lady im teuren Mantel, er im Pullover. Dazu noch die Tatsache, dass ihre Schritte irgendwie wirkten, als seien die beiden noch nicht oft nebeneinander gegangen. Die Synchronisierung, die bei Paaren oft instinktiv bemerkbar war, fehlte bei diesen beiden völlig. Vielmehr wirkte ihr gemeinsames Gehen unnatürlich und gekünstelt. Allein, dass sie außer einem kleinen goldenen Handtäschchen keinerlei Gepäck mitführten, sprach Bände.

Louis bemerkte die Blicke des Portiers – und den des Rezeptionisten, der auch rasch erkannt hatte, was Sache war. Um ihm die Grundlage für eine dumme Frage gleich im Vorhinein zu entziehen, orderte Louis wie aus der Pistole geschossen ein Zimmer für zwei Tage. Aus seiner Sicht bewies er damit, dass die Situation nicht so war, wie der Rezeptionist offensichtlich dachte. Der so tatsächlich verblüffte Rezeptionist faselte etwas von Standardzimmer. Louis' Antwort kam ebenso schnell und unüberlegt wie zuvor: „Passt! Lassen Sie bitte auch gleich eine Flasche Sekt und zwei Club-Sandwiches aufs Zimmer bringen. Und schnell, wir sind hungrig!" Dass seine Kreditkarte akzeptiert wurde, ließ ihn innerlich aufatmen.

Seit er neben der Blonden angehalten hatte, war das auch seine erste Aussage, die Louis nicht bis auf die Knochen erschreckte. Er wollte es sich jetzt erlauben, den Abend zu genießen. Er hatte nichts von der ganzen Sache, wenn er sich Stress machte. Dafür war es ohnehin zu spät. Man lebte nur ein Mal.

Als sie im Zimmer angekommen waren und die Frau das Geld im Vorhinein verlangte, zahlte er mit einer ungekannten Coolness. Und stellte fest, dass er bisher nicht einmal ihren Namen kannte.

„Diana, mein Liebling", hauchte sie und fasste ihm wieder zwischen seine Beine. So fest, dass es schon fast schmerzte.

„Lass das, wir haben Zeit!", forderte Louis seine Peinigerin auf. Schon klopfte es und seine Bestellung kam auf das Zimmer. Die Sandwiches waren kaum gekostet, da schenkte Louis bereits zwei Gläser Sekt ein. Diana hatte ihren Mantel abgelegt, öffnete ihr Korsett und zeigte sich ihm in ihrer ganzen Schönheit. Louis dachte nicht mehr an das Geld, das er ihr ausgehändigt hatte, nicht mehr an die bevorstehende Kreditkartenabrechnung, die er kaum über sein Konto würde abdecken können, nicht mehr an das Trinkgeld für den Zimmerservice. Heute, hier und jetzt, wollte er sich etwas gönnen, das er sich schon sehr lange gönnen wollte, es aber nie gewagt hatte. Er inhalierte ihren Duft, streichelte ihre weiche Haut. Nur einen Kuss erlaubte sie ihm nicht.

Diana – dem Namen nach die Göttin der Jagd – dachte ohnehin viel eher daran, diese Sache hinter sich zu bringen. Sie war ein erfahrener Profi. Auf eine ganze Stunde fehlten noch immer etwa 30 Minuten, aber sie wollte die Beute jetzt dingfest machen. Sie griff heftig zu, zog ihn an sich und streichelte ihn, bis er zu keuchen begann. Ihm ging das alles zu schnell, er wollte sie einbremsen, versuchte sogar, ihre Hände festzuhalten, sie von sich wegzuschieben, aber es ging nicht. Er stand immer noch vor ihr, hatte sich noch nicht einmal ausgezogen. Sie dachte nicht daran, jetzt aufzuhören, und steigerte noch das Tempo ihrer rhythmischen Bewegungen. Er kam in ihren Händen zum Höhepunkt, während er sich aussichtslos dagegen zu wehren versuchte. Dann taumelte er ein paar Schritte zurück. Das war ganz und gar nicht so abgelaufen, wie er es sich gewünscht hatte. Er hasste es, so zum Orgasmus zu gelangen. Er hatte sie nehmen wollen, ganz, nicht nur …

Immer noch schnaufend, wurde ihm klar, dass er sich betrogen fühlte. Eine ganze Wolke aus Emotionen braute sich in ihm zusammen wie ein Gewitter. Er war traurig, aber auch frustriert, enttäuscht – und je dichter diese Wolke wurde, desto mehr kippten alle diese Gefühle und vereinten sich endlich zu Zorn. Ein einziges Mal hatte er seinen ganzen Mut zusammengenommen, sein ganzes Geld – eigentlich mehr als das –, ein einziges Mal hatte er etwas Anständiges haben wollen, eine echte Befriedigung. Alles, was er sich erträumte. Und diese Frau hatte ihn eben seiner Wünsche und seiner Träume beraubt. Sie hatte ihn betrogen. Immer noch stand er da, in seinen nach unten gerutschten Hosen, nicht einmal aus dem Hemd war er gekommen, die Flasche Sekt gerade angebrochen. Diese beschissene Nutte hat mir alles versaut, hörte er in seinem Kopf. Sogar für sie war er der Idiot, mit dem man alles machen konnte. Aber nicht heute.

Als sie aufstehen wollte, griff er nach ihrem Kopf, bekam ihren Hals zu fassen und drückte zu. Dann mit beiden Händen. Und mit aller Kraft. Ihr fragender Blick wurde zuerst von Angst und dann von Panik weggewaschen. Sie wollte schreien, bekam aber nur ein leises Krächzen zustande, so fest drückte er ihre Stimmbänder zusammen. Sie wehrte sich, zappelte und zerrte an ihm, aber unter seiner Wut bemerkte er das alles kaum. Plötzlich hasste er dieses aufreizende Wesen. In dem Gewitter in seinem Inneren donnerte der Zorn eines ganzen Lebens. Diana wurde schwächer, fiel nach hinten auf das Bett, er ließ nicht von ihr ab. Ihre Gesichtsadern schwollen an, ihre Augen wurden größer … und dann erstarb der Widerstand und sie lag regungslos unter seinen Händen. Nach langen Sekunden ließ er los. Die Göttin der Jagd rührte sich nicht mehr. Er hatte ihr Leben ausgehaucht.

Louis starrte sie wie versteinert an. Dann erhob er sich, stand zunächst bewegungslos da, zog seine Hose nach oben. Langsam lichtete sich seine Wut und gab etwas gänzlich anderes frei: Eine Gewissheit. Was sollte er jetzt tun? Er drehte sich um, sah den kleinen Tisch mit der Flasche Sekt, den Gläsern und den Clubsandwiches. Er nahm ihr Glas und trank es aus, versuchte, ihre Lippen daran zu schmecken. Dann setzte er sich an den Tisch, trank noch zwei Gläser und aß ein wenig von den Sandwiches. Die Frage wurde nicht leiser. Was sollte er jetzt tun? Er versuchte, einen klaren Geist zu bekommen, öffnete die Türen eines Kastens aus Massivholz und legte die Tote samt ihrer kleinen goldenen Handtasche hinein.

Dann strich er das Bett glatt, nahm noch einen Schluck aus der Sektflasche und verließ das Hotel. Kurze Zeit danach fuhr er aus der Tiefgarage heraus und in einen Tunnel hinein, in dem Zeit und Raum bedeutungslos waren, und der mit nichts anderem angefüllt war als seinen Gedanken, die nun wild und chaotisch durcheinanderrasten. Erst als er ein Schild wahrnahm, das die nächste Abfahrt der Autobahn ankündigte, fiel ihm auf, dass er keine Ahnung hatte, wie er dort hingekommen war. Das Radio war aus, die Drehzahl niedrig. Er hörte die Ruhe nicht, weil es in ihm so laut war. Aber er fuhr weiter. Langsam. Immer weiter. Es war längst dunkel geworden, da fuhr er immer noch durch dieses unendliche Fegefeuer. Und immer noch schrien seine Gedanken ihn an. Gelegentlich blitzten Bilder vor ihm auf. Dianas Brüste, wie sie aus dem Korsett hüpften. Ihr überraschter Blick. Ihr leerer Blick. Wie hatte sie ihm das nur antun können? Irgendwann, er wusste weder, wo er war, noch, wie lange er so dahingefahren war, bog er von der Autobahn ab, kurvte durch ländliche Gebiete. Und dann fielen die Scheinwerfer auf eine Polizeidienststelle. Louis wusste, dass er am Ende seiner Geschichte angekommen war. Er war allein und hatte sein ganzes vermaledeites Leben innerhalb eines Abends hinter sich gelassen. Nicht nur seine Geschichte war am Ende. Er selbst war es. Er hielt an und ging halb taub in die Dienststelle. Ein junger Beamte kam an das Parteienpult und blickte Louis an.

„Ich möchte mich stellen. Ich habe eine Prostituierte umgebracht."

Herr Alois stand hinter der Rezeption und blickte gerade auf das vor ihm liegende Handy, als die Eingangstür des Hotels aufflog und zwei Männer in Mänteln mit drei Uniformierten auf ihn zueilten.

„Zimmerkarte 305, aber schnell!", rief ihm einer entgegen.

„Bitte? Worum geht's?"

„Schnell, Zimmerkarte 305! Polizei, ich brauche die Karte für das Zimmer, rasch!"

Alois nahm eine leere Karte, aktivierte sie mit der gewünschten Zimmernummer und übergab sie dem Mann, der sie hastig ergriff und samt seinen Begleitern zum Lift stürzte. Blaulicht flutete in die Eingangshalle, als sie im Aufzug verschwanden. Es war ein Notarztwagen. Drei Männer in Rot liefen herein.

„Zimmer 305, dritter Stock!", sagte Alois nur, und schon waren sie an ihm vorbei.

Chefinspektor Huber öffnete das Hotelzimmer mit der Karte, aktivierte mit dem Steckkontakt die Stromzufuhr, es blieb aber weitgehend finster. Nur eine kleine Lampe brannte im Raum. Er ging vor, sein Kollege folgte ihm unmittelbar, einer der Uniformierten hatte seine Waffe gezogen. Huber betrat den kleinen Vorraum und ging sofort weiter in das geräumige Zimmer, tastete mit seinen Augen den gesamten Raum ab. Wenigstens oberflächlich nichts Sonderbares. Nichts, was hier nicht hergehörte. Huber hatte in seinen Jahren beim Kriminaldienst schon alles erlebt, dennoch hasste er solche Momente wie am ersten Tag.

„Im Bett dürfte noch keiner gelegen sein", resümierte er umgehend, dann bemerkte er die Flasche Sekt, die beiden Gläser am Tischchen und die Essensreste. Ein Kollege hinter ihm fand endlich den Lichtschalter, und Huber konnte nun kleine Pfützen vor einem massiven Holzkasten erkennen. Erbrochenes, zwar nur in geringer Menge, aber eindeutig. Er ging einige Schritte auf diese Spuren am Boden zu, dann riss er die Kastentüren schwungvoll auf. Leer.

Huber drehte sich zu seinen Kollegen um.

„Was hat der Typ gesagt? Wo hat er die Leiche hingegeben? In den Kasten?"

„Ja", bestätigte einer der Uniformierten.

„Sind wir im richtigen Zimmer?"

„Sicher, 305."

In diesem Moment kam das Notarztteam an und wollte eintreten.

„Nichts da, meine Herren", meinte Huber, „das ist etwas für die Spurensicherung. Das ist ein Tatort, auch wenn es keine Leiche gibt!"

Sie sahen unter das Bett, hinter die Vorhänge, in Dusche und WC, auf den Balkon … Es blieb dabei. In diesem Hotelzimmer gab es definitiv keine Leiche.

Louis saß inzwischen dem Dienststellenkommandanten Zerovsky gegenüber. Er berichtete ihm alles ganz offen.

Zerovsky, ein Mann mit jahrelanger Erfahrung, ließ ihn reden, heuchelte Verständnis, wenn es sein musste, notierte fleißig und stellte die richtigen Fragen, wenn Louis' Erzählung ins Stocken geriet. Es war wohl nicht nur Zerovsky klar, dass Louis sich um Kopf und Kragen redete. Aber der hätte sowieso nicht anders gekonnt. Es tat gut, alles zuzugeben. Louis war mittlerweile etwas entspannter. Der jüngere Kollege, der ihn empfangen hatte, hatte zuerst an einen schlechten Witz geglaubt, aber Louis' gehetzter Blick und sein zerfahrenes Gerede hatten den Kollegen rasch überzeugt, dass er keinem Scherz aufsaß. Nach einem langen Bericht, in dem er alles gesagt hatte, was er noch wusste, brach Louis endlich weinend zusammen.

Nach einer nächtlichen Überstellungsfahrt fand sich Louis in Graz wieder, wo der zuständige Untersuchungsrichter ihm im Einvernahmeraum der Haftanstalt gegenübersaß. Nachdem der ihn über seine Rechte aufgeklärt hatte, erzählte Louis noch einmal die Vorfälle des gestrigen Tages. Es ging ihm jetzt leichter von der Seele, bereitwillig beantwortete er auch weitere Fragen. Das Protokoll wurde länger und länger, der Sachverhalt wie in einer Geschichte dargelegt.

„Was sagen Sie zum Haftantrag der Staatsanwaltschaft?", wollte der Untersuchungsrichter zuletzt noch wissen.

„Was soll ich dazu schon sagen? Mir ist klar, dass ich bis zum Prozess in Untersuchungshaft komme." Louis wollte gar nicht um den heißen Brei herumreden.

„Dann nehme ich Sie wegen Mordversuchs in Untersuchungshaft, aber nicht wegen Fluchtgefahr, da Sie sich ja selbst gestellt haben", erklärte ihm nunmehr der Untersuchungsrichter den U-Haft-Beschluss. Es dauerte einige Augenblicke, bis Louis das Gesagte verarbeiten konnte. Mord*versuch*? Louis wollte sich mit dieser Frage schon an den Untersuchungsrichter wenden, als dieser ihm zuvorkam.

„Unbescholtenheit, umfassendes, reumütiges, der Wahrheitsfindung dienliches Geständnis – und dass es beim Versuch geblieben ist. Sie haben wesentliche Milderungsgründe. Schauen Sie nicht so. Danken Sie lieber Ihrem Schutzengel, dem Herrgott oder wem auch immer. Ihr Opfer hat das Ganze überlebt. Jetzt stellen Sie sich noch vor den Venezianischen Spiegel, das Opfer muss Sie identifizieren!"

Louis wurde baff und völlig sprachlos zur Gegenüberstellung gebracht. Sein inneres „Danke" war nicht hörbar, trotz der Lautstärke, in der er es hinausgeschrien hatte.

Diana, auf der anderen Seite des Venezianischen Spiegels, erkannte ihn sofort. „Ja, das ist er!", sagte sie mit vollster Überzeugung. „Wenn ich ihn das nächste Mal sehe, trete ich ihm seine Eier ab!"

Der Satz kam nicht ins Protokoll.

Günther
Träume und Wahrheiten

Günther zuckte aus einem unruhigen Traum hoch. Er brauchte eine Sekunde, um sich zu fassen, dann sah er auf die Uhr. Eine Stunde war vergangen, seitdem er einen Schluck gemacht und dann ganz kurz die Augen geschlossen hatte. Er rieb sein Gesicht, als müsse er sich derart überzeugen, auch wirklich wach zu sein. Diese ständige Müdigkeit. Sie war ein Zeichen des Alters, ja. Sie war aber auch eine Auswirkung dieser Unruhe, die ihn ständig begleitete. Eigentlich hatte er gehofft, das fortschreitende Alter würde diese permanente innere Anspannung vermindern. Aber so war es nicht. Die letzten Jahre über war geradewegs das Gegenteil der Fall: Er wurde immer noch unruhiger. Und diese ständige Aufregung nagte nicht nur an seinem Wohlbefinden und seiner körperlichen Gesundheit, sondern inzwischen seit einer ganzen Weile auch an seiner geistigen.

Plötzlich krachte etwas, erst dumpf, dann heller. Wie Holz, das zersplitternd einem Aufprall nachgab. Was …? Und schon krachte es wieder. Günther erstarrte angsterfüllt. Das nächste Krachen folgte umgehend, und diesmal konnte Günther das Geräusch genau zuordnen: Jemand schlug mit kräftigen Hieben auf seine Wohnungstür ein.

Noch einmal, dann erstarb das Geräusch, um kurz darauf von einem Gemenge anderer Laute abgelöst zu werden. Für Günther war klar, was gerade passierte: Der, der eben das Holz durchschlagen hatte, brach jetzt Stücke der zertrümmerten Tür ab, um besser durch die Öffnung steigen zu können. Günther konnte die Geräusche lesen, als ob er das direkt beobachtet hätte.

Und dann … nichts. Es geschah nichts weiter. Niemand kam ins Wohnzimmer und richtete eine Waffe auf ihn. Niemand bestätigte etwas per Funk. Warum kamen sie jetzt nicht herein? Worauf warteten sie? Günther rechnete jede Sekunde damit, dass endlich jemand in den Raum stürmen und ihn hinauszerren würde. Aber es blieb still. Nach Minuten gab er sich einen Ruck, zwang seinen Körper aufzustehen, und schlich leise zu der Tür, die vom Wohnzimmer in den Vorraum führte. Er positionierte sich wie ein Geheimagent neben dem Türrahmen, dann machte er eine schnelle Bewegung und sah hinaus. Nichts. Die Wohnungstür hing wie immer in ihren Angeln. Niemand war im Vorraum. Nur Günther.

Er entspannte sich etwas. Aber auf einmal bewegte sich die Türklinke. Jemand versuchte, die Tür schwungvoll zu öffnen, sie war aber zugesperrt, und schlug schon nach Millimetern geräuschvoll gegen das Schloss. Günthers Körper spannte sich unwillentlich wieder an. Von der Tür kam nun ein feinerer Ton. Sie brachen das Schloss auf! Die Türklinke ging nochmals nach unten, und jetzt öffnete sich die ganze Tür. Günther sprang in seiner Panik auf den größer werdenden Spalt zu und warf die Tür mit seinem ganzen Körpergewicht wieder in den Rahmen zurück.

„Spinnst du komplett?!", schrie jemand vor der Tür.

Günther taumelte einen oder zwei Schritte zurück, dann ging die Tür auf und seine Frau schaute zuerst vorsichtig und dann wütend herein.

„Was ist denn mit dir? Bist du besoffen?" Sie stellte die Einkaufstasche ab und sah ihn mit zornesrotem Gesicht an. „Fängt das jetzt wieder an?"

Günther konnte nur sprachlos dastehen.

„Ich rede mit dir! Sag endlich, hast du getrunken?"

Sie hätte jetzt garantiert zu schreien begonnen, wenn ihr nicht Günthers Blick aufgefallen wäre. Er war gehetzt wie der eines verängstigten Tieres. Schweiß stand auf seiner Stirn. Sein Gesicht hatte die Farbe der Wand hinter ihm. In ihrem „Was ist denn los?" schwang jetzt mehr Sorge als Zorn. „Hey!"

„Es geht nicht mehr", flüsterte Günther fast. „Ich halte es nicht mehr aus …"

Sie nahm seine schweißnasse Hand und führte ihn zurück zur Couch im Wohnzimmer. Dort angekommen, zog er sie neben sich auf die Kissen und erklärte ihr mit einem leichten Beben in der Stimme, dass er seit vielen Jahren etwas vor ihr geheim gehalten habe. Es sei noch zu seiner Zeit in Österreich passiert –

Der Lautsprecher knackte. „Strafsache gegen …" – dann wurde sein Name genannt. Günther rückte sein Sakko zurecht und betrat den Verhandlungssaal. Schon in jungen Jahren war er immer wieder vor Gericht gestanden, deshalb kannte er sich hier schon aus. Gleich links vom Eingang saß der Staatsanwalt in seiner roten Robe. Günther versuchte, sein Erschrecken nicht preiszugeben. Diesen Staatsanwalt kannte er schon, er konnte sehr unangenehm werden.

Sein Anwalt empfing ihn mit einem Lächeln, dem Günther nicht entnehmen konnte, ob es gestellt oder echt war. Der Verteidiger kam gerade aus der vorherigen Verhandlung, weshalb sie keine Zeit mehr hatten, um einander genauer abzusprechen. Was der Anwalt wusste: Dass Günther sich für nicht schuldig erklärte, sein Akt ihn aber massiv belastete, jedenfalls, was die Mengen an Suchtgiften betraf, die er angeblich verkauft hatte. Die Menge hatte gerade so nicht für eine Anklageschrift ausgereicht, sondern nur für einen Strafantrag. Das ersparte Günther ein Schöffengericht, hieß aber nicht, dass sie es heute leicht haben würden. Der Richter war dafür bekannt, dass er rigoros durchgriff und sich kein A für ein O vormachen ließ.

Dies bewahrheitete sich schon nach wenigen Minuten. Die Zeugen versuchten mit allen Kräften, ihre früher bei der Polizei getätigten Aussagen zu relativieren, die Mengen kleiner zu machen, die Treffen seltener, aber der Richter parierte mit einer erkennbaren Angriffslust, drohte, falsche Zeugenaussagen sogleich verfolgen zu lassen, und deckte behelfsmäßige Lügen rasch auf. Es lief nicht gut.

Nach mehreren Einvernahmen wurde es immer enger für Günther. Es wurde immer schwerer, gegen den Vorwurf zu argumentieren, dass er im großen Stil Drogen verkauft habe. Seinen hilfesuchenden Blick beantwortete der Verteidiger mit einem unausgesprochenen Fragezeichen. Er war ein Rechtsanwalt, kein Zauberer. Eine unbedingte Haftstrafe stand im Raum. Sie würde Günthers Leben beenden. Er würde seine Arbeit verlieren. Es lief ihm kalt über den Rücken. Bei seiner Vergangenheit konnte die Haft schwer ausfallen. Und die Verhandlung war noch nicht einmal beendet. Günther konnte nur noch darauf hoffen, dass seine Kumpel ihn nicht im Stich ließen und ihm ein Alibi geben würden. Das würde wenigstens die Glaubwürdigkeit der Belastungszeugen angreifen. Der Prozessordnung gemäß musste sich das Gericht auch auf diese Zeugen einlassen. Dazu sollte es aber erst in der nächsten Verhandlung kommen.

Als hätte der Staatsanwalt Günthers Gedanken erraten, stand er kurz vor Ende der Verhandlung unangekündigt auf und beantragte Günthers Verhaftung und die Untersuchungshaft wegen Verdunkelungsgefahr. Günther und sein Anwalt setzten alles daran, das zu vermeiden, waren aber chancenlos. Der Richter gab dem Antrag statt, obwohl er sich insgeheim über ihn ärgerte. Es war sehr unüblich, einen solchen so überraschend und kurzfristig einzubringen. Normalerweise geschah das in einer Verhandlungspause, dann konnte auch gleich alles eingeleitet werden. Der Richter trug dem Schreibdienst auf, die Polizei zu verständigen. Günther war immer noch ein wenig baff. Man wollte ihn also wirklich einsperren. Und bei der Untersuchungshaft würde es nicht bleiben. Es lief noch schlimmer, als er befürchtet hatte.

„Das heißt, ich werde jetzt verhaftet?", fragte er wie ahnungslos. Etwas in ihm weigerte sich, diese schlichte Wahrheit zu akzeptieren.

„Ja!", sagte der Richter, „die Polizei ist schon verständigt."

Nach diesem Satz wurde es ruhig im Verhandlungssaal. Man wartete also auf die Polizei, sonst gab es eigentlich nichts mehr zu sagen. Bis zum nächsten Mal. Der Richter blätterte in den Akten, Günthers Anwalt notierte etwas.

Jetzt.

Jetzt oder nie.

Günther sprang plötzlich auf, flog auf Olympianiveau über die Anklagebank, wenige Schritte später, er hatte noch immer kaum den Boden berührt, war er schon an der Tür des Verhandlungssaales. Er hörte die Rufe hinter sich, aber drehte sich nicht um, sondern riss die Tür auf, rannte über den Gang, sprang todesverachtend über den Handlauf der Stiege vom ersten Stock ins Erdgeschoss hinunter und aus dem Haupteingang des Gebäudes, wo ihn eine Straßenbahn nur um Haaresbreite verfehlte.

Als die Polizei eine Minute danach ankam, war Günther über alle Berge. Die Fahndung wurde sofort eingeleitet, aber Günther blieb verschwunden. Er kehrte niemals an seinen Wohnort zurück. Nationale und internationale Fahndungsaufrufe blieben erfolglos.

Das sei vor fast zwei Jahrzehnten gewesen, erklärte Günther jetzt seiner staunenden Frau auf dem Sofa im Wohnzimmer. Ob er noch immer aktiv gesucht werde, könne er nicht genau sagen. Dass es einen aufrechten Haftbefehl gegen ihn gebe, wisse er aber von seinem Anwalt.

„Ich halt' das nicht mehr aus", wiederholte er. „Meiner Mutter geht's schlecht. Vielleicht stirbt sie, und ich kann sie nicht mal besuchen, weil ich nicht nach Österreich zurückkann. Sie weiß auch nichts von der Geschichte. Sie glaubt, ich kümmere mich nicht um sie, weil ich jetzt ein besseres Leben habe."

Seine Frau war sprachlos. Und sagte auch nichts dazu, als Günther erklärte, dass er seit Jahren in permanenter Angst vor der Verhaftung leben würde.

So kam es, dass Günther seine Flucht nach mehr als achtzehn Jahren beendete und sich der österreichischen Justiz stellte, ein umfassendes und reumütiges Geständnis ablegte und seine Mutter noch vor ihrem Tod besuchen konnte. Er verlor seinen Arbeitsplatz in Deutschland nicht, und auch nicht seine Familie. Heute lebt er ohne Angststörungen und Verfolgungswahn in Norddeutschland. Bei der Hauptverhandlung hatte er denselben Richter, dem er vor achtzehn Jahren entflohen war.

Ivan
Die originale Fälschung

Wie es einem Richter so gehen kann, stellt der folgende Dialog dar. Wenn es auch schwer zu glauben sein mag: Dieses Gespräch hat tatsächlich genau so stattgefunden …

Vorkenntnisse sind zum Verständnis (oder Unverständnis) hier nicht nötig. In aller Kürze: Unser „Täter", Ivan, wurde am Grenzübergang Spielfeld mit einem gefälschten Führerschein aufgegriffen, hatte also das Vergehen der Fälschung einer besonders geschützten Urkunde begangen. Im Grunde eine einfache Sache, könnte man meinen. Es entwickelte sich dann aber anders.

„Ich hab' nichts gefälscht, hohes Gericht!", brachte Ivan gleich zu Beginn der Verhandlung vor. „Damit habe ich nichts zu tun!"

„Deshalb sind Sie aber auch nicht angeklagt. Sie haben einen gefälschten Führerschein *benutzt*", wandte der Strafrichter ein.

„Aber es ist ein echter Führerschein!"

„Was heißt ‚echt'? Das ist eine Totalfälschung!"

„Ach so? Das weiß ich nicht, ob der gefälscht ist. Ich hab' ihn im Internet bestellt. Da gibt es Hunderte Seiten, wo man sich einen Führerschein bestellen kann. Man schickt seine Unterschrift und ein Lichtbild ein, dann kriegt man um 350 Euro einen Führerschein."

„Ja, und weiter?"

„Nichts weiter. Am Führerschein sind mein Name, meine Unterschrift und mein Foto, alles vollkommen richtig, da ist nichts gefälscht!"

„Und warum haben Sie dann als Österreicher einen slowenischen Führerschein? Wozu?"

„So als Ausweis."

„Aber Sie haben in Österreich ja gar keinen Führerschein! Sie haben nach meinen Erhebungen niemals einen gemacht, nie einen Kurs besucht, also auch keinerlei Lenkerberechtigung!"

„Eh nicht, dazu hatte ich nie Lust. Ich wollte auch keinen Kurs besuchen, ich tu' mir schwer beim Lernen."

„Deshalb besorgen Sie sich einen Führerschein im Internet, um 350 Euro?"

„Ja!"

„Und warum soll der dann nicht gefälscht sein? Da stimmt ja gar nichts, was in diesem Dokument steht …"

„Alle meine Daten sind richtig, auch das Foto", beharrte Ivan. „Und meine Unterschrift ist auch original!"

„Mag schon sein, aber Sie haben ja eigentlich gar keinen Führerschein, also keine Berechtigung zum Lenken eines Kraftfahrzeuges", sagte der Richter betont deutlich. „Kein Auto, kein Motorrad und auch sonst nichts. Keinerlei Fahrzeugkategorien! Verstehen Sie das nicht?"

„So hab' ich das noch gar nicht gesehen."

„Na, sehen Sie. Es ist also alles gefälscht!"

„Nein, ich kann ja alles fahren!"

„Bitte? Was meinen Sie mit ‚alles‘? Alle Fahrzeugklassen, oder wie?"

„Ja! Den Führerschein hab' ich ja schon mehr als zwei Jahre. Ich fahre Autos und Lkws. Einmal war ich auch mit einem Bus unterwegs. Ich kann das alles, es gab nie Probleme."

„Sie haben einen Bus gelenkt?"

„Ja, warum nicht?"

„Weil Sie keinen Führerschein haben, Sie Wahnsinniger!" Es wurde immer schwerer, ruhig zu bleiben.

„Das ist ja unerhört!", meldete sich nunmehr auch die Staatsanwältin, die dem Ganzen bis dahin kommentarlos gefolgt war. „Sie fahren ohne Führerschein einen Bus! Ist da vielleicht noch wer mitgefahren in dem Bus?"

„Was heißt ‚mitgefahren‘? Ich war einige Wochen lang unterwegs! Ich habe Touristen herumgefahren und hätte sogar die Linie übernehmen sollen."

„Wie bitte?"

„Der Chef hat gesagt, er nimmt mich als Linienbuschauffeur auf, weil ich so zuverlässig bin. Ich war immer pünktlich, keinerlei Zeitverzögerungen."

„Aber Sie haben ja keine Ausbildung dafür gemacht. Da können Sie doch nicht mit einem Bus in der Gegend umherfahren!"

„Dort, wo ich geboren bin, können alle mit allem fahren, da braucht man keine besondere Ausbildung dafür … Ich kann auch Kranwagen, Caterpillar und Sattelschlepper fahren. Also eigentlich eh alles!"

„Und Sie *sind* auch mit diesen Fahrzeugen gefahren?"

„Ja, immer, ich habe gute Erfahrungen."

„,Routine', meinen Sie wohl. Wie lange fahren Sie schon so?"

„Jahrelang. Und weil ich mir gedacht habe, einmal werde ich sicherlich kontrolliert, habe ich den Führerschein gemacht, damit ich den vorzeigen kann bei einer Kontrolle."

„Sie haben ihn aber doch nicht *gemacht*! Sie haben sich illegal einen besorgt!" Der Richter wurde inzwischen leicht ungehalten.

„So gesehen habe ich ihn nicht selbst gemacht, das stimmt schon, ich habe ihn bestellt – aber mit allen richtigen Daten!"

„Ja, das wissen wir bereits. Warum machen Sie keine richtige Führerscheinprüfung, wenn Sie schon so viel Routine haben?"

„Die hilft mir nicht viel. Ich fürchte mich nicht vor dem praktischen Teil, der theoretische ist das Problem. Wie ich schon sagte, beim Lernen tu' ich mir sehr schwer. Ich will jetzt schauen, was bei diesem Verfahren herauskommt, vielleicht mache ich die Prüfung dann noch."

„Wie lange genau waren Sie jetzt mit diesem Führerschein unterwegs?"

„Etwas mehr als zwei Jahre. Ich wurde auch öfters kontrolliert, in Österreich, in Slowenien, einmal auch in Kroatien, es hat immer alles gepasst!"

„Gepasst hat gar nichts, Sie sind nur nicht aufgeflogen!"

„Aber der Führerschein hat ja gepasst. Warum sollte ich auffliegen?"

„Beim letzten Mal sind Sie auf jeden Fall aufgeflogen!"

„Ja, das stimmt. Der Beamte hat gleich gesagt, der Füherschein ist nicht echt …"

„Na, sehen Sie, eine Fälschung! Das sagen wir Ihnen doch schon die ganze Zeit …"

„Aber das mit der Fälschung stimmt ja nicht. Die Daten sind doch alle richtig!"

„Wollen Sie das jetzt neuerlich mit mir durchdiskutieren? Da gibt es nichts zu diskutieren!"

„So sehe ich das auch!", meinte die leicht genervte Staatsanwältin, „was soll das? Sie wollen uns erklären, dass Sie mit einem nicht gefälschten Führerschein unterwegs sind, der aber offenkundig gefälscht ist! Jetzt reicht es dann!"

„Wie sind Sie heute zur Verhandlung gekommen? Mit dem Auto?"

„Nein, ich habe keines."

„Gott sei Dank!", rutschte es dem Richter heraus, der aus seiner Meinung zum Thema kein Geheimnis machen konnte.

„Ich bin mit dem Auto meiner Frau hier. Ich hab' noch nie einen Unfall gehabt."

Die Staatsanwältin versank in ihrem Talar.

Igor
Arithmetische Würstelwissenschaft

Im Folgenden: Ein weiteres Beispiel dafür, wie skurril es in einem Gerichtssaal zugehen kann. Wie beim letzten Beispiel macht es auch hier Sinn, das Gespräch einfach unkommentiert wiederzugeben.

Auftritt: Würstelstandbetreiber Igor. Igor wird vorgeworfen, Schwarzgeschäfte betrieben zu haben.

„Ich entnehme Ihren Geschäftsunterlagen, dass Sie eine Eingangs- und Ausgangsrechnung geführt haben", sagte der Richter.

„Ja, ich habe immer alles aufgeschrieben, was ich eingenommen und ausgegeben habe."

„Wunderbar. Dann wird das ja alles nachvollziehbar sein, oder?"

„Es ist alles ersichtlich, auch, wie ich gerechnet habe."

„Sehr gut. Dann schauen wir uns das einmal an. Das ist die Zusammenfassung Ihrer Umsätze für den Dezember?"

„Ja, der grüne Ordner ist der Dezember-Ordner."

„Okay. Da steht also: ‚Bestand: 50 Frankfurter, 100 Krainer und 2.000 Senfgurken. Am 1. Dezember.'"

„Wenn es so drinsteht, dann stimmt es auch."

„Wozu brauchen Sie 2.000 Senfgurken?"

„Die gebe ich immer bei den Würsteln dazu, die Kundschaft mag das."

„Aha. Und wenn Sie jetzt 50 Frankfurter verkaufen – ich nehme an, jeweils ein Paar –, dann geben Sie wie viele Senfgurken dazu?"

„Pro Würstel eine Gurke."

„Also zwei Gurken pro Paar Würstel? Und sonst auch noch etwas?"

„Ja, eine Semmel pro Paar und auch Senf und Ketchup."

„Gut. Wie groß die Senf- und Ketchup-Portionen sind, werden Sie jetzt wahrscheinlich nicht sagen können, oder?"

„Eine normale Portion halt, mehr als einen Mund voll, würde ich schätzen."

„Jetzt müssen Sie mir aber etwas erklären: Wie geht das? Dass man nach Ihren eigenen Aufzeichnungen 50 Frankfurter – also 50 *Paar* Frankfurter – verkauft, und dafür sage und schreibe 1.500 Senfgurken und 30 Kilo Senf braucht? So steht es in Ihrer Buchhaltung!"

„Wenn es so drinnen steht, dann stimmt das auch."

„Wissen Sie überhaupt, was Sie da sagen?"

„Bitte?"

„Ob Ihnen bewusst ist, was Sie da sagen? Sie geben zu 50 Paar Frankfurtern 1.500 Senfgurken dazu?"

„Ja, dann wird die Kundschaft halt mehr Gurken gewollt haben."

„Noch einmal: 1.500 Senfgurken bei nur 50 Paar Frankfurtern bedeuten 30 Senfgurken pro Paar. Verstehen Sie mich?"

„Nicht wirklich, es kann ja sein, dass die Leute mehr Gurken haben wollten!"

„Aber das kann sich ja rechnerisch nicht ausgehen! Sie geben 30 Senfgurken zu einem Paar Würstel …"

„Das verstehe ich jetzt nicht …"

„Wenn Sie Hunderte Gläser Senfgurken umsetzen, und nur ein paar Würstel, dann stimmt was nicht! Entweder, Sie haben einen Senfgurkenhandel, der schwarz über die Bühne geht, oder Sie schreiben nicht alle Frankfurter auf, die Sie verkaufen, und machen mit den Würsteln einen Schwarzumsatz!"

„Sicher nicht, ich mache keinen Schwarzumsatz!"

„Aber eines von beiden muss es sein! Mit dem Senf ist es ja dasselbe! Wenn Sie 30 Kilogramm umsetzen – ich wiederhole: 30 Kilogramm Senf! – und diesen für 50 Würstel verkauft haben, dann passt das ja genauso wenig zusammen."

„50 *Paar* Würstel, bitte, Herr Richter."

„Ja, 50 Paar Würstel! Aber wissen Sie, wie viel Senf Sie dann dazugegeben haben, zu jeder Portion?"

„Ich bin schlecht im Rechnen."

„Das ist mir schon aufgefallen, Herr Angeklagter … 50 Würstel, ich korrigiere, 50 *Paar* Würstel hatten Sie Anfang Dezember. Im ganzen Monat Dezember haben Sie nach Ihren Aufzeichnungen und Belegen 50 Paar Würstel verkauft. Dann verbleiben …?"

„Ich bin schlecht im Rechnen, Herr Richter. Hab' ich eh schon gesagt."

„48, laut Ihrer Rechnung in den Unterlagen."

„Ja, und was ist jetzt das Problem?"

„Sie wollen wissen, was das Problem ist? Wollen Sie mich frotzeln, Herr Angeklagter?"

„Nein, ich bin nur schlecht im Rechnen. Was stimmt denn nicht?"

„Da stimmt alles nicht! Ihr Umsatz, Ihr Bestand, nichts stimmt da!"

„Ich geb' ja zu, dass ich schlecht im Rechnen bin. Aber das mit den Würsteln, dem Senf und den Gurken stimmt sicher!"

Das Problem konnte dann doch noch geklärt werden. Der Angeklagte zeigte sich letztlich geständig, zahlreiche Schwarzgeschäfte getätigt zu haben. Die Finanzbeamten hatten schon richtig erhoben und gerechnet, der Sachverständige aus dem Bereich des Würstelkonsums war dann nicht mehr notwendig.

Bojan und Miroslav
Die Transportunternehmer

Die Luft im Lokal war stickig. An der Bar saßen einige wortkarge Männer vor halbleeren Gläsern. Bojan hatte gehört, dass hier immer wieder irgendwelche Geschäftsleute erscheinen und dann bei Kaffee oder Brandy Jobs anbieten würden, die gutes Geld brächten, aber nicht ganz stubenrein wären. Diejenigen, die diese Jobs angenommen hatten, wären nach kurzer Zeit in ganz anderen Lokalen gesessen, hätten dicke Automobile davor abgestellt und teure Kleidung getragen. Angeblich. Was genau dafür zu tun gewesen war, wusste niemand.

Bojan saß schon seit einer guten Stunde da und war mittlerweile bei seinem dritten Bier angekommen. Lange wollte er eigentlich nicht mehr warten, andererseits eilte es ihn aber auch nicht, ins Haus seiner Eltern zurückzugehen, in dem er seit mehr als zwei Jahren wohnte. Sie waren mittlerweile in Pension, und lebten davon mehr schlecht als recht. Im Winter drückte Bojan seinem Vater gelegentlich einen Geldschein in die Hand, damit es zu Hause etwas wärmer wurde, oft heizten sie gar nicht. Bojan wollte das ändern. Aber dafür brauchte er endlich Arbeit.

Der Barkeeper wischte gerade ein Glas trocken und sah mindestens so gelangweilt aus wie seine Kundschaft. Aber jetzt betrat ein Mann in dunklem Mantel das Lokal, und die Gäste schienen zum Leben zu erwachen. Er setzte sich an einen Tisch und bestellte einen Kaffee. Bojan sah das Gesicht des Neuankömmlings im Spiegel hinter der Bar und traute seinen Augen nicht. Er nahm sein Bier und ging sofort hin.

„Miroslav?"

„Bojan?"

Der dunkle Gesichtsausdruck des Sitzenden wandelte sich zu einem Lächeln. Sie hatten einander seit der Schulzeit nicht mehr gesehen. Damals waren sie gute Freunde gewesen. Es wurde ein längerer Abend, aber als Bojan schließlich nach Hause zu seinen Eltern schlenderte, hatte er einen Job als Fahrer in der Tasche. Wenn alles so laufen würde, wie Miro gesagt hatte, hätte Bojan ein regelmäßiges Einkommen. Kälte musste es dann im Hause seiner Eltern keine mehr geben. Sie würden gewiss stolz auf ihn sein. Bojan, der gute Sohn, der ihnen die Wärme brachte. Er legte einen guten Teil des Weges lächelnd zurück.

Miroslav arbeitete bei seinem Vater, dessen Firma gebrauchte Baumaschinen, Autos und Anhänger verkaufte. Bojans Job wäre es, diese abzuholen und sie in die Firma zu liefern. Was Bojan nicht wusste: Dass es sich dabei üblicherweise um Diebesgut handelte. Miroslav kundschaftete die Objekte aus und ließ sie dann von anderen abtransportieren. Dafür brauchte er Fahrer. Und Bojan war nun ein solcher.

Als er die Woche darauf zum Firmengelände kam, war Miroslav nicht da, und sonst wusste niemand etwas von dem neuen Mitarbeiter. Bojan wartete den ganzen Tag, vergeblich, fand Miroslav aber abends in der Bar von zuletzt.

„Du brauchst nicht in die Firma zu kommen. Wenn ich dich brauche, rufe ich dich einfach an", sagte Miroslav. Jetzt erst bemerkte Bojan enttäuscht, dass es sich nicht um eine definitive Beschäftigung mit Anmeldung handeln konnte, sondern nur um Gelegenheitsarbeiten. Hatte er seinen Eltern vielleicht bereits zu viel versprochen? Die Bezahlung war aber sehr gut. Miro sprach von drei- bis fünfhundert Euro pro Fahrt.

Bojans erste Fahrt brachte ihn rund 50 Kilometer von seiner Heimatgemeinde entfernt zu einem Lagerplatz außerhalb einer kleinen Ortschaft. Er kam mit einem Geländewagen, den Miroslav ihm dafür überantwortet hatte, und war kurz nach Mitternacht an der vereinbarten Stelle. Miroslav war schon da, zeigte ihm einen Anhänger, auf dem ein kleinerer Bagger stand.

„Den bringst du dorthin", meinte Miroslav und übergab ihm einen Zettel mit einer handschriftlichen Notiz. „Man wartet dort schon auf dich. Hinfahren, Anhänger abkoppeln und wieder weg. Hier sind 100 Euro, noch einen Schein gibt es, wenn du mir den Wagen wieder bringst."

Nach zwei Stunden war alles erledigt, der Wagen rückausgefolgt. Bojan hatte 200 Euro in der Tasche. Und dafür hatte er sich nicht einmal drei Stunden der Nacht um die Ohren geschlagen. Er war zufrieden.

In den nächsten Monaten war er öfters für Miroslav unterwegs, meistens nachts. Neuerdings erhielt er sogar jedes Mal ein eigenes Telefon, das er nach der jeweiligen Fahrt wieder abzugeben hatte. Die Hundert-Euro-Scheine begannen sich in seiner Geldbörse gut anzufühlen und vermehrten sich mit jedem Einsatz. Seine Kontakte zu Miro beschränkten sich auf kurze Telefonate. Anlässlich eines Gesprächs wollte Bojan wissen, wie er sich zu verhalten habe, sollte man ihn im Zuge einer Fahrt kontrollieren. Ihm war mittlerweile klargeworden, dass die Transporte nicht ganz auf dem Feld des Legalen stattfanden.

„Du wirst nicht kontrolliert!", gab sich Miroslav überzeugt.

„Und wenn doch? Was sag' ich dann?"

„Nichts! Du bist im Auftrag der Firma unterwegs. Ist doch logisch. Wenn es nach Deutschland oder Österreich geht, besorge ich Papiere. Wirst du angehalten, zeigst du sie her, dann gibt es kein Problem. Alles klar?"

„Alles klar!"

Die Zusicherung milderte Bojans Bedenken etwas. Außerdem konnte er auf das Geld, das er in seinen nächtlichen Einsätzen verdiente, eigentlich nicht verzichten.

Und dann kündigte sich endlich einmal eine längere Fahrt an. Längere Fahrten bedeuteten natürlich mehr Geld. Es ging nach Deutschland.

„Ich bin schon unterwegs!", erklärte Miro am Telefon. „Wir treffen uns auf einem Autobahnparkplatz. Steht alles auf einem Zettel, der im Auto ist, das Telefon nimmst du mit."

Für Bojan war alles klar. Er fuhr zur Firma, holte das Fahrzeug, 900 Kilometer und drei Grenzübergänge später war er auf dem Parkplatz. Miroslav stieg zu und setzte sich auf den Beifahrersitz.

„Fahr los!", war sein kurzes Kommando. Es ging zurück auf die Autobahn. Irgendwann überholte sie ein dunkler BMW, der Bojan schon geraume Zeit im Rückspiegel aufgefallen war. Im Heck des BMW leuchtete eine Aufschrift: „Polizei, bitte folgen." Sie fuhren hinter dem BMW auf einen Parkplatz. Zwei Beamte in Zivil stiegen aus und kamen näher.

„Lass mich reden!", wies Miroslav Bojan an.

„Fahrzeugkontrolle, die Papiere bitte", forderte einer der Beamten Bojan auf, der folgsam Fahrzeugpapiere und seine Dokumente aushändigte.

„Wo fahren Sie hin?", wollte der zweite Beamte wissen.

„Nach Berlin!", antwortete Miroslav.

„Und der Grund für die Reise?"

„Wir suchen und kaufen Autos", meinte Miroslav.

„Sie haben schon einen Kontakt?"

„Nein, wir suchen noch."

„Wonach suchen Sie da so?"

Die Frage überraschte Miroslav. „Mittelklasseautos", meinte er dann. Bojan indes tat, als verstünde er das Gesprochene nicht, und reagierte auf Fragen so gut wie überhaupt nicht. Die beiden mussten aussteigen, das Fahrzeug wurde durchsucht. Die Beamten kontrollierten nochmals die Papiere und auch die Geldbörsen, tätigten eine Anfrage, ob nach dem Duo gefahndet wurde, und wünschten dann eine gute Weiterfahrt.

„Siehst du", meinte Miroslav, als sie wieder auf der Autobahn waren, „alles harmlos, das sind nur Routinekontrollen. Die suchen nach Waffen oder Drogen. Wenn die Papiere in Ordnung sind und nichts im Wagen versteckt ist, kann gar nichts sein."

Abends kehrten sie in einem Hotel ein, das Miroslav reserviert hatte. Die Nacht war kurz, weil sie bald nach Mitternacht schon wieder losmussten. Miro machte den Lotsen, und sie kamen an eine Baustelle, vor der ein Geländewagen mit Anhänger sie schon erwartete. Miroslav verschwand für einige Minuten, kam auf einem Bagger sitzend zurück und fuhr damit auf den bereitgestellten Anhänger. Dann übergab er den Schlüssel und nahm dafür den von Bojan. So fuhren sie wieder auf die Autobahn, Miroslav voraus, Bojan mit dem Geländewagen samt Anhänger und aufgeladenem Bagger hinten nach.

Stunden später kehrte langsam das Leben auf die Autobahn zurück. Die Finsternis der Nacht war dem Grau des Morgens gewichen. Etwas Nebel hing zwischen den Bäumen und Sträuchern, es dampfte über den Wiesen. Die ersten Sonnenstrahlen bahnten sich ihren Weg in den beginnenden Tag. Bojan war die lange Fahrt durch die dunkle Nacht an die Substanz gegangen. Miros Wagen, der immer noch vor ihm fuhr, beschleunigte ein wenig, jetzt wo das Tageslicht die Sicht verbesserte. Aber Bojan konnte nicht schneller – und durfte auch nicht, da er ja nicht auffallen sollte. Der Abstand zwischen den beiden wurde größer. Und gerade jetzt tauchte im Rückspiegel ein Streifenwagen auf, der sich rasch näherte. Bojans Puls beschleunigte sich. Jetzt nur nicht auffallen, dachte er, und ging etwas vom Gas. Der Einsatzwagen passierte ihn und setzte vor ihm auf den ersten Fahrstreifen zurück, wurde ebenfalls langsamer. Bojans Puls wurde noch schneller. In Gedanken ging er schon durch, wie er sich im Falle einer Kontrolle verhalten müsste. Allein, die Insassen des Polizeiwagens machten keine Anstalten, etwas zu unternehmen. So fuhr er einige Kilometer hinter dem Polizeiwagen her und fühlte sich ohne konkreten Anlass beobachtet, wurde immer unsicherer und nervöser. Ein Blick in den Rückspiegel ließ seinen Puls abermals abrupt ansteigen: Ein dunkler Wagen hatte hinter ihm Position eingenommen und schien ihm mit Abstand zu folgen. Miro hatte ihm erklärt, wie er Zivilfahrzeuge der Polizei erkennen könne. Bojan musterte das Auto hinter sich, erkannte aber bald, dass eine Frau auf dem Beifahrersitz sich sehr lebhaft mit dem Fahrer unterhielt. Wahrscheinlich ein ganz normales, streitendes Paar. Sie näherten sich einem Parkplatz. Was tun? Bojan setzte mit zitternder Hand den Blinker. Der Streifenwagen vor ihm tat es ihm nicht nach. Das dunkle Auto hinter ihm schon. Als Bojan auf den Parkplatz fuhr und im Lkw-Bereich stoppte, beobachtete er mit rasendem Herzen, wie das andere Auto an ihm vorbeifuhr und auf den Parkbereich für Pkws zusteuerte. Dort gab es ganze Horden von Reisenden, die es in Richtung der öffentlichen Toiletten und einer kleinen Kaffeebar trieb. Bojans Puls beruhigte sich ein wenig. Er stieg aus, atmete in der Morgenluft tief durch, strebte dann zuerst zu den Pissoirs und von dort weiter zur Kaffeebar. Dabei observierte er die Umgebung genau nach Verfolgern, die es in den Touristengruppen aber auch nicht leicht gehabt hätten. Ihm fiel niemand auf. Bojan wurde ein bisschen entspannter und nahm den Weg zur Bar, wo er sich einen großen Kaffee bestellte. Das Pärchen, das zuvor in dem dunklen Wagen gesessen war, saß an einem Tisch keine zehn Meter von ihm entfernt. Jetzt wirkten sie nicht mehr wie ein debattierendes Ehepaar. Bojans Blick suchte die beiden nach Wölbungen an ihrer Kleidung ab, die versteckte Waffenhalfter signalisiert hätten. Da sah er durch die große Auslagenscheibe der Bar, dass ein Streifenwagen neben seinem Gespann einparkte und zwei Uniformierte ausstiegen. Ein Schauer lief durch Bojans Körper. Er hatte absolut keine Ahnung, wie er darauf reagieren sollte. Er strich nervös über sein Gesicht und stellte fest, dass seine Hände eiskalt und feucht waren. Zu allem Überfluss rollte ein zweiter Streifenwagen in sein Gesichtsfeld und parkte vor dem Eingangsbereich des Lokals ein. Die Beamten kamen herein und nahmen an der Bar Platz. Bojan versuchte cool zu bleiben, war sich aber ziemlich sicher, dass er seine Anspannung kaum verstecken konnte. Er bestellte einen weiteren Kaffee. Nach einer Weile, die sich für Bojan wie mehrere Ewigkeiten anfühlte, verließen die beiden Polizisten die Bar wieder, gingen hinaus, stiegen in ihren Wagen und fuhren weiter. Bojan atmete erleichtert aus. Immer noch stand aber die große Frage im Raum, ob er es sich erlauben konnte, wieder zu seinem Gespann zurückzugehen. Die Beamten, die er dort zuvor gesehen hatte, waren ebenfalls weg. Oder nur: nicht mehr zu sehen?

Miroslav drohte einzuschlafen. Bojan war mit seinem Gespann viel zu langsam, er selbst, Miroslav, hatte irgendwann sein Tempo erhöht, um nicht völlig wegzudriften und auch noch einen Unfall zu verursachen. Diese Situationen nervten ihn. Er hasste es, wenn nichts weiterging, er dazu verdammt war, zu warten. Immer dieses Warten. Langsam reichte es ihm. Er würde mehr Geld verlangen. Immerhin organisierte er alles. Ständig musste er sich Autos von seiner Familie ausborgen. Ausreden erfinden, weshalb er schon wieder ins Ausland musste. Hunderte Telefonate mit hirnlosen Idioten. Und dann immer diese ewig langen Fahrten selbst. Er verdiente nicht genug für das alles. In den letzten eineinhalb Jahren hatte er stets alles perfekt eingefädelt, Anhänger, diverses Baumaterial, Baumaschinen und Werkzeug im Gesamtwert von weit mehr als 250.000 Euro angekarrt, Autoreifen, Felgen, Fahrzeugteile, ja selbst drei Motorräder. Es war Zeit, dass er innerhalb der Gruppe befördert wurde. Er musste ein ernstes Wort mit seinem Boss wechseln.

Zuerst musste er sich aber um Bojan kümmern. Wo war er abgeblieben? Er hatte ihn schon lange aus dem Rückspiegel verloren. Miroslav fuhr auf den nächsten Parkplatz und streckte sich knackend. Sie hatten das Staatsgebiet der Bundesrepublik Deutschland noch nicht einmal verlassen, sollten aber in zehn Stunden am Übergabeort sein. Das würde sich nie ausgehen. Miroslav aktivierte eines seiner Telefone und wählte die eingespeicherte Nummer von Bojan. Es läutete eine Weile, dann wurde das Gespräch angenommen.

„Fuck, wo bist du?" Miroslav war sauer und entließ einen Teil seiner Wut direkt in das Handy.

„Wer spricht, bitte?", meldete sich eine unbekannte Stimme.

„Was, wer ist da? Ich will Bojan sprechen!"

„Wer sind Sie?", beharrte der Sprecher am anderen Ende der Leitung.

„Egal, ich will Bojan sprechen!", wiederholte Miroslav genervt.

„Hier ist die Polizei, mit wem spreche ich?" Miroslav lief es kalt den Rücken runter.

„Ich will sofort Bojan sprechen." Er sagte es wie automatisch, schlicht deshalb, weil ihm nichts Besseres einfiel, als sich zu wiederholen.

„Wenn Sie mir verraten, wer Sie sind, wird sich das bewerkstelligen lassen."

Miroslav war perplex. Unzählige Male hatte er diese Situation im Geiste durchgespielt. Jetzt war es so weit, und er wusste nicht, was sagen.

„Herr Miroslav, sind Sie es?", kam es plötzlich aus der Leitung, und Miros Herz setzte einen Schlag aus.

„Ich Miroslav … Chef von Bojan, muss ihn sprechen!"

„Ist er in Ihrem Auftrag unterwegs?", kam die nächste Frage. Miro musste sich jetzt konzentrieren – und cool bleiben.

„Ja, arbeitet für Firma … in …, was ist los?"

„Was ist mit dem Bagger auf dem Anhänger?", wollte der Bulle wissen.

„Bagger gekauft in Berlin und muss nach Kroatien!" Miroslav versuchte, seine Aufregung zu verbergen.

„Haben Sie Papiere von dem Bagger, und den Kaufvertrag?"

„Ja, sicher, Firma hat gekauft. Wo ist Problem?"

„Problem ist, dass der Herr Bojan keine Papiere hat."

„Okay, ich verstehe, aber Fahrer braucht keine Papiere, weil Firma gekauft, nicht er."

Miroslav hatte sich wieder gefasst und wollte auf Gegenwind schalten: „Firma hat Papiere und zeige ich bei Grenzkontrolle und Zoll, ist alles okay, oder?"

„Ich bräuchte noch die genauen Daten des Verkäufers und den Firmennamen des Käufers."

„Ja, kann ich durchgeben."

„Nicht durchgeben. Vorbeibringen."

„Ich kann nicht vorbeibringen, bin schon an Grenze und warte auf Fahrzeug mit Anhänger. Wann kommt Bojan?"

„Sie müssen die Unterlagen bei der Polizeiinspektion vorbeibringen, wir warten hier auf Sie, verstanden?"

„Geht ja nicht, weil ich schon Zoll bin und Papiere eingereicht. Ich habe für die Firma schon alles gemacht, Zoll wartet auf Bagger, um Nummer zu überprüfen." Miroslav gingen die Worte nun leichter von der Seele. „Ich warte hier, dann kann Zoll und Polizei hier kontrollieren, alles okay?"

Miroslav war sich sicher, dass er gut reagiert hatte. Was hätte er sonst auch sagen sollen? Der Mann am anderen Ende der Leitung gab sich aber nicht zufrieden.

„Ich wiederhole nochmals: Sie kommen jetzt mit den Dokumenten zur Polizeiinspektion. Dann sehen wir uns das an und dann können Sie und Ihr Kollege weiterfahren. Alles klar? Oder muss ich es nochmals wiederholen?"

„Ich habe Papiere aber schon bei Zoll abgegeben."

„Dann müssen Sie sie zurückverlangen."

„Und wenn ich nicht bekomme?"

„Dann haben Sie ein Problem, und dann hat auch Ihr Herr Bojan ein Problem. Aber auch der Zoll, wenn er Papiere, aber keinen Bagger hat."

Miroslav gab auf. Er ließ sich die Adresse der Dienststelle geben und erklärte, sich sofort auf den Weg zu machen. Er tat es nicht. Stattdessen nahm er die SIM-Karte aus dem Handy und warf das Telefon in einen Müllcontainer. Dann gab er Gas. Alles beim Teufel. Zu viele Fragen.

Nach einer Weile hielt er an, schaltete ein anderes Handy ein und wählte nochmals Bojans Nummer. Schon nach dem ersten Klingeln hob diesmal Bojan selbst ab.

„Ja?"

„Wo bist du?"

„Bei der Polizei!"

„Was hast du denen gesagt?", wollte Miroslav wissen.

„Nichts!"

„Lüg nicht!"

„Ehrlich, ich habe nur gesagt, dass der Bagger nach Kroatien soll, für die Firma. Und dass die Firma ihn in Berlin gekauft hat, sonst nichts."

Miroslav war erleichtert.

„Schau, dass du wegkommst, ich fahre schon weiter!"

Eine unterschwellige Paranoia verfolgte Miroslav die nächsten Wochen. Als er in einer pechschwarzen Nacht an einer Mautstelle Richtung Deutschland hielt, wo er ein Motorrad abholen sollte, stand er viele Minuten im Dunkeln, obwohl die Schranken vor ihm schon offen waren. Er beobachtete ein anderes Auto, das einzige außer seinem. Und das bewegte sich auch nicht. Erst als dieses losfuhr, machte er sich ganz langsam ebenfalls auf den Weg, beständig die Spiegel kontrollierend, ob sich hinter ihm irgendein Licht zeigte. Als das nach geraumer Zeit endlich passierte, fuhr Miroslav sofort zu einer Tankstelle ab, obwohl er längst noch nicht tanken musste, stieg dort aus und ging lange um den Wagen herum, als ob es etwas zu kontrollieren gäbe. Er durfte kein Risiko eingehen. Als er zwei Stunden später fast bei seinem Ziel angelangt war, geriet er einer Zivilstreife in die Fänge. Letztlich stellte sich heraus, dass es nur eine Routinekontrolle war, Miroslav befand sich aber über ihre komplette Dauer in der Nähe eines Herzinfarktes.

An seinem ersten Ziel für die Nacht, einem kleinen Parkplatz, der sich hinter einigen mittelgroßen Fichten versteckte, übernahm er vereinbarungsgemäß den Zweiachsanhänger. Alles wie geplant. Dann ließ er sich vom Navi in eine Mehrparteienhaussiedlung leiten. Er entdeckte das japanische Supersport-Motorrad unter einer Plane. Auch das stimmte mit seinen Informationen überein. Bald befand sich Miroslav wieder auf der Autobahn. Nervosität und Ungeduld übertrugen sich auf das Gaspedal. Dass eine automatische Radaranlage ihn blitzte, erkannte er paradoxerweise trotz seiner erzwungenen Konzentration nicht.

Aber Aufregung, ähnlich wie Schmerz, verblasst in der Erinnerung schnell. Einige Tage später, als Miro gerade an der Grenzstation Richtung Schweiz stand, schaffte er es schon wieder ganz gut, ruhig und gefasst vorzugehen.

„Haben Sie etwas zu verzollen? Führen Sie Güter in die Schweiz ein, die deklarationspflichtig sind?"

„Nein."

„Was machen Sie in der Schweiz?"

„Beruflich."

Miroslav blieb ganz ruhig und sprach langsam und deutlich auf Deutsch. Er bemerkte, dass von der Seite mehrere Uniformierte auf seinen Wagen zukamen, und wusste, was bevorstand. Sie würden ihn filzen, also genau überprüfen, ob er größere Geldbeträge, Zigaretten oder Drogen im Wagen hatte. Dies konnten sie gerne tun, er hatte nichts von all dem bei sich. Er wurde angewiesen, zur Kontrolle auf einen Parkplatz ein paar Meter weiter zu fahren.

„Wenn Sie so freundlich sind, bitte aussteigen und den Kofferraum öffnen."

Miro tat es. Er stieg aus, dachte keine Sekunde daran, dass er das Heck des Fahrzeuges auch von innen hätte öffnen können, ging nach hinten und ließ den Kofferraumdeckel aufspringen. Nichts drin. Natürlich nicht.

„Wenn Sie bitte kurz die Bodenabdeckung anheben", meinte einer der Beamten.

Miroslav beugte sich weiter in den Kofferraum – und plötzlich packte jemand seine Arme von hinten und fixierte sie.

„Herr Miroslav, Sie sind festgenommen!"

Miro ging zuerst noch von einer Verwechslung aus. Dass man auf einen europäischen Haftbefehl hin agierte, erfuhr er aber bald.

Bereits nach kurzer Zeit wurde er nach Österreich ausgeliefert. Vor dem sodann zuständigen Ermittlungsrichter bekannte er sich nicht schuldig und verweigerte jedwede weitere Aussage, wohl wissend, dass ihm seine Familie einen teuren, aber guten Wahlverteidiger stellen würde, der schon knifflgere Fälle gewonnen hatte. Dieser war gerade im Begriff, Miroslav im Gefängnis zu besuchen, als auch schon die Anklage des Staatsanwaltes eintraf.

„Also viel gibt es in Wirklichkeit nicht", erklärte der Anwalt, „die Staatsanwaltschaft geht vom identen Modus Operandi aus, soll heißen, sie glaubt, in den Tathandlungen idente Verhaltensmuster erkennen zu können. Es gibt Bewegungsprofile bezüglich Ihrer Grenzübertritte und an einem Tatort wurde Ihre DNA-Spur auf einem Beweisstück sichergestellt. Weiters vermerkt die Polizei, dass Sie mit unterschiedlichen Fahrzeugen unterwegs gewesen und diese auch gelegentlich in der Nähe von Tatorten gesichtet worden wären. Man bezieht sich auf angebliche Vorstrafen in Ihrer Heimat, abgesehen davon ist die Anklageschrift aber schlüssig."

Die Verhandlung war für vier Stunden angesetzt. Das Gericht hatte keinerlei Zeugen vorgesehen. Sein Anwalt hatte Miroslav erklärt, dass das Gericht wahrscheinlich nur ihn selbst ausführlich befragen werde. Er solle eine Aussage machen, dabei aber vorsichtig sein.

„Dann könnte die Angelegenheit schon erledigt sein, bevor sie richtig begonnen hat, viel hat der Staatsanwalt ja nicht … Wir könnten mit einer Verlesung des Aktes einverstanden sein, dann gibt es auch keine Zeugenbefragungen, wobei es ja echte Zeugen ohnehin nicht gibt.

Wir überlassen dann alles dem Gericht, können so aber ein Beweisverfahren vermeiden. Und bei einem solchen kann man halt nie genau sagen, was alles rauskommt."

Der Vorsitzende des Schöffengerichtes begann wie immer mit der Überprüfung der Generalien, also der personenbezogenen Daten.

„Schulbildung?"

„Neun Jahre Grundschule."

„Berufsausbildung?"

„Ja, Mechaniker."

„Mit Abschluss?"

„Ja."

„Na bravo, das erste Positive, was ich heute höre!"

Der Verteidiger kannte diesen Satz. Er wusste: Wenn dieser fiel, war der Vorsitzende grundsätzlich gut gelaunt. Es begann also vorteilhaft.

„Vermögen? Auto, Moped, Aktien oder Wertpapiere? Sonstiges?"

„Eine Wohnung im Haus der Eltern."

„Sonst nichts?"

„Mein Auto ist ein Leasingfahrzeug. Ein Motorrad habe ich. Und eine Lebensversicherung mit umgerechnet circa 15.000 Euro."

„Ein Motorrad? Welches?"

„Eine Honda."

„Modell?" Der Verteidiger schmunzelte. Er wusste, dass der Vorsitzende ein Motorradcrack war.

„CB 600 RR", antwortete Miroslav.

„Supersport-Leichtgewicht. Nicht schlecht. Fahren Sie viel?", fragte der Vorsitzende.

„Die letzten Jahre weniger, früher bin ich aber auch Rennen gefahren."

„Auch nicht schlecht. In Österreich haben Sie keine Vorstrafen, wohl aber in Ihrer Heimat. Da sollen Sie sogar mehrere haben, unter anderem wegen Einbruchs?"

„Stimmt nicht, ich habe keinerlei Vorstrafen. Das muss eine Verwechslung sein, meinen Namen gibt es oft. Ich war noch nie vor Gericht oder im Gefängnis."

„Und Ihre letzte offizielle Arbeitsadresse?"

„Bei meinem Vater, der hat ein Transportgewerbe und führt internationale Transporte durch. Da bin ich auch öfter als Fahrer unterwegs. Sonst helfe ich in der Werkstatt aus, warte die Lastwägen."

„Sehr schön. Und da sind Sie dann auch im Ausland unterwegs?"

„Ja, immer wieder. Weil es immer weniger zuverlässige Fahrer gibt."

„Habe ich schon gehört. Ein mit mir befreundetes Ehepaar ist ebenfalls in der Logistikbranche tätig, die jammern auch. Aber Sie sind nicht nur mit den Lastkraftwägen unterwegs?"

„Nein, mit solchen eher weniger. Meist transportiere ich Kfz-Bedarf, Fahrzeuge und so, da fahre ich mit SUV und Anhänger, das geht schneller und spart Zeit."

„Logisch. Und da fahren Sie meist mit Leasingfahrzeugen?"

„Ja, weil es unterschiedlichste Anforderungen gibt."

„Auch klar."

Ehe sich Miroslav versah, entwickelte sich ein ausführliches Gespräch über seine Reisetätigkeiten, das in Wahrheit auch die zeitliche Nähe zu den diversen Einbruchsdiebstählen und somit Fakten der Anklage bestätigte, ohne dass es noch richtig in die Strafsache hineinging.

„Wie erklären Sie Ihre DNA-Spuren auf einem Besen, der in der Nähe des Tatortes mit der Nummer zwölf sichergestellt wurde?", fragte der Vorsitzende nach einer Weile.

„Ich habe dort öfters Anhänger abgeholt. Kann sein, dass ich mal einen Besen angefasst habe, um etwas zu reinigen."

„Haben Sie anderen Leuten Aufträge für Fahrten erteilt?"

„Nein. Sie hatten die Aufträge von meinem Vater, weil sie für die Firma arbeiten. Ich habe höchstens geschaut, dass alles passt."

„Und warum haben Sie mehrere Mobiltelefone?"

„Das sind alles Handys aus der Firma, da nehme ich einfach, welches gerade zur Verfügung steht."

„Und das macht Sinn?"

„Wie meinen Sie das?"

„Wie kann man Sie erreichen, wenn Sie mit unterschiedlichen Nummern unterwegs sind?"

„Das war noch nie ein Problem."

„Und einmal sollen Sie fotografiert worden sein, von einem Radarkasten. Mit einem gestohlenen Anhänger."

„Das bin nicht ich!"

„Hohes Gericht, auf diesem Bild sieht man so gut wie gar nichts", warf der Verteidiger ein.

„Ob Sie ihn erkennen, ist nicht von Bedeutung", stichelte der Staatsanwalt, „die Anklagebehörde geht davon aus, dass er es ist!"

„Mit Verlaub, die Staatsanwaltschaft geht von vielem aus, was eigentlich Mutmaßung ist." Der Verteidiger war inzwischen aufgestanden, und wollte gerade weiter ausholen, als der Vorsitzende ihn unterbrach. Er hielt diese Diskussion für Zeitverschwendung.

„Die Nummerntafel ist deutlich zu erkennen, und mit genau dieser Nummer reiste der Angeklagte tags zuvor ein", zitierte der Vorsitzende aus dem Polizeibericht.

„Das stimmt, Herr Vorsitzender, aber er war an diesem Tag schon zu Hause, weil er noch am Tag der Einreise wieder zurückgereist ist", gab der Verteidiger zurück.

„Herr Doktor, setzen Sie sich wieder hin. Wenn Sie die ganze Verhandlung lang Sportübungen machen, sind Sie nachher sonst müde", antwortete der Vorsitzende trocken. Dann, an den Angeklagten gewandt: „Und wer ist dann mit dem Wagen gefahren?"

„Keine Ahnung, es ist ein Leihfahrzeug. Es wird von der Firma auch tageweise angemietet."

„Gibt es Unterlagen aus der Firma, die das bestätigen können?", wollte jetzt das Gericht wissen.

„Wir sind dran, aber es dauert. Das geht leider nicht schneller." Der Verteidiger blickte zum Angeklagten.

„Ich habe meinem Vater schon geschrieben", erwiderte Miroslav.

„Was ist mit dem Tatort Nummer fünfzehn, waren Sie dort? Ein Zeuge ist sich einigermaßen sicher, Sie dort gesehen zu haben."

„Dort war ich nicht, der Zeuge kann mich daher auch nicht gesehen haben", entgegnete sofort der Angeklagte. Sein Verteidiger fügte hinzu: „Der Zeuge spricht von

,siebzigprozentiger Sicherheit'. Das könnte alles Mögliche bedeuten."

Verteidiger und Staatsanwalt waren an dieser Stelle beide dafür, die Akten zu verlesen und danach das Urteil zu fällen. Beweisantrag gab es ja noch keinen. Der Vorsitzende befand aber, dass es da noch nicht viel zu verlesen gebe, und vertagte.

In den Wochen, die bis zur nächsten Verhandlung vergingen, geschah einiges: Zuerst, dass Bojan eine Vorladung als Zeuge erhielt und erklärte, er werde erscheinen und alles aufklären. Gleichzeitig schrieb er auch einen Brief an Miroslav, in dem er ihn fragte, ob er kommen solle, worauf dieser antwortete, dass das wahrscheinlich nicht so klug wäre. Das Dumme dabei: Bojan hatte durch den Brief natürlich eine Verbindung bereits kenntlich gemacht, woraufhin er selbst, ebenfalls durch einen internationalen Haftbefehl, verhaftet wurde. Nicht einmal drei Wochen später befand er sich im selben Gefangenenhaus wie Miroslav. (In Wahrheit ging es nicht ganz so glatt, weil der zuständige Staatsanwalt in Vaterkarenz ging. Seine Vertretung kannte Miroslavs Rolle für den Akt nicht ausreichend und klagte Bojan an einem anderen Gerichtshof in einem anderen Bundesland an – aufgrund örtlicher Zuständigkeit. Dort hätte man als Hauptzeugen ausgerechnet Miroslav vorladen wollen, der aufgrund der Gefahr, sich selbst zu belasten, aber gar keine Aussage hätte machen müssen. Bojan wäre also mit Sicherheit freigesprochen worden … Glücklicherweise schaffte man es rechtzeitig, die Verfahren doch noch zu verbinden, was für die Wahrheitsfindung eigentlich unabdingbar war.)

Als Bojan und Miroslav gleichzeitig in den Verhandlungssaal geführt wurden, waren die beiden so überrascht, dass das Schöffengericht ihre Bekanntschaft sofort registrierte. Auch wenn der Vorsitzende so tat, als hätte er gerade gelangweilt durch die Akten geblättert. Als die Generalien neuerlich abgefragt wurden und der Staatsanwalt nunmehr auch die Anklage gegen Bojan vortrug, verkündete der Vorsitzende den Beschluss auf gesonderte Einvernahme der beiden Angeklagten, und Miroslav wurde wieder aus dem Verhandlungssaal geführt. Für die Angeklagten ist so eine Situation natürlich immer unangenehm. Zuerst werden sie mit der Anwesenheit des anderen überrascht, durch die sofort daran anschließende Trennung bekommen sie aber nicht mit, was der andere aussagt. Jeder weiß, dass ein Geständnis sich positiv auf den Ausgang auswirkt ... und hat dann Zeit, darüber nachzudenken, ob ein solches Geständnis eventuell einen Verrat einschließen könnte. Das klassische Problem der Spieltheorie.

Bojan war am Wort. Nachdem ihm der Vorsitzende erklärt hatte, dass ein Geständnis ein wesentlicher Milderungsgrund sei, bekannte er sich zur Überraschung seines Verteidigers, der auf unschuldig plädiert hatte, für schuldig.

„Wer hat Sie mit den Fahrten beauftragt?"

„Immer Miroslav", sagte Bojan mit fester Stimme.

„Sie haben bei der Polizei angegeben, dass Sie bei der Firma seines Vaters beschäftigt und im Firmenauftrag unterwegs gewesen wären?"

„Ja, stimmt aber nicht. Ich bin immer für Miroslav gefahren, er hat mich ja auch bezahlt."

„Und die Firma, was hat die mit der Sache zu tun?"

„Nichts. Die Firma ist eine Werkstatt."

„Was ist mit der Transportware geschehen?"

„Die habe ich dort abgeliefert, wo Miroslav mich hingeschickt hat."

„Und der Bagger in der Bundesrepublik Deutschland?"

„Von dem weiß ich nichts."

„Zu Ihrer Erinnerung: Laut Polizeibericht haben Sie angegeben, dass Sie im Auftrag Ihres Bosses unterwegs gewesen wären, der Sie dann sogar angerufen hat."

„Kann mich nicht erinnern."

„Das Einvernahmeprotokoll der Polizei haben Sie aber unterzeichnet ...", der Vorsitzende zeigte dem Angeklagten das erwähnte Dokument.

„Das ist meine Unterschrift, ich kann mich aber nicht mehr daran erinnern."

„Sie vergessen eine Nacht im polizeilichen Anhaltezentrum? So was vergisst man nicht, oder?"

Bojan wusste nicht so recht, was er sagen sollte.

„Hat Herr Miroslav Sie während Ihrer Einvernahme bei der bayrischen Polizei angerufen? Ja oder nein?" Der Vorsitzende wurde lauter. Auch die beiden Schöffen blickten auf Bojan.

„Ich weiß es nicht mehr, ich glaube nicht."

„Mein Mandant fühlt sich schuldig, will aber nichts mehr sagen", sprang der Verteidiger fürsorglich ein.

„Ich wiederhole nochmals meine Frage: Hat er Sie angerufen oder nicht?" Der Vorsitzende des Schöffengerichtes ließ nicht locker.

„Nicht, dass ich wüsste!", antwortete Bojan.

„Sie saßen mit ihm im Auto, als man Sie am Tag zuvor kontrolliert hatte. Wollen Sie dazu etwas sagen?"

Bojan schwieg.

Dann wurde Miroslav in den Saal geführt. Der blieb bei seiner bisherigen Aussage, bekannte sich nicht schuldig und bestritt jedwede Beauftragung. Ja, Bojan sei ihm bekannt, er habe aber eigentlich nichts mit ihm zu tun.

„Waren Sie mit ihm einmal in Deutschland?"

„Nein, nicht dass ich wüsste."

„Die Antwort kennen wir, oder?" Der Vorsitzende ließ seinen Blick durch die Runde schweifen und blieb zuletzt eine Sekunde an den Laienrichtern hängen. Sie lächelten zurück. Man war einander in einer unausgesprochenen Sache einig.

„Da gibt es aber eine polizeiliche Erhebung, die bestätigt, dass Sie die Telefonnummer … hatten, und genau diese Nummer rief den Herrn Angeklagten Bojan an, als dieser in Deutschland bei der bayrischen Polizei saß. Zufall?"

„Damit habe ich nichts zu tun!", wiederholte Miroslav.

„Können Sie sich an eine polizeiliche Kontrolle in Deutschland erinnern, bei der man Sie auf der Autobahn angehalten hat?"

„Ja, da war ich mit meinem Vater unterwegs!"

„Ihr Vater heißt aber nicht Bojan, sondern wie Sie: Miroslav", unterbrach sofort der Vorsitzende, „das haben Sie schon bei den Generalien angegeben, Sie erinnern sich? Steht auch im Informationsschreiben der Polizei Ihres Heimatortes, findet sich im Akt, auch schon vergessen?"

Der Richter wurde direkter. Miroslav war ein wenig überrumpelt. Der Richter setzte sofort nach.

„Sie fahren eine Honda, sagten Sie. Sie erinnern sich?"

„Ja!"

„Dann erklären Sie mir, wie ein Yamaha-Schlüssel in Ihre Brieftasche gelangt, die die Polizei bei Ihrer Festnahme sichergestellt hat! Und eine Motorradsturmhaube hatten Sie auch dabei, aber keinen Helm. Wozu? Und dann erklären Sie mir noch, warum dieser Schlüssel eine Kennung trägt, die zum Modell R1 von Yamaha gehört! Zum Modell R1-SP genau genommen. Der Schlüssel gehört zu einem Motorrad, das in Kärnten gestohlen wurde. Sehen Sie, der Schlüssel ist auf Aktenseite 578 ersichtlich, zwar nur in Schwarz-Weiß, aber immerhin scharf. Da kann man auch eine Prägung erkennen."

Miroslav war sprachlos.

„Ich warte auf eine Antwort!"

Miroslavs Gehirn versuchte mit allen Kräften, ihm die bestmögliche Antwort in den Mund zu legen. „Ich habe ihn gefunden!", platzte er heraus und wusste selbst nicht genau, warum.

„Das glauben Sie ja wohl selbst nicht!", lächelte der Richter den Angeklagten an, der einen winzigen Augenblick lang über seine geradezu idiotische Antwort selbst lachen musste. Das fiel dem Kollegialgericht sofort auf.

„Sehen Sie, Sie lachen ja selbst darüber!", schmunzelte der Richter. Miroslav fühlte sich ertappt, rasch verfinsterte sich sein Blick wieder.

„Sie wären auch nicht in dem Fahrzeug gewesen, das vom Radargerät geblitzt wurde, sagten Sie in der letzten

Verhandlung. Glücklicherweise habe ich dieses Bild heute nach einer Pixelbehandlung mit. Kommen Sie zum Richtertisch, schauen Sie sich das Foto an. Wer soll das sein?"

Miroslav tat den Canossagang. Vorne blickte er auf ein Bild, das ihn am Steuer des Fahrzeuges zeigte.

„Das bin nicht ich!"

„Dann haben Sie einen Zwillingsbruder, oder? Schauen Sie: Das Kennzeichen ist leserlich. Und beim Anhänger sieht man nicht nur die Nummer, sondern sogar, was auf dem Anhänger transportiert wird. Dieser Gegenstand hat selbst ein Kennzeichen, und das gehört zu einer Yamaha R1-SP. Zufall? Sicher! Auch das auf dem Bild sind ja nicht Sie, ich weiß, ebenso wie ich weiß, dass die Erde eine Scheibe ist, um die sich die Sonne dreht! Eines muss ich Ihnen lassen: Sie haben Unterhaltungswert!"

Allen Anwesenden war inzwischen klar, dass eine lange Verhandlung bevorstand. Für Miroslavs Verteidiger ging es um die Bekämpfung von nicht weniger als achtundzwanzig Fakten. Das erste Faktum konnte er eben verloren geben. Das nächste wurde abgehandelt, indem schon vor der Vernehmung der ersten Zeugen eine Videoaufnahme abgespielt wurde, die zeigte, wie eine vermummte Person mit einem Besen eine Überwachungskamera auf einem Carport wegdrehte.

„Das sind natürlich nicht Sie, Herr Angeklagter? Und es ist schon wieder ein Zufall, dass auf diesem Besen fünf Stunden nach dieser Aktion *Ihre* DNA sichergestellt werden konnte."

Noch sechsundzwanzig Fakten, auf die sich der Verteidiger konzentrieren konnte.

Beim Faktum Motorraddiebstahl drohte der Zeuge dem Angeklagten sogar: „Darf ich kurz mit ihm alleine sein? Ich bin auch Biker. Wir regeln so etwas gewöhnlich selbst!" Miroslavs Verteidiger zeigte sich über die Drohung erschüttert, was aber auch nichts daran änderte, dass der Zeuge erklärte, dass er Miroslav jetzt mit 100%iger Sicherheit erkennen würde.

Blieben noch fünfundzwanzig Fakten.

Der nächste Zeuge hatte Miroslav an der Mautstation beobachtet, wie er minutenlang grundlos vor dem offenen Schranken gewartet habe … Auch das war nicht einfach zu erklären. So ging es dahin.

Als dann nach der Mittagspause weitere sieben Zeugen aus Deutschland aufmarschierten, die sich als jene Polizisten herausstellten, die Bojan einvernommen und den Bagger sichergestellt hatten, spitzte sich die Situation auch bei diesem Faktum zu. Dann kam der Beamte, der das Telefongespräch mit Bojan mitverfolgt hatte. Dann derjenige, der mit ihm sogar gesprochen hatte. Ein weiterer Polizist aus Bayern erzählte, dass Miroslav ihm erklärt habe, er würde Autos ankaufen wollen. Dabei habe er aber keinen nennenswerten Betrag an Bargeld dabeigehabt. Kurz: Jede der Zeugenaussagen saß. So richtig.

Zu allem Überfluss brachten die Polizisten aus Deutschland alle möglichen Originalerhebungsunterlagen mit: Fotos, Telefonaufzeichnungen, Tankbestätigungen, Bildmaterial von diversen Überwachungskameras an Autobahntankstellen, und dann auch noch die Log-Ins der jeweiligen Mobiltelefone. Sie spielten die Mitschnitte vor.

„Wir wollen uns nicht nachsagen lassen, wir hätten nichts unternommen, den Diebstahl zu klären", meinte der Hauptkommissar der deutschen Polizei.

Als man endlich an ein Urteil gelangte, trug das restliche Sonnenlicht bereits eine rote Färbung. Für Bojan ging die Sache noch relativ glimpflich aus. Er gestand letztlich alles und bezichtigte Miroslav nicht nur als Auftraggeber, sondern – seiner Ansicht nach – auch als Hauptverantwortlichen, über dem es aber noch einen ganz Großen geben müsse, den Bojan aber nicht kenne. Miroslavs Verteidiger bezeichnete das Verfahren später als „Begräbnis der Sonderklasse". Miroslav hatte nur in einer Hinsicht Glück: Die Strafregisterauskunft aus seiner Heimat kam niemals an, weshalb das Gericht von Unbescholtenheit ausgehen musste. Trotz eines Schadens von weit mehr als 166.000 Euro und keiner geständigen Verantwortung wurde deshalb die ausgesprochene Haftstrafe bei Miroslav durch ein Rechtsmittelgericht um ein Jahr herabgesetzt. Auf eine offizielle Verständigung bezüglich der angeblichen Vorstrafen in Miroslavs Heimat wartet der Vorsitzende noch heute.

Inge
Die einzige ruhige Nacht

Manuela hatte ein freundliches Wesen. Schon immer gehabt. Alle, die mit ihr zu tun hatten, kannten sie praktisch nur lächelnd. Das ging so weit, dass manche dachten, es müsse sich um ein aufgesetztes, ein falsches Lächeln handeln. Denn eigentlich, so meinten sie, könne es ihr gar nicht gut gehen. Manuela litt seit ihrer Geburt an einer spastischen Störung des Nerven- und Muskelsystems, eine schwere geistige und körperliche Krankheit. Manchmal plagten Manuela schwere Krampfanfälle, dann schrie sie vor Schmerzen, aber abgesehen davon kommunizierte Manuela nur über Blicke und Kopfbewegungen. Und über dieses Lächeln.

Manuela war inzwischen fünfzig Jahre alt. Sie saß schon ihr ganzes Leben lang im Rollstuhl und musste rund um die Uhr betreut werden. Früher hatte das ihre liebende Mutter Inge allein übernommen, fast ein halbes Jahrhundert lang. Vor einigen Jahren hatte die mittlerweile Fünfundsiebzigjährige aber eine schwere Operation über sich ergehen lassen müssen. Seitdem war sie körperlich nicht mehr in der Lage, die Pflege ihrer Tochter alleine zu übernehmen, und Simon, Manuelas Bruder, der ebenfalls noch im Haus lebte, hatte sein eigenes Leben zu leben und konnte sich auch nicht immer um seine Schwester kümmern. Eine Vierundzwanzig-Stunden-Pflege wurde engagiert, und im Laufe der Jahre waren bereits mehr als zwanzig verschiedene Pflegekräfte Inge mehr oder weniger unterstützend bei ihren täglichen Aufgaben für Manuela beigestanden. Im Moment war das Carmen, eine Pflegerin aus Rumänien, die stets zuvorkommend war und sehr gute Arbeit leistete. Der Abschied von ihr rückte aber immer näher. Nur ein paar Tage war sie noch da. Manuela und Inge würden sie sehr vermissen. Es war das übliche Vorgehen: Die Pflegekräfte wechselten im Monatstakt. Bald musste Inge wieder einmal eine neue einschulen. So etwas konnte man sehr schwer im Vorhinein ausreichend lernen, weil abgesehen vom Fachlichen immer auch persönliche und familiäre Aspekte eine wichtige Rolle spielten.

Und Carmen konnte heute zum ersten Mal unbehelligt durchschlafen. Die ganze Nacht über herrschte eine sehr unübliche Stille im Haus. Keine Schmerzensschreie, wie sie sonst durch den Korridor hallten, keine hektischen Schritte. Als Inge am Morgen in ihrem alten Ohrensessel am Bett ihrer Tochter erwachte, kam sie sich vor, als müsse sie sich ganz langsam und unter Schmerzen aus ihren Träumen regelrecht herausschälen. Die vor Jahren operierte Hüfte tat weh wie schon lange nicht mehr. Ihre Knochen taten weh, ihr Hals war halb zugeschwollen. Inge quälte sich benommen weiter aus ihrem Schlaf heraus. In ihrem Kopf hämmerte es so heftig, dass die wache Welt nur stoßweise zwischen den pulsierenden Hammerschlägen zu ihr durchdrang. Die ersten Sonnenstrahlen ließen das ganze Zimmer schmerzhaft leuchten. Allem voran das reine, weiße Bett, in dem Manuela lag. Es reflektierte das einfallende Licht wie ein frisch geputzter Spiegel. Die Bettdecke lag ganz faltenlos auf der Schlafenden, ließ an die makellose Perfektion einer unsichtbaren, allmächtigen Ordnung denken. Als hätte Manuela sich die ganze Nacht über keinen Deut bewegt. Nichts war weggestrampelt oder verschoben, kein Kissen lag am Boden. Manuela lag völlig regungslos, als ob diese allmächtige Ordnung auch ihr den Frieden aufgezwungen hätte.

Inge kämpfte sich hoch, versuchte, ihre Schmerzen zu ignorieren. Sie kniff die Augen gegen das blendende Licht zusammen. Langsam lehnte sie sich erst nach vorne und dann über ihre Tochter. Aus der Nähe konnte sie Manuela ganz leicht röcheln hören. Das reine Weiß des Bettes war neben Manuelas Kopf mit Erbrochenem besudelt. Inge ließ sich kraftlos zurück in ihren Sessel fallen. Sie sah ihre geliebte Tochter ein paar Minuten lang an, dann erhob sie sich mühsam. Inge ging auf schwachen Beinen in die Küche und kramte dort in einer alten Tischlade, bis sie fand, wonach sie gesucht hatte. Sie fasste das Metall so fest sie konnte, schloss die Augen.

Ungefähr zu diesem Zeitpunkt wurde auch Simon wach. Er hatte einen seltsamen Albtraum gehabt, in dem ein riesiger Traktor ihn erdrücken wollte. In seinem Morgenmantel ging er die Treppe hinunter, um sich in der Küche einen Kaffee zu machen. Ohne Kaffee konnte es keinen guten Morgen geben. Aber dazu kam es nicht. Und es war auch kein guter Morgen. Als er in die Küche kam, schnürte sich sein Hals zu. Seine Mutter lag auf dem

Küchenboden. Erst nach einem Augenblick erkannte er das Blut an ihren Händen. Er rief sofort die Rettung.

„Was ich so gesehen habe, wieder mal etwas Arges ...", sagte die Beamtin, als sie den dicken Akt auf den Schreibtisch des Richters legte.

Er öffnete den Aktendeckel und überflog die zahlreichen Ordnungsnummern. Sie hatte recht gehabt. Wieder einmal eine Strafsache, die einem an Herz und Nieren ging.

„Eigentlich ist unsere Mutter weit überfordert. Sie lässt es sich aber nicht nehmen und kümmert sich aufopfernd um meine Schwester!", stand in einem der ersten Einvernahmeprotokolle. Ein gewisser Simon hatte das ausgesagt. Der Richter blätterte weiter. Er war zu Beginn seiner Karriere Pflegschaftsrichter gewesen. Nur zu gut konnte er sich in das Geschehen hineindenken. Auch als Untersuchungs- und Verhandlungsrichter hatte er zahlreiche ähnliche Fälle behandelt. Die folgenden Seiten zeichneten ein immer klareres Bild. Manche Akte waren so voll von menschlichem Leid, dass es kaum möglich war, sich unversehrt in sie einzufühlen. In diesem Fall malte sein Geist sofort klare Bilder, sogar ohne sein willentliches Zutun. Er kannte das Haus an der Landstraße, war oft daran vorbeigefahren.

Er sah, wie es Abend wurde um dieses Haus herum, hörte, wie die Motorengeräusche von der Straße langsam verklangen, Ruhe einkehrte. Wie die Nacht ihr Revier einnahm, das sie nur für einige Stunden jeden Tag räumte. Er sah, wie Inge einen großen Schluck aus ihrer Tasse nahm.

Inge stellte die Tasse auf das kleine Beistelltischchen neben dem Bett ihrer Tochter. Ihre Blicke trafen einander. Wie aus Gewohnheit lächelte Inge, und ebenso wie aus Gewohnheit lächelte Manuela zurück. Dann öffnete Inge die Lade des Tischchens und holte die Tabletten heraus, die dort stets bereitlagen. Sie entnahm einen Blister und drückte eine nach der anderen direkt in die Herztasse. Sie nannten sie „Herztasse", nicht nur, weil auf dem grauen Untergrund ein großes rotes Herz prangte, sondern auch, weil es Manuelas Lieblingstasse war, aus der sie immer ihren Kakao, Tee, oder gelegentlich auch Kaffee trank. Heute war sie mit lauwarmem Tee gefüllt. Das Geräusch der eintauchenden Tabletten war beinahe unhörbar. Inge rührte um.

„Da, trink, damit du gut schlafen kannst", sagte Inge mit einem winzigen Beben in der Stimme und reichte der im Bett Liegenden die Tasse. Sie fasste unter ihren Kopf und half diesen leicht anzuheben, damit Manuela besser trinken konnte. Inge ließ sie einen Schluck machen. Dann noch einen, und noch einen.

„Es wird dir guttun", hauchte Inge. Nachdem ihre Tochter getrunken hatte, lockerte Inge ihren Arm und ließ Manuelas Kopf vorsichtig zurück auf das Kissen sinken, so wie sie es seit langer Zeit jahraus, jahrein tat. Manuela sah sie ruhig an. Es sprach kein Schmerz aus diesem Blick, er war ganz entspannt. Friedvoll. Inge hob die warme Decke an, zog sie Manuela bis an das Kinn hoch und strich die Decke liebevoll glatt.

„Damit dir nicht kalt wird. Hab keine Angst, mein Liebling. Ich bin da."

Wie immer ließ Inge das Licht brennen und setzte sich in den Ohrensessel neben dem Bett, in dem sie seit so vielen Jahren den größten Teil ihres Lebens verbrachte. Er war uralt, hatte früher Inges Vater gehört. Inge selbst fühlte sich noch viel älter als dieser Sessel. Manuela hatte inzwischen die Augen geschlossen und atmete ruhig und tief. Inge blickte ihr Kind an und wartete noch ein wenig. Dann nahm sie die restlichen Tabletten aus der Packung, drückte auch diese in die Tasse. Sie rührte nicht um und wartete auch nicht, bis die Tabletten sich auflösten, sondern setzte die Tasse an ihren Mund und trank sie in einem einzigen Schluck leer.

Der Richter las, dass Bezirksinspektor Zinkler vom Ermittlungsbereich für Leib und Leben sehr gefühlvoll mit den Familienangehörigen gesprochen hatte. Inge und Manuela seien sehr betrübt gewesen, dass die Pflegerin, Carmen, bald abgelöst werden sollte, wie Simon ihm erklärt hatte. Ein guter Teil des restlichen Aktes bestand aus psychiatrischen Erhebungen.

Die jahrelange Pflege ihrer Tochter hatte Inge immer schwerer belastet. Wachsende Gefühle der Überforderung, der Aussichtslosigkeit zusammen mit chronischen körperlichen Schmerzen, hatten Inge tiefer und tiefer in einen schweren depressiven Erschöpfungszustand geschickt. Das alles hatte sich über die Jahre, aber vor allem in den letzten Monaten immer mehr verdichtet und war zu einer unüberwindbaren Verzweiflung geworden. Inge hatte keinen anderen Ausweg mehr gesehen. Die Gutachten sprachen von einer „suizidalen Einengung", was im Wesentlichen bedeutet, dass man an nichts anderes mehr denken kann als an den Tod. Schon in der Vergangenheit waren die Wechsel der Pflegekräfte oft problematisch gewesen. Dass so ein Wechsel nun wieder bevorgestanden war, dürfte der Tropfen gewesen sein, der das Fass zum Überlaufen gebracht hatte. Inge hatte aus ihrer unerträglichen Erschöpfung und der allumfassenden Trauer keinen Ausweg mehr gesehen. Und niemals hätte Inge ihre geliebte Tochter allein zurücklassen können. Als sowohl Inge selbst wie auch Manuela wider Erwarten nach dem Medikamentencocktail lebendig wach geworden waren, war Inge in die Küche gegangen und hatte versucht, sich mit einer Küchenschere die Pulsadern aufzuschneiden. Ihr Sohn Simon hatte sie dort rechtzeitig gefunden und die Rettung verständigt.

Zwei weitere traurige Begebenheiten geschahen noch vor Beginn der Hauptverhandlung. Zuerst, dass Inge geistig so mitgenommen war, dass sie kaum mehr einen vollständigen Satz aussprechen konnte. Ihr Verteidiger teilte dem Gericht mit, dass seine Mandantin nicht mehr verhandlungsfähig sei. Sie könne sich kaum konzentrieren, würde alles vergessen und kämpfe mit schweren Wahrnehmungsstörungen.

Und dann, noch schlimmer: Manuela starb – wobei die Todesursache nichts mit der zur Rede stehenden Tat zu tun hatte.

Der Richter zog eine erfahrene Sachverständige und einen weiteren Psychiater hinzu. Deren Gutachten erklärten, dass Inge zur Tatzeit nicht fähig gewesen sei, das

Unrecht ihrer Tat einzusehen. Im Vordergrund sei ihre Selbsttötungs-Absicht gestanden, sie habe aber nicht das zurücklassen können, was ihr das Liebste auf der Welt gewesen war: Ihre pflegebedürftige Tochter. Deshalb habe Inge sie in die bessere Welt mitnehmen wollen. Gleichsam: Durch Manuelas Tod konnte man nun ausschließen, dass Inge weitere gefährliche Handlungen setzen würde. (Einfach ausgedrückt. Wörtlich sprachen die Gutachten vom „Relevanzbereich der Gefährlichkeit", der eindeutig und ausschließlich die Tochter umfasst habe. Die Tat sei im Rahmen einer schweren depressiven Episode und einer affektiven Psychose geschehen.)

Als diese Gutachten eintrafen, stand fest, was zu tun war. Die Anklagebehörde wurde unterrichtet und zog nach Sanktionierung der Oberbehörde den Antrag auf Einweisung zurück. Der Richter schloss den Aktendeckel, das Verfahren wurde eingestellt.

Inge wurde in die Obhut ihrer Familie übergeben. Ihr Ehegatte, ihre zweite Tochter und ihr Sohn übernahmen die Pflege der nunmehr rasch alternden Frau.

Dominik
Die harte Tasche des Gesetzes

Beginn eines Geschworenen-Verfahrens. Vier Justizwachebeamte hatten einen relativ jungen Mann, Dominik, in Handschellen hereingeführt. Üblicherweise reichten dafür zwei Beamte.

„Wollten Sie fliehen?", wandte sich der Vorsitzende an den Angeklagten.

„Nein, warum?"

„Weil anstelle von zwei jetzt vier Beamte hinter Ihnen sitzen."

„Ach so, das meinen Sie. Nein, so ist das nicht. Beim Spazierengehen im Innenhof bin ich nicht wie vorgesehen nach einer Stunde wieder eingerückt. Der Aufseher ist mir dann nachgelaufen, ich war ihm aber zu schnell. Dann ist noch einer gekommen und noch einer, erst dann haben sie mich gehabt."

„Soll das lustig sein?"

„Gar nicht, ich habe aber vor meiner Verhaftung gerade mit einem Marathontraining begonnen. Und in der Untersuchungshaft gibt es viel zu wenig Zeit für Bewegung."

„Verstehe. Haben Sie jetzt den Drang, aus dem Saal zu laufen?"

„Nein, ehrlich nicht!"

Der Staatsanwalt trug die Anklage vor. Es ging um einen schweren Raub. Der Verteidiger führte in seinem Eröffnungsplädoyer lediglich aus, dass sich sein Mandant vollinhaltlich schuldig fühle, nichts bestreite und um ein mildes Urteil ersuche.

Der Vorsitzende begann mit der für ihn typischen Befragung.

„Wirklich erfolgreich sind Sie nicht, oder?"

Dominik verstand zuerst nicht, was der Richter meinte. Der quittierte den fragenden Gesichtsausdruck des Angeklagten mit einer Erklärung.

„Dann lassen Sie mich das ein wenig ausführen. Sie wurden ja bereits mehrere Male verurteilt. Ihre erste Verurteilung lautet auf versuchten Diebstahl. Dann folgt ein versuchter Einbruchsdiebstahl. Dann eine Verurteilung wegen versuchter Körperverletzung. Dann nochmals ein versuchter Diebstahl. Im Urteil steht, Sie hätten versucht, Zigaretten und Getränke an einer Tankstelle zu stehlen, das ist Ihnen aber scheinbar nicht gelungen."

„Ja, der Tankstellenbesitzer war schneller als ich …"

„Aha, deshalb jetzt das Marathontraining, oder wie?", meinte der Vorsitzende.

„Nein, natürlich nicht!", gab der inzwischen etwas blass gewordene Angeklagte zurück.

„Und danach wieder ein versuchter Einbruchsdiebstahl, verbunden mit einem versuchten Widerstand gegen die Staatsgewalt."

„Ja", antwortete Dominik mit zitternder Stimme.

„Sehen Sie? Das habe ich zuvor gemeint. Sie haben einen ganzen Haufen Straftaten *versucht*", resümierte der Vorsitzende.

„Wobei das aber durchaus als mildernd zu betrachten ist", warf der Verteidiger vorsichtig ein. „Mein Mandant ist eben kein Profi, außerdem hat er es nicht mit der Gewalt …"

„Das ist wohl ein Scherz!", rief der Staatsanwalt ob dieser Äußerung. „Ihr Mandant hat mit einer Pistole in der Hand versucht, eine Bank zu überfallen … und da reden Sie von nicht vorhandener Gewaltneigung …" Der Staatsanwalt blickte den Verteidiger vorwurfsvoll an. Der zog sich in seinen Verteidigertalar zurück und schwieg.

„Bitte, lassen Sie uns nicht vorgreifen!", rief der Vorsitzende, „wo waren wir gerade? Ach ja, versuchter Widerstand … gegen drei Polizisten?"

„Vier!", ergänzte Dominik, „es waren insgesamt vier."

„Wenn wir schon so genau sind, Herr Angeklagter: Insgesamt waren es sogar sechs, aber losgegangen sind Sie nur auf drei!", sagte der Vorsitzende angriffslustig. „Steht alles im Akt. Dann, der nächste Punkt: Da haben Sie Drogen verkauft, also nicht versucht, sondern tatsächlich verkauft – allerdings an einen Polizisten. Also letztlich eine *versuchte* Inverkehrsetzung. Und damit sind wir im Jetzt, und jetzt geht es um einen versuchten schweren Raub. Großartig!"

Der Angeklagte war mit jedem Wort des Vorsitzenden ein wenig mehr geschrumpft. So weit, dass er jetzt schüchtern alles erzählte, was passiert war. Er gab zu, sich zum Zweck eines Banküberfalles eine Waffe besorgt zu haben. Mit dieser – und einem Tuch vor dem Gesicht – sei er dann in die Bank gegangen, habe dort dem Schalterbeamten die Waffe vor die Nase gehalten und ihm einen Zettel mit der Nachricht „Kein Wort, Überfall, alles Geld in einen Sack" übergeben. Dominik beschwichtigte lediglich in einer Sache: Die Waffe habe er nicht direkt auf den Kassier gerichtet, sondern nur in dessen Richtung.

„Und dann sind Sie von hinten niedergestreckt worden?"

„Keine Ahnung, ich weiß es nicht mehr genau. Plötzlich lag ich am Boden und war in Handschellen …"

Die Verfahrensparteien verzichteten auf die Einvernahme weiterer Tatzeugen, die keine direkte Beteiligung an dem Vorkommnis hatten. Es gab in dieser Hinsicht nicht mehr viel zu klären. Das waffentechnische Gutachten war ebenso schnell erledigt. Es ging sehr zügig dahin. Vor der Kaffeepause war man eigentlich schon fast am Fertigwerden.

„Zeugin Anna, bitte eintreten", rief der Vorsitzende ins Mikrofon, und Sekunden darauf eilte eine Pensionistin nach vorne.

„Ich weise Sie darauf hin, dass Sie Ihre Aussage nicht in Gegenwart des Angeklagten machen müssen", betonte der Vorsitzende.

„Danke, das habe ich schon verstanden."

„Wollen Sie, dass der Angeklagte aus dem Saal gebracht wird?", fragte der Vorsitzende laut und deutlich.

„Nein, nein!", rief die Dame, „ich bitte Sie! Ich habe doch keine Angst vor so einem Bürschchen. Wo ist er denn?" Sie drehte sich um und entdeckte ihn zwischen den vier Justizwachebeamten.

„Bitte, vor dem habe ich keine Angst!", sagte sie, wieder zum Richtertisch gewandt. Dann drehte sie sich nochmals um und zeigte jetzt sogar mit dem Finger auf Dominik. „Vor dir, Bürschchen, habe ich keine Angst!"

„Sie haben also keine Angst vor dem Räuber", beendete der Staatsanwalt die kleine Einlage.

„*Versuchter* Raub!", fiel der Verteidiger ein.

„Meine Herren, bitte!", appellierte der Vorsitzende. „Also, Sie sind die Dame, die ..."

„Ja, die bin ich. Also, ich steh' in der Bank und warte, bis ich drankomme – es war Monatserster, da muss ich mein Geld von der Bank holen; das brauche ich für die Zeitung, und auch für meine Enkel; meine große Tochter bekommt auch noch Taschengeld, Sie wissen ja, wie das bei den jungen Leuten so ist ... das Leben ist ja auch wirklich sehr teuer geworden. Ich selbst zahle zum Glück noch den alten Mietzins, für mich hat es sich ausgezahlt, dass mein Mann, Gott hab' ihn selig, nie auf die Idee gekommen ist, selbst zu bauen. Da hätten wir nur Probleme gehabt, die Handwerker sind ja auch nicht mehr zuverlässig heutzutage. Erst vorige Woche habe ich einen Klempner gebraucht. Da sagt der doch ganz frech zu mir, er sei gar kein Klempner, sondern ein GHW-Installateur; ich weiß nicht einmal, was das heißen soll! So ein Blödsinn! Er hätte ein Rohr austauschen sollen, sonst nichts. Glauben Sie, dass der dafür Zeit gehabt hätte, der Herr Installateur? Nein. In vier bis fünf Wochen, hat er gesagt, hätte er vielleicht Zeit, das ist ja der eigentliche Skandal. Und die Hausverwaltung sagt, da kann man nichts machen ..."

„Wem sagen Sie das", unterbrach der Vorsitzende den Redeschwall der Zeugin, „kommen wir bitte auf den Angeklagten zurück!"

„Ach so, ja. Wo war ich stehengeblieben?"

„Sie haben in der Bank gewartet, dass Sie drankommen!", half der Vorsitzende.

„Ja, genau. Also, ich warte und habe mich eigentlich geärgert, weil ich diesmal schon so spät dran war; normalerweise gehe ich ja früher, aber diesmal musste ich vorher noch die Semmeln kaufen und da waren auch so viele Leute. Der Bäcker ist wirklich sehr gut, den kann ich Ihnen nur empfehlen – mein Gott, wie heißt der jetzt? Jetzt ist mir der Name entfallen, das gibt es ja nicht. Sein Bruder ist auch Bäcker, aber die backen nicht zusammen, da hat jeder sein eigenes Geschäft, oder mehrere sogar. Mir fällt einfach der Name nicht ein ... es ist irgendwas mit ‚Krankenhaus'. So habe ich mir das gemerkt; als Kind hatte ich immer meine Eselsbrücken, jetzt brauch' ich die wieder. Krankenhaus ... Unfallkrankenhaus ... wie war das jetzt? Ach ja! Schmerz ... Aua ... Auer! Ja, so heißen die beiden, die machen das beste Brot, sag' ich Ihnen, auch die Semmeln sind eine feine Sache ..."

„Wir würden lieber das von der Bank hören!", unterbrach der Vorsitzende die Frau.

„Wo bin ich stehengeblieben?" Sie blickte die drei Berufsrichter fragend an.

„Wir waren noch beim Warten ...", sagte der Vorsitzende.

„In der Bank, nicht in der Bäckerei!", ergänzte der Beisitzer hastig.

„Ach ja, also, ich warte; ich hab' mich wirklich geärgert …"

„Weil es schon so spät war!", half das Gericht weiter.

„Genau, die Semmeln habe ich schon erwähnt; da kommt beim Eingang also dieser Bursche herein, drängt sich auf der Seite ganz nach vorne und legt dem Schaltermenschen irgendeinen Käsezettel hin – wissen Sie, ich sehe noch gut, sehr gut sogar, nur beim Lesen brauche ich eine Brille, sonst nicht, daher habe ich alles ganz genau gesehen; und merken kann ich mir sowieso alles, ab und zu brauch' ich halt meine Eselsbrücken. Der Bursche drängt sich also vorbei, an der ganzen Kolonne; da waren noch vier oder fünf Leute vor mir, und keiner hat was gesagt! Also bin ich selbst nach vorne und habe ihn gefragt, was er denn glaubt, wer er ist! Da habe ich dann erst gesehen, dass der da so was Schreckliches in der Hand hatte, in seiner rechten Hand. Damit hat er herumgefuchtelt, gesagt hat er nichts; für mich war klar, der drängt sich vor, weil er was Böses machen will, der hatte kein Sparbuch dabei, sondern nur diesen schlampigen Zettel. Und weil ich ja schon vorne war, habe ich meine Tasche genommen … in der hatte ich meine Semmeln und meinen Schirm, einen Knirps, weil im Wetterbericht im Fernsehen die ‚Zeit im Bild' gesagt hat, dass es regnen wird, und darum habe ich den Schirm in meine Tasche reingegeben. ‚Zeit im Bild' schaue ich immer gerne, nur ist sie immer so spät, um zehn Uhr abends, da schlafen die Leut' in meinem Alter ja schon … Herr Richter, haben Sie keinen Einfluss drauf, dass die ‚Zeit im Bild' ein bisschen früher gezeigt werden könnte?"

Der Vorsitzende verneinte.

„Macht nichts, man wird ja fragen dürfen. Nur habe ich geglaubt, dass so ein hoher Herr wie Sie da schon etwas machen könnte … na gut – wo war ich denn?"

„Bei der Tasche!"

„Ja. Außerdem habe ich immer meine Taschenlampe mit, bei uns im Stiegenhaus geht oft die Beleuchtung nicht, die Hausverwaltung kümmert sich wirklich um nichts, da habe ich dann immer gerne meine Lampe mit, sonst seh' ich ja nichts, wissen Sie; die Fenster im Stiegenhaus werden bei uns ja auch nicht regelmäßig geputzt, darum ist es immer so dunkel am Gang, da könnt' man sich richtig fürchten, so finster ist es dort am helllichten Tag; da bin ich froh, wenn ich meine Taschenlampe mithabe. Meine große Tochter kauft mir auch immer diese neuen Batterien, die man aufladen kann, wie heißen die jetzt schnell? Die heißen fast so wie der Hund von meiner Nachbarin im Erdgeschoss … der … Arco, ja genau! … Akku! Akkus kauft sie mir immer, die kann ich aufladen. Man braucht da aber vier Stück, dann geht die Lampe, das ist nicht so eine kleine Funzel wie dieses neumodische Zeug. Die Lampe ist was Anständiges, die hat mein Mann schon gehabt, Gott habe ihn selig; wenn der wüsste, dass ich heute vor Gericht stehe …"

„Aber nicht als Angeklagte, sondern als Zeugin", sagte der Vorsitzende, der inzwischen überzeugt war, dass ein Ordnungsruf oder ein Ersuchen um Beschleunigung nicht viel bringen würde.

„Wir lassen sie einfach erzählen", flüsterte er den Beisitzenden mit einem angedeuteten Schulterzucken zu.

„Mein Mann war nie Zeuge oder Angeklagter", setzte die ältere Dame inzwischen fort. „Darüber kann man froh sein. Wenn man bedenkt, wie viel Zeit man verliert, wenn man stundenlang als Zeuge befragt wird …"

Der Staatsanwalt verschluckte sich beinahe an seinem Zahnstocher, an dem er seit sicher fünfzehn Minuten herumkaute.

„Wir waren bei der Tasche", versuchte es der Vorsitzende nochmals.

„Wie bitte? Bei welcher Tasche?"

„Die Tasche, in der Sie die Semmeln und die Taschenlampe hatten!", sprang nunmehr unterstützend die Beisitzerin ein, „Sie waren in der Bank und dieser junge Mann hat sich vorgedrängt."

„Mein Gott, ja. Also, ich bin hinter ihn, er hat aber nicht reagiert. Da habe ich ihm mit meiner Tasche eine verpasst! Wo ich ihn erwischt habe, weiß ich gar nicht, aber der Revolver ist plötzlich am Boden gelegen … und dann, das muss ich schon zugeben, habe ich noch mal mit der Tasche hingeschlagen, ein paar Mal, weil ich mich so geärgert habe. Und dann ist ein anderer Herr gekommen und hat sich auf ihn draufgeworfen. Meine Güte, das war furchtbar …"

„Das war dann der Zeuge Krottmayer. Ein pensionierter Polizist, für die Damen und Herrn Geschworenen. Der hat dann den Angeklagten fixiert. Der Zeuge wartet noch draußen."

„Ach, das ist der sympathische Herr! Ja, der war auch in der Bank, der hat ihn dann niedergeknebelt! Er hat es ihm richtig gezeigt. Da war es aus mit dem Burschen."

Niemand wagte es, der Zeugin weitere Fragen zu stellen.

„Ich bin schon fertig?", fragte sie mit großen Augen. Beim Hinausgehen ließ sie es sich nicht nehmen, dem

Angeklagten nochmals mit erhobener Handtasche zu drohen.

„Also, Herr Angeklagter, was sagen Sie dazu?", wollte der Vorsitzende wissen, als die Dame den Saal verlassen hatte.

Dominik war sehr klein und sehr sprachlos.

„Jedenfalls: Wieder bleibt es beim ‚Versuch'. Werden Sie irgendwann einsehen, dass das nichts wird?"

Möglicherweise gelangt Dominik im Laufe seiner mehr-jährigen Haftstrafe zu dieser Einsicht. Die Zeitungen titel-ten am nächsten Tag: „Oma streckt Bankräuber nieder." Etwas strafmildernd wirkte sich die Tatsache aus, dass es beim Versuch geblieben war.

Walter und Franz
Das siegerlose Rennen

„Ich steh' eigentlich nicht aufs Skifahren", meinte Walter mit Blick auf die leere Piste und wollte Franz einen Joint in die Hand drücken. Der schüttelte den Kopf.

„Wirklich gerne, aber ich muss noch fahren. Du weißt genau, dass sie mir den Führerschein schon einmal abgenommen haben, ich brauch' den Schein aber für meinen Job." Franz wusste, dass er sehr intensiv darauf reagierte.

„Beim letzten Mal war ich wirklich hergerichtet", sinnierte er. „Ich hab' den ganzen Vormittag geschlafen, so tief, dass ich ins Bett gewiescherlt hab."

Franz erzählte zum ersten Mal von dieser Sache, die ihm eigentlich mehr als peinlich war. Walter, der gerade einen kräftigen Zug machte, verschluckte sich und bekam beinahe einen Erstickungsanfall, als er das hörte.

„Willst du mich verarschen?", fragte er, sobald er wieder ordentlich atmen konnte. „Du hast ins Bett gemacht?"

„Ja … wenn du das irgendwem erzählst, dann erschieß' ich dich, das schwör' ich dir!" Franz' Intonierung legte nahe, dass er das auch wirklich so meinte. „Ich steh' auf das Zeug, aber ich kann nicht kiffen und dann Auto fahren."

„Okay, okay, reg' dich nicht auf", versuchte Walter die Situation zu beruhigen. Es gelang. Walter zog weiter an seinem Selbstgedrehten, Franz starrte auf die verwaiste Skipiste. Endlich näherte sich der Skikurs. Aufgefädelt wie an einer Leine zogen die Kinder ihre Schwünge Richtung Zielhang. Der Skilehrer voraus, im Abstand von einigen Metern seine Schützlinge. Astrid war auch dabei. Die Kleine hatte sich so gewünscht, an diesem Skikurs teilzunehmen, ihrer Mutter, Yvonne, hatten aber die finanziellen Mittel dafür gefehlt. Ohne Unterstützung des Kindsvaters wäre es unmöglich gewesen. Franz war zwar selbst finanziell angeschlagen, hatte dann aber doch die fünfzig Euro flüssig machen können und sie Yvonne gegeben. Eigentlich vermutete er, dass sie das Geld nicht für den Skikurs der Kleinen, sondern für Make-up oder Tattoos verwenden würde, daher hatte er sich anfangs geziert, ihr das Geld auszuhändigen, wollte es lieber gleich dem Schulveranstalter überweisen. In einem schwachen Moment hatte Yvonne ihn dann überzeugen können, das Geld doch ihr zu geben …

Franz blickte zur Skipiste und erkannte Astrid endlich unter den Kindern hinter dem Skilehrer. Sie stand gar nicht schlecht auf den Brettern, fuhr die Bögen schon sehr geschmeidig und war sehr konzentriert. Dass Franz sie anfeuerte, bemerkte sie gar nicht. Nicht mal einen Gruß von ihr gab es. Das traf Franz. Jetzt hatte er Gott und die Welt in Bewegung gesetzt, um an diesen Ort in den Bergen zu gelangen und hier seine Tochter beim Skifahren zu sehen, und dann bemerkte sie ihn nicht. Er musste unweigerlich an Yvonne denken, die ihm wieder vorhalten würde, dass er nie für Astrid da sei. Dabei wusste sie, Yvonne, ganz genau, dass er weder ein eigenes Auto noch sonst so leicht die Möglichkeit gehabt hatte, an diesen abgelegenen Ort zu kommen. Franz stand nicht auf öffentliche Verkehrsmittel. Zu teuer und unpraktisch. Deshalb hatte er alle Register gezogen, um Walter zu überreden, dass der das Auto seines Vaters organisierte. Alles nur, damit sie jetzt hier völlig unnötig frieren konnten. Und dann durfte Franz nicht einmal am Joint ziehen.

Walter war die Kälte schon gleichgültig. Ein leichter Nebel zog auch vom Tal herauf, fast gleichzeitig formierten sich die ersten Wolken am Himmel. Die Sonne verschwand hinter diesen Gebilden aus Weiß und Grau. Franz fluchte. Er wusste, dass es geraume Zeit dauern könnte, bis die Skigruppe das nächste Mal an ihnen vorbeikommen würde. Bis zum Lift, mit dem wieder zum Gipfel des Hanges, dann schön langsam wieder in ihre Richtung. Die Kälte kroch beharrlich seine Beine entlang nach oben. Die Halbschuhe boten keinen Schutz, und seine löchrigen Socken taten das Ihre dazu.

„Scheiß Wetter", konstatierte auch Walter, der fertig geraucht und den Stummel im Schnee entsorgt hatte. Sie warteten, bis der Skikurs sich endlich wieder näherte. Es wurde immer nebliger. Franz wollte die Möglichkeit nicht nochmals versäumen und stapfte ein Stück in die Piste hinein, wobei er immer wieder im Schnee einbrach und kaum vorwärtskam. Er hörte das Gejohle der Kinder an sich vorbeiziehen, aber der Nebel war inzwischen so dicht geworden, dass diesmal nicht einmal er Astrid erkennen konnte. Zweite Chance verpasst.

„Komm, fahren wir, es wird kalt!", hörte er Walter hinter sich.

Im Auto fraß Franz sein Ärger fast auf. Die ganze Aktion – Walter beknien, das Auto ausborgen und dann noch die weite Fahrt, die Friererei –, alles umsonst. Nun gut, er war ein wenig an der frischen Luft gewesen, das schadete ja nie, aber sonst? Nicht einmal gesehen hatte sie ihn. Dabei hatte er ihr so gern zeigen wollen, dass er für die Kleine da war. Der einzige Trost war, dass sie wenigstens Spaß zu haben schien. Vielleicht hätte er sie ohnehin zu sehr abgelenkt.

Walter fuhr, obwohl er zuvor den Joint geraucht hatte. Er wirkte zwar nicht benommen oder „stoned", sehr gesprächig war er allerdings auch nicht. Ganz offensichtlich wollte er dringend wieder nach Hause. Er gab ordentlich Gas. Schon die Autobahnauffahrt nahm er so schwungvoll, dass Franz unwillentlich seine Finger in den Sitz krallte.

„Geht's eh?", fragte Franz.

„Das passt", nuschelte Walter, „tut dem Auto nicht schlecht, wenn mal jemand ein wenig in die Pedale steigt. Es hat schon ewig keine Autobahn mehr gesehen."

„Soll ich fahren?"

„Nein, passt schon. Was soll denn sein?"

Walter stand noch immer auf dem Gas. Der alte Wagen seines Vaters durchschlug die Schallmauer der Geschwindigkeitsbegrenzung sehr mühsam. Ein Stück nach der Mautstelle stieg die Strecke merklich an. Obwohl Walter zurückschaltete, konnten sie das Tempo nicht halten.

„Mein Vater gurkt immer nur in der Stadt herum, da wird der Motor müde", meinte Walter, der glaubte, dem heulenden Motor gerade neues Leben einzuflößen. „Geht nicht so schlecht, wenn man ihn einmal anständig tritt!" Walter umklammerte das Lenkrad inzwischen wie ein Rennfahrer. Links, auf die schnelle Spur, obwohl der zu Überholende noch weit vor ihnen war. Erst jetzt fiel Walter auf, dass ihm jemand im Nacken saß und ihm schon per Fernlicht zu verstehen gab, dass er den Weg freimachen solle.

„Ja, fahr schon", murmelte er und wechselte zurück auf die rechte Spur. Die Aufforderung war unnötig. Mit einem herzhaften Brummen zog der Hintermann an ihnen vorbei und verschwand bald in der Ferne. Unmöglich einzuholen. Trotzdem: Zurück auf die linke Spur. Vollgas. Sie fuhren in einen Tunnel ein. Walter erreichte langsam den Wagen, für den er schon lang zuvor auf die linke Spur gewechselt hatte. Der blinkte aber plötzlich und wechselte seinerseits – vor Walter – ebenfalls auf die linke Spur, um einen Lkw zu überholen. Nun war der Spieß umgedreht. Walter rüttelte an der Lichthupe, fuhr immer knapper auf. Die typische Tempobegrenzung im Tunnel erleichterte dieses Unterfangen.

„Jetzt fahr doch! Das gibt's doch nicht!"

Völlig unbeeindruckt von Walters Schreien hielt der vordere Wagen die Spur. Am Lenkrad saß eine Fahranfängerin, die sich eben auf das Überholmanöver konzentrierte. Franz wunderte es fast, dass sie Walter nicht schreien hörte. Der zappelte immer aufgeregter in seinem Sitz.

„Fahr! Was ist denn mit dir? Fahr endlich!"

Nach einigen Kilometern passierte sie den Lkw endlich zur Gänze. Just in diesem Moment war auch der Tunnel zu Ende und damit das Tempolimit aufgehoben. Sie blieb auf der linken Spur und beschleunigte auf die neue Höchstbegrenzung. Walter klebte an ihrem Heck. Er warf sich in den Windschatten, konnte aber noch immer nicht überholen, weil sie nach wie vor auf der linken Spur fuhr. Walter, der aus der Nähe nun sah, dass eine Frau mit langen blonden Haaren am Steuer saß, fand wenig freundliche Bezeichnungen für sie. Langsam setzte sich aber doch das Wissen darum durch, dass sie ihn nicht hören konnte, und er begann heftig zu gestikulieren. Franz ließ sich anstecken und brachte nun ebenfalls mit beiden Händen einige Obszönitäten zum Ausdruck. Das reichte, um endlich einen Kontakt herzustellen. Die beiden Beifahrer der jungen Frau winkten zurück, einer von ihnen zückte sogar ein Handy und richtete es auf die Verfolger.

„Ich glaub, der filmt uns …", sagte Franz gerade noch, da zog der feindliche Pkw endlich auf die rechte Spur hinüber und gab den Weg frei. Walter roch seine Chance und trat das Pedal mit dem befriedigten Grinsen eines Siegers richtig durch. Freie Bahn, endlich. Das Auto rechts von ihnen beschleunigte jetzt aber auch und war in sehr kurzer Zeit wieder vor ihnen. Walter schaffte es nicht zu überholen und musste sich zähneknirschend wieder dahinter einreihen. Das konnte doch wirklich nicht ihr Ernst sein! Er trommelte wutentbrannt auf das Lenkrad und fand abermals Worte für die Frau, die hier nicht wiedergegeben werden sollen. Erst nach etwa zwanzig Kilometern schaffte das alte Auto von Walters Vater es, wieder zur Vorderfrau aufzuschließen. Langsam, ganz langsam schoben sie sich an der Frau und ihren Beifahrern vorbei, nicht ohne diesen als Zeichen der eigenen Begeisterung den berühmten Stinkefinger zu zeigen, den die Insassen des anderen Wagens gerne zurückgaben. Weil sich der nächste Tunnel bereits näherte, wurde es mit dem Überholen aber wieder nichts. Stattdessen fuhren die zwei Fahrzeuge mit annähernd gleicher Geschwindigkeit nebeneinander her. Der Austausch beleidigender Gesten musste also weitergehen. Weil das Franz aber inzwischen ziemlich auf die Nerven ging und Walters Aggression derart nicht mit entsprechender Wirkung rüberkam, kam Franz eine Idee. Im Austeilen von Denkzetteln war er geübt.

„Hast du die Pistole im Auto?", wollte Franz wissen. Walter war von dem Einfall sofort eingenommen.

„Ja, gute Idee! Ist unter deinem Sitz!"

Ein kleines Lächeln blitzte auf Walters Gesicht auf. Wenn Franz nicht gerade einem Rennen beisaß, war er ein leidenschaftlicher Schütze, tat das im Wald und beim monatlichen Paintball-Spiel. Nur für den Schützenverein reichte es nicht. Die Ausfertigung der nötigen waffenrechtlichen Papiere hatte man ihm verweigert. Ein Psychologe hatte ihm schwere Störungen attestiert, und wieso Franz einen Bedarf für Waffen hatte, konnte er damals auch nicht erklären. Im Folgenden war sogar ein Waffenverbot erlassen worden.

Franz tastete unter dem Beifahrersitz herum und brachte die Faustfeuerwaffe zum Vorschein.

„Schau, dass du nochmal auf die gleiche Höhe kommst", wies er seinen Fahrer an. Als sie das getan hatten, ließ Franz, um den einschüchternden Effekt zu verstärken, sein Fenster runter und zeigte mit der schwarzen Pistole auf die Frau. Die aufgerissenen Augen im anderen

Auto zeigten deutlich, dass sein Denkzettel ankam. Die Frau bremste zügig und verschwand aus Walters Blickfeld. Einen Augenblick später hörte er Franz schreien.

„Alter, die vögelt's her!"

Walter sah in den rechten Rückspiegel und sog unwillentlich Luft ein, hielt den Atem an. Die Blonde touchierte gerade die Betonröhre des Tunnels, dann knickte das Auto irgendwie ein und überschlug sich mehrmals. Trümmer flogen herum. Und dann hörten sie das ohrenbetäubende Krachen an den Wänden widerhallen.

„Gib Gas", schrie Franz, „fahr!" Er war von einer Sekunde auf die andere leichenblass geworden und schloss die Augen, um nicht noch mehr sehen zu müssen. Das Letzte, was er noch mitbekam, waren andere Autos, die in den Unfallwagen krachten. Die Tunnelröhre verstärkte noch die Geräusche, die das verursachte. Blech und Stahl auf Blech und Stahl. Blech und Stahl an der Betonwand des Tunnels. Rauch, Feuer.

Das Gewissen meldete sich sofort und direkt wie ein glühendes Messer im Leib. Franz zog es den Brustkorb zusammen. Sein Inneres war leergefegt, in einem einzigen, kurzen Augenblick. In dieser Leere gab es nur einen Gedanken: Wir waren das. Als sie gerade aus dem Tunnel kamen, knallte hinter ihnen eine Explosion, die ihr Auto wackeln ließ, dicht gefolgt von einer zerstörerischen Feuerwalze, die sogar im Rückspiegel noch an das Ende der Welt denken ließ. Sie spürten, wie diese Walze sie traf, verloren die Kontrolle über den alten Wagen des Vaters, der schon so lange keine Autobahn mehr gesehen hatte. Franz hörte nur noch seinen Freund schreien, dann knallte er mit dem Kopf ungebremst in das Armaturenbrett. Alles wurde schwarz.

Als Franz zu sich kam, lag er. Das Krachen und Splittern, das Schreien hallte in seinem Kopf nach. Als er aber die Augen aufmachte, lag er in vollkommener Stille vor seinem Bett. Er tastete nach dem Boden, fuhr über die Dielen, die noch immer leicht nach Öl rochen. Sein Herz raste, pumpte Adrenalin durch seinen Körper. Franz glaubte nicht an Gott. Aber in diesem Moment dankte er ihm aus ganzem Herzen, dass es ein Traum gewesen war. Er blieb still liegen und versuchte, wieder zu sich selbst zu finden.

Klingelte da jemand an der Tür?

Franz lauschte, immer noch unbewegt. Das Klingeln wiederholte sich nicht. Dann aber krachte es plötzlich, so laut, dass Franz sich diesmal nicht fragte, ob er das tatsächlich hörte. Holz splitterte, dann detonierte etwas, was Franz zunächst nicht deuten konnte. Dann Rauch, blitzendes Licht; schwarze Gestalten fetzten durch den entstehenden Nebel.

Erst, als er in das Polizeifahrzeug verfrachtet wurde, schloss sein Geist langsam zur Realität auf.

„Wollen Sie unbedingt ins Gefängnis?", fragte ihn der Richter bissig. „Hat es Ihnen da so gut gefallen, dass Sie neuerlich derartige Blödheiten machen?"

Nein, Franz hatte es im Gefängnis nie gut gefallen.

Die weiteren Ausführungen des Richters dokumentierten, dass der Mann Franz' Vorgeschichte gut kannte. Er selbst konnte kaum mehr tun, als die Vorwürfe abzunicken. Ja, es ist nicht gut, einem anderen, der gerade ein Fahrzeug lenkt, eine Waffe zu zeigen. Auch sonst natürlich nicht. Ja, die Waffe schaut aus wie eine echte, obwohl sie nur eine Gaspistole ist. Ja, es ist verständlich, wenn der andere sich dadurch erschreckt. Ja, es ist als Drohung zu werten. Ja, gegen mich besteht ein aufrechtes Waffenverbot. Ja, die Polizei hat bei der Hausdurchsuchung einige echte Schusswaffen gefunden. Ja, ich habe gewusst, dass der Fahrer gekifft hatte. Ja, ein Massencrash im Tunnel wäre möglich gewesen, Gott sei Dank ist es dazu nicht gekommen. Ja, ich kann mir vorstellen, was da passieren hätte können … Mein Innerstes hat mir das alles schon gezeigt.

Als er Walter einige Tage nach der Verhandlung wiedersah und der sich einen Spaß daraus machen wollte, wie die Lenkerin sich erschrocken hatte, schlug ihn Franz mit einem gezielten Hieb zu Boden.

Gerald
Vor die Hunde

Der Richter kannte Gerald bereits und erkannte ihn auch sofort wieder. Maßgeschneiderte Hose, glänzende Schuhe. Geralds Muskeln zeichneten sich deutlich unter seinem Hemd ab.

„Einen schönen guten Morgen", begrüßte ihn der Richter, „wieder einmal bei Gericht?"

„Ja, schon wieder. Es wird immer öfter in letzter Zeit", sagte Gerald ernst.

Gerald hatte in diesem Jahr schon den vierten Termin bei der Justiz. Er wusste, wie alles ablief. Je nach Richter konnte es mal länger dauern oder aber in wenigen Minuten über die Bühne gehen. Gelegentlich gab es mehr Fragen, dann wieder weniger. Dies hing auch damit zusammen, was schon alles im Akt stand. Gerald hatte sich jedenfalls bemüht, die Vorgänge gut und detailliert zu schildern. Nun wirkte Gerald nicht nur ruhig, er war es auch. Er war inzwischen ein alter Hase, hatte sich bis in die Cobra hochgedient, die wohl bekannteste Spezialeinheit der hiesigen Polizei. Gerade die alte Garde dieser Einheit hatte ohnehin laufend Kontakt zur Justiz, Geralds wiederholtes Erscheinen in der letzten Zeit wurde aber langsam auffällig.

„Was war an diesem Tag wieder los?", fragte der Richter.

„Na ja, Frau S. ist vollkommen ausgeflippt, Herr Rat", begann Gerald.

„Und deshalb …?"

„Und deshalb musste wieder einmal kommen, was kommen musste!", erklärte Gerald und hob seinen einbandagierten Arm, damit ihn alle sehen konnten. Eine klare Aussage war das nicht.

„Würden Sie bitte die Situation beschreiben?", forderte der Richter Gerald also auf. „Aus dem Akt geht ja schon einiges hervor, mir ist aber der Ablauf der ganzen Sache ein wenig unklar. Wie war der genaue Tathergang?"

Als Gerald noch überlegte, wie er die Umstände am besten beschreiben könnte, forderte der Richter ihn schon auf, einfach mal zu erzählen: „Schießen Sie einfach los. Es stört mich nicht im Geringsten, das nochmals zu hören!"

„Okay, also gut. Wir sind ja wegen Ruhestörung gerufen worden. Weil bereits bekannt war, dass einer der Besucher von Frau S. wegen unerlaubten Schusswaffenbesitzes mehrfach vorbestraft war, ist die Cobra alarmiert worden. Anfangs hat uns Frau S. nicht aufgemacht, sie war aber da. Ich bin als Erster hinein, und da ist es auch schon losgegangen. Auf einmal kam ein Hund angerannt, schnurstracks auf mich zu, in vollem Tempo. Ich hab' geglaubt, ich seh' nicht richtig! Hat die Zähne gefletscht und ist mich sofort angesprungen, gleich an die Kehle. Wenn ich nicht die Schutzkleidung angehabt hätte, wäre die Sache sehr schnell gegessen gewesen. So habe ich es mit Müh und Not geschafft, ihn irgendwie zu bändigen."

„Sie meinen wohl, die Sache wäre *gefressen* gewesen?“, unterbrach ihn der Richter. Er meinte es nicht sarkastisch.

„Auf jeden Fall! Der Hund hätte mich wirklich gefressen, da bin ich mir sicher, Herr Rat“, meinte Gerald, „zum Glück bin ich gut trainiert, darum habe ich ihn abfangen können. Ich habe den Hund niedergerissen, auf den Boden gedrückt und ihm die Schnauze zugehalten. Mein Kollege hat ihn dann mit einem Kabelbinder gesichert.“

„Und wie sind Sie dann diesmal zu der Bisswunde gekommen, Herr Inspektor?“, fragte der Richter. Der Vorsitzende hatte davon bereits eine recht gute Ahnung, im Vorgehen vor Gericht war es aber üblich, Sachverhalte durch Fragen zu ergründen. Die Zeugen sollten erzählen, nicht das Gericht.

„Na ja, das war zuerst ein bisschen sonderbar. Wir haben es gerade so geschafft, den ersten Hund unschädlich zu machen, da kam schon der nächste angelaufen. Ich habe ihn anfangs nur aus dem Augenwinkel gesehen. Der zweite Hund ist aber nicht auf mich, sondern auf einen meiner Kollegen losgegangen. Der hatte ganz schön zu kämpfen, war echt heftig. Ich will also dem Kollegen mit diesem zweiten Hund helfen, nachdem der erste Hund gesichert war – und da höre ich ein Bellen und ein dritter Hund kommt auf uns zugeschossen …“

„Und der hat Sie dann gebissen?“

„Nein, der hat einen Kollegen gebissen. Ich wurde erst gebissen, als ich ihm geholfen habe, diesen Hund zu sichern, also den dritten.“

„Frau Angeklagte, warum …?“, wandte sich der Richter nun vorwurfsvoll Frau S. zu.

Diese hatte bisher nur zugehört. Zu Beginn der Verhandlung hatte sie sich vehement geweigert, etwas zu den Vorwürfen gegen sie zu sagen. Diese Vorwürfe waren immerhin Widerstand gegen die Staatsgewalt und schwere Körperverletzung. Sie sah jetzt aber ein, dass Geralds Kollegen dessen Aussage allesamt nur bestätigen würden. Es war aussichtslos. Genauso gut konnte sie das alles abkürzen, und zugeben, was passiert war.

„Ich gebe ja zu, dass ich die Hunde auf die Polizisten gehetzt habe!", entgegnete Frau S. also, „ich gebe es zu. Ich war verärgert – ein einziges Mal habe ich Besuch, und dann sowas. Wissen Sie, wie lange ich schon keinen Besuch mehr hatte? Ewig ist es her. Drei Leute hatte ich bei mir, na und? Wir haben ein wenig gefeiert. Vielleicht waren wir auch ein bisschen lauter, aber sicher nicht so laut, dass die Nachbarn gleich die Polizei holen mussten."

„Das ist aber auch nicht alles, Frau Angeklagte. Sie haben nicht nur die Türe nicht geöffnet, sondern auch noch die Uniformierten von Ihrem Fenster im ersten Stock aus beschimpft!"

„Ja, aber nur, weil die so blöd auf der Straße herumgestanden sind! Meine Hunde tun nichts, sie sind brav und harmlos. Sie sind die Beamten nur angesprungen, weil sie spielen wollten!"

„Ich bitte Sie! Das sagen alle Hundebesitzer, die ihren Köter nicht unter Kontrolle haben!", entfuhr es dem Staatsanwalt. „Mein Hund tut nichts, und dann …"

Der Richter stimmte dem bei und legte der Angeklagten dar, dass man mit ihren Hunden in manchen anderen Ländern bereits kurzen Prozess gemacht hätte.

„Ist Ihnen das bewusst? Drei Hunde stürmen auf Polizeibeamten los. Normalerweise sind die bereits eingeschläfert!", erklärte der Richter der Angeklagten, die genervt den Kopf senkte.

„Aber bitte, machen wir weiter. Wie kamen Sie also an die neueste Bissverletzung, Herr Zeuge?", lautete die abschließende Frage an den Polizeibeamten Gerald.

„Die habe ich im Gerangel davongetragen, Herr Rat. Als wir mit Hund Nummer drei beschäftigt waren, hat mich auf einmal der zweite Hund angesprungen, der eigentlich schon gebändigt war. Ich hab' gemeint, er hätte mich auch gleich gebissen, weil ich zuerst nicht gesehen habe, woher der Biss kam …"

„Frau Angeklagte?" Die Augen des Verhandlungsrichters wanderten fordernd wieder zu ihr. Frau S. saß wie ein Häufchen Elend auf der Anklagebank. Wer sie bei dem eben zur Sprache stehenden Vorfall gesehen hatte, hätte sie jetzt kaum wiedererkannt. Damals war sie betrunken gewesen, hatte schreiend Gläser aus dem Fenster geworfen und anschließend in einem Akt grandioser Selbstüberschätzung auch noch die Hunde auf die Polizisten gehetzt. Nun war sie kleinlaut, in sich zusammengesunken. Den Blick des Richters konnte sie nicht lange ertragen.

„Ja", gab sie also zu, „ich war es. Ich habe den Beamten gebissen. Sie waren so grob zu meinen Hunden … die haben geheult und gewinselt, das ist doch nicht normal! Da bin ich halt hingelaufen, um zu helfen. Ich wollte einfach nicht, dass sie meinen Hunden wehtun. Und dann … habe ich den einen Polizisten ein wenig in den Oberarm gebissen …"

„Der Polizeiarzt hat mir das nicht mal geglaubt", platzte Gerald heraus. „Der hat gemeint, ich solle mich vorsorglich gegen Tollwut impfen lassen. Erst, als er den Biss genauer untersucht hat, wurde klar, dass es ein menschlicher Gebissabdruck war. Der Arzt hat seinen Augen nicht getraut."

Der Richter hatte Gerald schon mehrmals mit Verbänden an den Armen gesehen. „Sie können einem leidtun. Das ist der dritte Biss heuer, oder? Zweimal von einem Hund und jetzt noch von einem Menschen. Sie erinnern sich ja zweifellos, dass die letzten beiden Prozesse auch ich geführt habe …"

„Nein, viermal!", fiel ihm Gerald ins Wort, „das ist insgesamt schon das vierte Mal in diesem Jahr! Also drei Mal von einem Hund und ein Mal von einem Menschen."

„Na gratuliere, Ihren Job muss ich nicht unbedingt haben!", erklärte der Staatsanwalt empathisch.

Gerald nickte. Er hatte schon vor der Verhandlung die nötigen Schlüsse aus den Vorkommnissen gezogen.

„Ich habe daraus gelernt, Herr Staatsanwalt. Mir reicht es. Ab nächstem Monat bin ich nicht mehr bei der Einsatzgruppe. Meinem Versetzungsgesuch ist bereits stattgegeben worden. Auf mich wartet schon ein kleiner Posten am Land. Ich brauche dringend ein wenig Ruhe", entgegnete Gerald, sichtlich erleichtert, „fünfzehn Jahre sind genug!"

„Am Land kann es aber auch wild zugehen!", warf der Richter ein, „fragen Sie die Briefträger, die können ein Lied von den Hunden singen."

„Gott sei Dank trage ich aber keine Post aus!", erwiderte Gerald.

„Das nicht, aber gelegentlich schlechte Nachrichten …“, gab der Richter zu bedenken.

Und damit sollte er auch recht behalten. Sechs Monate später war Gerald wieder Zeuge in einem Strafverfahren. Wieder ein Hundebiss. Diesmal aber mit weit schlimmeren Verletzungen. Im Gegensatz zur Spezialabteilung trug man bei der Polizei auf dem Land keine richtige Schutzkleidung.

„Vielleicht gehe ich doch wieder zur Cobra zurück“, überlegte der nachdenkliche Beamte.

Sunday
Das Ende einer Reise

Sunday wurde in den Verhörbereich der Justizanstalt gebracht, wo sein Verteidiger, Dr. Hammer, ihn bereits erwartete. Obwohl der Anwalt Englisch sprach, war eine Dolmetscherin anwesend. Es durfte keine Missverständnisse geben. Schon nach kurzer Besprechung wurde klar, dass der sogenannte Anlassbericht der Polizei mit Sicherheit in eine Anklage münden würde. Sunday hatte im großen Stil Drogen verkauft und war letztlich auch bei einer Verkaufsaktion auf frischer Tat verhaftet worden. Man hatte einiges an Bargeld und auch ein paar Gramm Suchtgift sichergestellt. Wesentlich schlimmer war aber das Ergebnis der Hausdurchsuchung ausgefallen, die im Anschluss an die Verhaftung durchgeführt wurde. Die Polizei hatte dabei eine noch größere Menge an Bargeld gefunden, versteckt hinter einer Holzwand, dazu Feinwaagen, Plastikbeutel und verschiedene weitere Drogen, außerdem gefälschte Dokumente und einige Mobiltelefone. Kurz gesagt: Die Beweislage war erdrückend.

„Wie viel haben Sie insgesamt verkauft?", wollte der Anwalt wissen. Die Menge sei im Suchtmittelrecht das Um und Auf, davon hinge letztlich die Strafdrohung ab, erklärte der Advokat seinem Schützling. Natürlich auch von der Art des Suchtgiftes und so weiter, aber um solche Feinheiten ging es noch gar nicht. Es galt abzuklären, was auf Sunday zukommen könnte. Sunday antwortete, dass er das gar nicht genau sagen könne. Er habe zwar Notizen gemacht, die seien aber nicht vollständig.

„Sie haben Notizen gemacht?!", entfuhr es dem Anwalt. So etwas hatte er in seiner bisherigen Laufbahn als Strafverteidiger noch nie erlebt. Ja, gab Sunday zurück. Mit Datums- und Mengenangaben. „Dann gute Nacht", dachte Dr. Hammer. Er sprach es nicht aus, gab Sunday aber zurück, dass wohl einiges auf ihn zukommen würde. Dann wurde Sunday in seine Zelle zurückgebracht. Dort, und auch beim täglichen Ausgang im Innenhof, teilten seine Mithäftlinge ihre Ansicht mit Sunday: Er solle bloß den Mund halten.

Nach einigen Wochen langten die Erhebungsergebnisse der Polizei bei Gericht ein. Darin klar ersichtlich: Sunday saß ziemlich tief drin. Sie hatten alle seine Telefongespräche ausgelesen, seine Kontakte und Treffen. Die Dolmetscherin musste es ihm zwei Mal übersetzen, bis er verstand. Die Polizei hatte sogar mitgehört, wenn er sich zu Treffen verabredet und Ware geliefert hatte. Am Telefon hatte er dabei immer von „Hemden" gesprochen, ein Fakt, der im Nachhinein gesehen nicht sonderlich umsichtig oder klug gewesen war. Er hätte ein Kleiderhändler sein müssen, um das alles erklären zu können. Sunday war aber kein Kleiderhändler. Bei einer „ergänzenden Einvernahme" blieb Sunday den Empfehlungen seiner Mithäftlinge treu: „Nichts sagen! *Die* müssen dir das nachweisen!"

Sunday wich also möglichst allen Fragen aus, erzählte nur Belangloses und erörterte zuletzt, dass die Drogen, die man bei ihm zu Hause gefunden hatte, gar nicht ihm gehören würden, ebenso wenig wie das Bargeld und allerhand weitere Utensilien für den Suchtgifthandel. Die Kriminalbeamten hatten aber schon die nächste Hiobsbotschaft für ihn: Ein Suchhund hatte nicht nur weitere Suchtgiftpäckchen hinter den Fliesen im Bad erschnüffelt, sondern auch seinen Notizblock. Außerdem gab es Fotomaterial, das Sunday beim Dealen vor einer Schule zeigte. Man hatte jeden seiner Schritte überwacht, ganz offenbar schon seit längerer Zeit. Dabei war Sunday immer vorsichtig gewesen – das war allein ob der Jugendbanden wichtig, die immer wieder Lieferanten überfielen und dabei manchmal sehr gewalttätig vorgingen.

Sunday dachte, in seinem Gegenüber einen Beamten zu erkennen, von dem in der Szene bereits die Rede gewesen war. Ein jüngerer Kerl, lange blonde Haare, breitere Statur, muskulös. Man erzählte sich über ihn, dass er sehr konsequent sei und jene, die er sich herauspicke, mit Sicherheit im Gefängnis landeten. Man nannte ihn „Mr. Nice Guy". Sunday musterte ihn. Trotz einer nicht unbeachtlichen Leibesfülle wirkte der Kriminalbeamte athletisch. Er roch nach Zigarettendunst. Und jetzt rüttelte er ihn leicht an der Schulter.

„Hey, ich spreche mit Ihnen! Wer ist Ohjoa – und erzählen Sie keine Märchen ..." Der Beamte klang mehr als bestimmt.

Bevor Sunday eine Antwort zurechtlegen konnte, hielt ihm der Beamte bereits sein nächstes Argument vor: „Mehr als vierhundert Telefonkontakte hatten Sie mit diesem

Ohjoa, der längste davon dauerte mehr als dreißig Minuten. Es wird nichts Wichtiges gewesen sein, oder?" Ohjoa war ein Landsmann von Sunday. Er hatte ihn früher im Heim kennengelernt und sich mit ihm befreundet. Ohjoa war es gewesen, der Sunday versprochen hatte, dass es endlich aufwärts gehen würde. Ein Versprechen, das nun in der Luft hing.

„Ein Freund, sonst nichts." Sundays Stimme war sehr leise. „Come again", meinte die Dolmetscherin, weil niemand etwas verstanden hatte. „Ein Freund", wiederholte Sunday, „ein Freund, sonst nichts."

Der Kriminalbeamte mit den langen Haaren lächelte. „Der Freund ist wohl der Hemdenlieferant?"

„Die Nummer 611-722-721 – wo gehört sie dazu?", bohrte der Blonde gleich weiter und versetzte Sunday damit den nächsten Schlag. Es war die Nummer zu einem Schließfach am Bahnhof.

„Wie kommt der Schlüssel für das Schließfach mit dieser Nummer in die Matratze Ihres Bettes?", fragte der Beamte, „und wem gehört das Heroin im Spülkasten des WCs in Ihrer Wohnung? Und warum will Ohjoa noch das Geld für zwanzig Hemden?" Die Fragen saßen.

Sunday sagte nichts. Mit gesenktem Kopf verließ er den Verhörraum. „Wir kriegen Sie, ich verspreche es Ihnen!", rief ihm der Beamte noch auf Englisch nach.

Die Hauptverhandlung begann zwei Wochen darauf. Der Strafrahmen war laut Anklage mit einer Freiheitsstrafe von einem bis zu fünfzehn Jahren zu bemessen. Fünfzehn Jahre … Sunday durfte gar nicht daran denken, sonst wäre er mit dem Kopf so oft gegen die Wand gesprungen, bis das Verfahren sich erübrigt hätte. Die Anklage führte minutiös alle seine Kontakte und die übergebenen Mengen an. Die Polizei hatte mehr als einhundertzwanzig Abnehmer ausfindig gemacht. Alle bestätigten, dass Sunday ihr Dealer gewesen sei. Insgesamt ging es um mehr als 89 Kilogramm Cannabiskraut, 500 Gramm Kokain und über 350 Gramm Heroin, das Sunday in der Stadt verkauft habe. Es gab Auswertungen und Gutachten hinsichtlich der sichergestellten Suchtgifte und tausender Telefonanrufe sowie Bewegungsdiagramme. Die Polizei hatte ganze Arbeit geleistet, der Blonde mit den langen Haaren war der Sachbearbeiter gewesen. Im Abschlussbericht wurden bereits weitere Erhebungen in Aussicht gestellt, nachdem man herausgefunden hatte, wer Sundays Lieferanten gewesen waren. Einer davon war zu diesem Zeitpunkt sogar bereits verhaftet. Über diese Sachverhalte hatte sein Verteidiger Sunday noch vor der Verhandlung informiert. Und noch eine Sache hatte sein Anwalt vorgebracht: Der Richter sei gefürchtet unter den Dealern. Ähnliches hatte Sunday zuvor schon von seinen Mithäftlingen gehört. Die Gerüchte um diesen Richter besagten, dass er selbst einen oder sogar zwei Söhne an Heroin verloren hätte, weshalb er speziell Heroindealer hassen würde wie die Pest. Er würde alle rechtlichen Mittel ausloten, um Sunday auszulöschen. Sunday wusste nicht genau, wie groß der Wahrheitsgehalt dieser Horrorgeschichten war. Er wusste nur, dass ihm fünfzehn Jahre Haft drohten, und ein Schuldspruch praktisch alle Chancen vernichten würde, jemals ein normales Leben zu führen. In den Nächten vor dem

Verhandlungstermin hatte Sunday kein Auge zugemacht. Dabei waren seine Gedanken immer wieder zu diesem Richter und seiner angeblichen Geschichte geflogen. Hatte er wirklich zwei Söhne an eine Heroin-Überdosis verloren? Es klang nach Übertreibung, aber wer konnte das schon wissen? Sunday hatte selbst auch Heroin verkauft. Obwohl ihm natürlich bewusst gewesen war, was Heroin anrichten konnte. Er selbst hatte miterlebt, wie es Leute in die Hölle geschickt hatte. Und hatte später, hier, in seinem neuen Leben, selbst daran verdient. Er schämte sich, wie er sich nie für etwas geschämt hatte. Vielleicht war es nur gerecht, dass er dafür nun die Rechnung bekommen würde.

Als Sunday den großen Verhandlungssaal des Gerichtshofes betrat, wurde es ihm flau im Magen. Ein Adler mit gespreizten Schwingen hing an der zentralen Wand hinter dem großen Richtertisch, Bildschirme, Beleuchtung, Männer in Talaren. Die Dolmetscherin und sein Verteidiger waren das einzig Bekannte im Saal. Sein Herz pochte bis zum Hals, als er hineingeführt wurde, Beamte ihm seine Handfesseln abnahmen und sich zu beiden Seiten von ihm platzierten. Es gab auch viele Zuseher im Saal, darunter einige mit Schreibblöcken in den Händen. Sein Verteidiger hatte ihm gesagt, dass wahrscheinlich auch die Presse da sein werde.

Aus Sundays Verzweiflung wurde beinahe ein Lachen, als er feststellte, dass er zum ersten Mal in seinem Leben so richtig im Mittelpunkt stand. In seinem Ursprungsland war das nie so gewesen. Er kam aus einer größeren Familie, und den Stolz seiner Eltern hatten stets seine älteren Brüder eingefahren. Der Kleinste, Sunday, hatte ihn nie gespürt. Nie hatte ihm jemand gesagt, dass er geliebt würde. Nie. Als er eines Nachts heimlich weggegangen war, hatte er sich nur von seiner Großmutter verabschiedet, die ihn mit Tränen in den Augen ein letztes Mal umarmt hatte. Eine Reise ins Unbekannte begann. Seine gesamten Ersparnisse gab er einem Kerl, den er nicht kannte, der ihm aber einen Platz auf einem überfüllten Boot verschaffte, mit dem er nach Europa reisen konnte, mehr schlecht als recht. Bei der Meeresüberquerung wäre er beinahe ertrunken, weil das Boot völlig überladen unterging. Einige der Menschen, mit denen er das Boot geteilt hatte, schafften es nicht ans rettende Ufer. Sie ertranken im Meer ihrer Hoffnung, getrieben, wie er, vom Glauben an eine bessere Zukunft ohne Krieg, Verfolgung und Hass. Es war ein langer, kräftezehrender Weg gewesen. Und wofür das alles?

Sunday saß mit gesenktem Kopf auf der Anklagebank, dann erhoben sich alle, und das Gericht betrat den Saal. Der vorsitzende Richter setzte sich und forderte die Anwesenden auf, ebenfalls Platz zu nehmen. Sunday wagte es nicht, ihn anzusehen. Wie konnte er als Heroindealer einem Mann in die Augen schauen, der sein Kind an dieses Gift verloren hatte? Die tiefe Scham, die sich in ihm breitgemacht hatte, füllte ihn komplett aus. Inzwischen war er selbst es, der sich die größten Vorwürfe machte. Er hatte Leid in die Welt gebracht, um überleben zu können. War nicht immer er derjenige gewesen, der in seiner Heimat gemeint hatte, es müsse mehr Recht und Gerechtigkeit geben? Hatte er nicht oft zu seinem Vater gesagt, er möge auch an ihn denken und nicht nur an seine älteren Brüder? Hatten sie ihn nicht gerade deshalb oft geschlagen und getreten? Und ausgelacht? Er war doch immer derjenige gewesen, der auf Fairness gepocht hatte, und auf Ideale. Er war es gewesen, der Menschlichkeit eingefordert hatte, als der Bürgermeister ihres Ortes erklärte, dass natürlich diejenigen mehr Wasser bekommen würden, die mehr Geld hatten. Und dann … war Sunday aufgebrochen, um eine andere Welt zu finden. Eine gerechtere Welt. Eine Welt ohne diese stetige Gewalt, ohne diese stetige Angst. Bilder liefen an seinem inneren Auge vorbei wie ein Film. Ein ganzes Leben, komprimiert in lebendigen Erinnerungen, die die Stille anfüllten, die sich im Saal ausgebreitet hatte. Die Bilder erstickten ihn fast.

„Herr Angeklagter, wenn Sie nach vorne kommen!", sagte der Vorsitzende nun, da die Verhandlung eröffnet war. Die Dolmetscherin übersetzte jedes Wort des Richters, obwohl Sunday das meiste mittlerweile auch so verstehen konnte. Seine personenbezogenen Daten wurden aufgenommen. Sunday wurde gefragt, ob er wisse, worum es gehe, er bejahte auf Deutsch. Dann folgte der Anklagevortrag. Sunday kannte den Inhalt der Anklage, es stimmte ja auch alles, was da angeführt war. Alles, bis ins letzte Detail, war richtig.

Sein Anwalt argumentierte dennoch dagegen, sprach von einer Verkettung allmöglicher unglücklicher Umstände und beantragte einen Freispruch für seinen Mandanten.

„Kommen Sie näher zum Richtertisch!", forderte der vorsitzende Richter Sunday auf.

„Sie müssen nichts zugeben, was nicht stimmt. Wenn die Anklage so richtig ist, wäre ein Geständnis aber zweckmäßig. Wenn es umfassend, reumütig oder der Wahrheitsfindung dienlich ist, ist ein Geständnis ein wesentlicher Milderungsgrund. Und falls es stimmt, was da in der Anklage steht, dann würden Sie einen Milderungsgrund wirklich benötigen. Sie müssen aber keine Aussage machen. Haben Sie das alles verstanden?" Sunday hatte alles verstanden, schon lange bevor die Dolmetscherin mit der Übersetzung fertig war.

„Was sagen Sie zur Anklage?", fragte der Vorsitzende. Und obwohl Sunday so viel Schlimmes von diesem Richter gehört hatte, fand er in der Frage des Vorsitzenden keine Bosheit, nichts Erniedrigendes oder Rachehaftes.

Für das Publikum vergingen auf diese Frage hin einige Sekunden. Für Sunday verging ein ungleich längerer Zeitraum, in dem weitere Gedanken und Bilder von allen Seiten auf ihn einstürmten. Er sah das Salzwasser des Meeres unter sich, in das ein lächelnder Bürgermeister in seiner Heimat das lebenswichtige Trinkwasser seines Dorfes leerte. Er sah seinen eigenen Vater, wie er die Hand gegen ihn erhob und schmerzhaft zuschlug. Er sah Ohjoa, der ihn gierig nach dem Geld für die letzte Lieferung fragte. Und er hasste sie alle. Diese Menschen, die keinen Respekt vor anderen hatten und nur nach dem eigenen Vorteil fragten. Diese Menschen, die eine Welt auf Unfairness aufgebaut hatten. Diese Menschen, die sein Land in einen verheerenden Krieg gestürzt hatten, in dem es letztlich um nichts ging als um Macht. Und um Geld. Geld, das jedweden Preis haben durfte, und das es ihnen trotzdem wert war. Sie bauten ihr Leben auf dem Leid anderer. Und: Sunday sah sich selbst, wie er ebenfalls ein Leben auf dem Leid anderer gebaut hatte. Er hatte alle seine Ideale verraten.

Sunday hob den Kopf und blickte dem gefürchteten Richter in die Augen.

„Schuldig", sagte Sunday. „In allen Punkten voll schuldig."

Für die Anwesenden war augenscheinlich, welches Gewicht bei diesen Worten von Sundays Schultern fiel. Er blickte einer langen Haftstrafe entgegen, aber dennoch hatte er sich irgendwie befreit. Hier und jetzt den Kampf für beendet erklärt. Der Verteidiger starrte ihn an.

„Na, dann erzählen Sie mal", gab der Vorsitzende zurück.

Dieser Aufforderung kam Sunday nunmehr gerne nach. Er erzählte von seinem persönlichen Werdegang, wie er nach Österreich gekommen sei, was er hier alles gemacht habe. Dann auch von seinem Einstieg ins Drogengeschäft, welche Leute er kennengelernt und mit wem er gemeinsame Sache gemacht hatte. Im Fachjargon: Er machte „voll auf", erzählte alles, was es zu erzählen gab. Jede Kleinigkeit. Der Richter musste ihn einige Male sogar einbremsen, so rasch formulierte Sunday seine Sätze, es sprudelte nur so aus ihm heraus. Ja, es stimmte alles, was in der Anklage stand. Er machte keinen Hehl aus seinen Drogengeschäften, nannte nicht nur seine Abnehmer, sondern auch Lieferanten, Zwischenhändler, sogar mit Telefonnummern, die er fast alle auswendig kannte. Tabula rasa. Sunday zog den Schlussstrich.

„Sie haben jetzt vier Schulen genannt, vor denen Sie Suchtgift verkauft haben. Gibt es da noch weitere Schulen oder Drogenabnehmer?", fragte der Richter am Ende der Ausführungen.

„Ich habe vor einer weiteren Schule verkauft", erklärte Sunday, „ich weiß nicht, wie sie heißt, sie ist aber hier in der Nähe."

Der Vorsitzende blickte Sunday an. „Da gibt es eine Schule, ja. Zufällig sind gerade heute sogar zwei oder drei Schulklassen von dort anwesend. Dürfte ich Sie bitten, drehen Sie sich einfach um und schauen Sie sich in Ruhe die Zuschauer an, vielleicht erkennen Sie jemanden."

Sunday drehte sich um, blickte in die Zuschauermenge. Tatsächlich. „Ja, Hohes Gericht, ich erkenne jemanden."

Sunday zeigte auf drei Schüler, nannte Mengen, Übergabezeitpunkte und -örtlichkeiten. Erwähnte auch, dass er sie mit den jeweiligen Spitznamen in einem seiner Mobiltelefone eingespeichert hätte.

Fassungslosigkeit breitete sich im Verhandlungssaal aus. Der Staatsanwalt wollte gerade seine Anklageschrift ausdehnen und modifizieren, da unterbrach der Vorsitzende, der Inspektor Neumaster in den Saal rief. Es war der Beamte, den Sunday schon kennengelernt hatte. Der mit dem langen blonden Haar.

„Diese Herrschaften haben jetzt ein Problem", meinte der Vorsitzende, „seien Sie so freundlich, Herr Inspektor, und nehmen Sie bitte die Generalien auf!"

„Selbstverständlich, wird sofort erledigt", entgegnete Neumaster und begleitete die drei Burschen aus dem

Verhandlungssaal. Ihre Gesichter hatten die Farbe des Papiers, auf dem die Presseleute ihre Notizen kritzelten.

„Und das ist die Wahrheit und nichts als die Wahrheit, was Sie jetzt angegeben haben?", fragte der Vorsitzende abschließend Sunday.

Er bestätigte die Frage mit einem Nicken. Es wurden keine weiteren Fragen gestellt.

Als Sunday wieder in seine Zelle zurückgeführt wurde, sprang sein Zellenkumpel sofort auf und fragte ihn ganz erregt: „Hast du sie alle gefickt, Bruder?"

„Ja, alle!", sagte Sunday.

Das Urteil fand Sunday gerecht. Selbst der Staatsanwalt war mit der Strafe zufrieden, er berief nicht. Dieses Gericht habe Gerechtigkeit gesprochen, schrieb Sunday dann an seine Familie in der Heimat. Ich werde bald nach Hause kommen. Ich freue mich darauf, euch zu sehen. Ich hoffe, ihr lebt noch alle. Euer Sunday.

Alexander
Familiengericht

Das Silbergrau seiner Haare war deutlich bemerkbar, obschon Alexander sich bemühte, seine alte, schwarzglänzende Haarpracht mit Färbemitteln zu erhalten – zugegeben hätte er das natürlich nie. Ebenso wenig, wie er zugegeben hätte, dass er zu viel trank, vor allem in letzter Zeit. Aber genauso wie die echte Farbe seiner Haare konnte er auch seine Trinkgewohnheiten in Wahrheit nicht verbergen. Dies ging so weit, dass seine Familie Alexander zu Feiern am liebsten gar nicht mehr eingeladen hätte. Meistens war er derjenige, der zu viel über den Durst trank, wie man so schön sagt. Die Folge waren blöde Bemerkungen, Beleidigungen und andere Aktionen, die man bei solchen Anlässen eigentlich nicht so gerne hatte.

Das traf auch auf den 85. Geburtstag der Großmutter zu. Nach dem Mittagessen in einem ländlichen Gasthaus fuhr man geschlossen zum Anwesen der Jubilarin, um dort Kaffee und Kuchen, aber auch noch wertige Weine und Spirituosen zu konsumieren. Alexander ließ es sich nicht nehmen, auch da noch mitzukommen, wenngleich es schon im Gasthof nicht besonders gut für ihn gelaufen war. Nach einigen Vierteln hatte er bereits dort die restlichen Gäste angeflegelt und beleidigt. Man ignorierte ihn, so gut es ging. Im Haus der Großmutter versuchte man zunächst noch ein Alkoholverbot für Alexander durchzusetzen. Als der „Kellner" ihm dementsprechend den Ausschank versagte, verlor Alexander die Nerven und boxte ihm kurzerhand ins Gesicht – wobei er ihm sogar ein paar Zähne ausschlug.

Zur Frage, warum dieser – der Geschlagene – in der Verhandlung dann auffällige Erinnerungslücken offenbarte, als es um die Klärung der Sache ging, ist anzufügen, dass er nicht nur selbst alkoholisiert gewesen war, sondern auch noch einige größere Euro-Scheine dem Vergessen Vorschub geleistet hatten. Das Geld war so wirksam, dass der Angegriffene zur Verhandlung nicht einmal mehr sagen konnte, wer ihm seine Verletzungen zugefügt hatte.

„Ich glaub', ich habe dem Herrn Alexander gerade ein Viertel ausgeschenkt, als es geklatscht hat, dann ist mir schwarz vor Augen geworden und ich bin am Boden gelegen. Erst als ich wieder aufgewacht bin, habe ich bemerkt, dass ich super mit der Zunge durch meine neuen Zahnlücken pfeifen konnte", erklärte der Mann und wollte im Verhandlungssaal sogar dem Gericht etwas vorpfeifen. Weil auch ein medizinisches Gutachten im Akt attestierte, dass er eine retrograde Amnesie haben könnte, verblieben nicht viele Möglichkeiten, den Zeugen quasi in die Mangel zu nehmen. Leider war er mehr oder minder auch der einzige Tatzeuge. Weitere unmittelbare Zeugen gab es keine. Mehrere Anwesende hatten die Folgen des Angriffes gesehen – aber niemand den Schlag selbst. Das nunmehr juristische Problem bestand darin, dass praktisch alle mit dem Angeklagten verwandt waren und deshalb sogar ein gesetzliches Entschlagungsrecht hatten. Gegen einen Angehörigen muss man nicht aussagen.

„Ich habe von den Verletzungen gar nichts gesehen. Der Kellner hatte nur ein Tischtuch vor dem Gesicht, da war nicht einmal Blut drauf."

„Auf meiner Torte habe ich einen Zahn entdeckt; also ‚entdeckt' ist eigentlich nicht richtig, ich habe beim Essen plötzlich was Hartes im Mund gehabt … im ersten Moment hab' ich geglaubt, *ich* hätte mir einen Zahn ausgebissen!"

Schon das Offenlegen der Verwandtschaftsverhältnisse war für das Gericht keine kleine Aufgabe.

„Frau Zeugin, Sie sind wie mit dem Angeklagten verwandt?"

Zeugin: „Ich bin die Großcousine mütterlicherseits, meine Kinder sind die Nichten und Neffen von der Hilde."

„Ich bin eine Schwägerin vom Hans, der der Bruder von der Aloisia ist. Also war, denn die Aloisia ist ja schon gestorben."

„Ich bin der eingetragene Partner von der Mitzitant', die ist die Schwester von der Oma, wenn Sie verstehen, was ich meine."

„Ich bin sein Halbbruder! Ich möcht' nur sagen, dass mein Bruder, also mein Halbbruder, ein fester Trottel ist, vielleicht hilft Ihnen das weiter. Sonst sag' ich nichts, weil ich auch gar nichts gesehen hab' … außer, dass ein Zahn auf der Sachertorte gelegen ist. Wem der Zahn gehört hat, weiß ich nicht."

„Ich bin der Mann von meiner Frau!", erklärte einer sogar, und erst als der Richter nachfragte, erfuhr er, dass die genannte Frau Maria Anna sei, die Schwägerin des Zeugen Anna-Maria, und seine Schwester Marianne. Letztere habe einmal fast den Angeklagten geheiratet, wie der Mann seiner Frau erklärte.

Hatte der Richter zu Beginn noch versucht, anhand einer mitgezeichneten Skizze die Verwandtschaftsverhältnisse zumindest einigermaßen verständlich zu machen, zog nach dem fünften Zeugen bereits leichte Resignation auf. Der Staatsanwalt hatte in der Zwischenzeit sowieso schon aufgegeben: „Ich weiß nicht mehr, wer wer ist!" – Dieser Satz fiel zu einem Zeitpunkt, zu dem noch mehr als zwanzig weitere Zeugen auf die Einvernahme warteten. Sogar die Oma selbst war mitangereist, obwohl von ihr gar keine Aussage vorgesehen war, da sie während des Vorfalles weder mit dem mutmaßlichen Täter noch mit dem Opfer zusammengekommen war. Der Lärmpegel am Gang vor dem Verhandlungssaal zeigte, dass die Stimmung dort recht gut war, allenfalls Omas Geburtstag noch ein bisschen nachgefeiert wurde.

Der Richter war also bereits einigermaßen verwirrt, als er die Frage „Und Sie, sind Sie die Base?" stellte, um abzuklären, ob es auch bei der gegenwärtigen Zeugin ein Verwandtschaftsverhältnis zum vermeintlichen Täter gab. Die dazugehörigen Bestimmungen sprechen eine deutliche Sprache: „Unter Angehörigen einer Person sind ihre Verwandten und Verschwägerten in gerader Linie, ihr Ehegatte oder eingetragener Partner und die Geschwister des

Ehegatten oder eingetragenen Partners, ihre Geschwister und deren Ehegatten oder eingetragene Partner, Kinder und Enkel, die Geschwister ihrer Eltern und Großeltern, ihre Vettern und Basen, der Vater oder die Mutter ihres Kindes, ihre Wahl- und Pflegeeltern, ihre Wahl- und Pflegekinder, sowie Personen, über die ihnen die Obsorge zusteht oder unter deren Obsorge sie stehen, zu verstehen." – So steht es im Gesetz. Ist eigentlich ganz einfach, oder?

Die Zeugin erwiderte auf die Frage des Richters aber: „Nein! Ich bin nicht die Base, sondern die Säure. Wenn ich Alexander sehe, werde ich nämlich ätzend!"

Das klang nach wenig, sorgte aber für die Hoffnung, doch noch eine der Zeuginnen zu einer Aussage zu bewegen. Eine „ätzende" Zeugin war in dieser Hinsicht womöglich hilfreicher als Mitzitant', Großcousine, Schwester, Bruder, Onkel et cetera.

„Wollen Sie eine Aussage machen oder nehmen Sie Ihr Entschlagungsrecht wahr?"

Als die Zeugin zurückgab, dass sie nichts sagen wolle und von dem Vorfall ohnehin nichts mitbekommen habe, versank der Staatsanwalt fast in seinem Talar. Alexander selbst, der sich zu Beginn der Verhandlung natürlich als vollkommen unschuldig erklärt hatte, saß teilnahmslos auf der Anklagebank – er wurde aber plötzlich lebendiger, als nun seine Schwester in den Verhandlungssaal gerufen wurde. Durch die kurzzeitig offene Tür hörte man den Rest der Familie bei augenscheinlich immer noch guter Stimmung.

„Ich bin die Alexandra und die Schwester vom Alex!", stellte sich die nun zu Vernehmende vor. Alles klar.

Noch bevor das Gericht das Sätzchen mit der Belehrung bezüglich der Entschlagungsberechtigung gebetsmühlenartig aufsagen konnte, setzte die Zeugin schon fort: „Wir haben draußen mit der Oma beschlossen, dass das so nicht weitergehen kann. Entweder bessert er sich jetzt und hört auf mit dem Saufen – oder er geht in den Häfen!"

„Und das bedeutet jetzt …?"

„Dass ich, mein anderer Bruder und auch die Frau von meinem Bruder, also meine Schwägerin, also die Frau vom Angeklagten, aussagen werden. Wir haben alle gesehen, wie er dem armen Gustl voll eine ins Gesicht gehauen hat, betrunken bis zum Geht-nicht-mehr. Sperren Sie ihn ein, so lange, bis er trocken ist."

Alexander klappte die Kinnlade runter.

„Brauchen wir noch Zeugen?", meinte nunmehr der Richter zum Staatsanwalt, und an den Angeklagten gerichtet: „Müssen wir uns Ihre weitere Verwandtschaft noch anhören?"

Alexanders Schultern erschlafften, sein Kopf senkte sich.

„Na gut, ich geb' alles zu. Ich war's. Ich hab' ihm aber schon Geld dafür gegeben."

Für den Angeklagten ging das Verfahren im Nachhinein gesehen sogar vorteilhaft aus: Eine Therapieweisung wurde ausgesprochen. Alexander machte eine Alkoholentzugstherapie. Bei Omas 86. Geburtstag war er wieder dabei. Er trank Mineralwasser und Apfelsaft. Oma schrieb sogar einen Brief ans Gericht: „Danke, Herr Richter, Sie haben dem Buben das Leben zurückgegeben!"

Als Richter kann man kein Leben zurückgeben. Nicht wirklich. Das Leben muss jeder selbst ergreifen. Wenn möglich auch begreifen. Nicht mehr, aber auch nicht weniger.

Helmut
Alltag, aber nicht alltäglich

Marianne war ein aufgewecktes Mädchen. Inzwischen besuchte sie schon die vierte Klasse des Gymnasiums – wenn auch nicht sonderlich gern. Viel lieber war sie im Grünen. Sie genoss es, mit ihren Freundinnen im Garten zu sitzen und sich zu unterhalten. Oder einfach nur die Natur zu bestaunen und ihren Blick zwischen den Grüntönen mäandrieren zu lassen. Fast genauso sehr liebte sie ihr Bett, weshalb es ihr zumeist kaum gelingen mochte, die morgendliche Straßenbahn zur Schule zu erwischen. In dieser Hinsicht hatte sie aber Glück im Unglück. Die Straßenbahn fuhr nämlich in einer großen Schleife an ihrem Haus vorbei. Wenn Marianne sie verpasste, konnte sie durch einen Abstecher über einen bewaldeten Hügel ein paar Minuten gutmachen und die Straßenbahn am gegenüberliegenden Ende des Hügels doch noch erwischen. Weil sie die Natur liebte, war das auch gar nicht so schlimm. Und sogar, wenn sie die Straßenbahn dort auch noch verpasste, war es zumindest nicht mehr allzu weit bis zur Schule selbst.

Auch heute war Marianne die berühmte Minute zu langsam. Sie richtete also ihre Jacke, hielt ihre Haube mit den Händen auf dem Kopf und lief Richtung Hügel, wie sie es schon so oft getan hatte. Als sie bereits mitten in dem schmalen Waldstück war, fiel ihr aber etwas auf: Es war viel zu still. Keine Vögel sangen. Kein Wind schaukelte die Äste der Bäume. Als würde der ganze Wald die Luft anhalten. Marianne blieb stehen und sah sich um. Nichts zu sehen, nur stumme Pflanzen. Es war unheimlich. Aber Marianne durfte jetzt nicht trödeln, und zum Umkehren hatte sie auch keine Zeit mehr. Sie gab sich einen Ruck und lief weiter.

Untersuchungsrichter Wasakovsky saß in seinem Büro. Seine Kanzleibeamtin klopfte und steckte den Kopf herein.

„Ich werde jetzt gehen", erklärte sie, froh, endlich aus dem Büro zu kommen. Die letzten Tage waren sehr anstrengend gewesen, lange Arbeitszeiten inklusive. Ihr neuer Chef bereitete ihr nicht wenig Arbeit. „Die Polizisten haben sich übrigens schon angekündigt. Sie werden gleich hier sein."

Tatsächlich erschienen die Polizeibeamten bereits wenig später. Die Vorbesprechung für den nächtlichen Einsatz verlief aber nicht so, wie Wasakovsky sich das vorgestellt hatte.

„Ihr wollt mir ernsthaft erklären, dass ihr nicht genug Leute für die Observierung habt? Wirklich?", entfuhr es ihm gegen Ende der Sitzung. Er konnte seinen Ärger unmöglich verbergen.

„Wirklich, leider. Für eine derartige Aktion bräuchten wir mehr als die angedachten Kollegen. Es wird nicht leicht sein, diese Burschen auf Schritt und Tritt zu überwachen.

Die sind vorsichtig und, wie wir die Situation einschätzen, auch einigermaßen professionell. Vielleicht gibt es sogar eine Gegenobservierung, wir müssen also aufpassen, dass wir nicht selbst hochgehen. Aber ja, die, die da sind, werden das Flugzeug bereits erwarten, wenn es kommt." Chefinspektor Kollecker sprach aus langer Erfahrung. Für ihn war es nichts Neues, dass es zu wenige Kollegen für eine Amtshandlung gab.

„Wir werden unser Bestes geben!", schloss er.

„Davon gehe ich sowieso aus!" Richter Wasakovsky war böse. So richtig. Seit Monaten lief diese Untersuchung – und gerade heute, wo es ums Ganze ging, gab es zu wenig Personal. Wasakovsky hatte vorgehabt, nicht nur die Hauptverdächtigen zu stellen, sondern auch gleich alle, die sonst noch in die Sache involviert waren. Mutmaßlich sollte im genannten Flugzeug eine ganze Gruppe von Personen sein, die für die Untersuchung „relevant" waren.

Nach der Besprechung saß er noch einige Stunden in seinem Büro, blätterte im Akt und ging die bisher gesammelten Meldungen und Fakten durch. Das Gerichtsgebäude verließ er erst spätnachts, wie so oft. Auf dem Heimweg fuhr er über menschenleere Straßen. Die meisten Bewohner lagen schon in ihren Betten oder wenigstens vor dem Fernseher oder einem guten Buch. Ein regelrechtes Blaulichtgewitter auf der mehrspurigen Hauptstraße riss Wasakovsky aus seinen Gedanken. Unzählige Streifenfahrzeuge der Polizei säumten die Fahrbahn. Planquadrat auf der sonst verlassenen Straße.

Wasakovsky wurde an den Fahrbahnrand gewunken und hielt an.

„Guten Abend! Fahrzeugkontrolle, Ihre Papiere, bitte." Wasakovsky händigte sie eben aus, als ein zweiter Polizist zu seinem Auto kam, der ihn gleich erkannt hatte.

„Guten Abend, Herr Rat. Wieder spät geworden?"

„Ja, ich komm' gerade von einer Einsatzbesprechung, auf der man mir gesagt hat, dass ich keine zwanzig Leute für einen großen Einsatz bekomme. Wie viele seid ihr hier? Dreißig? Oder mehr?"

„Könnte hinkommen, wir haben Großeinsatz!", entgegnete der Uniformierte.

„Ja, aber scheinbar keine Kunden!", entfuhr es dem Untersuchungsrichter. „Wie viele betrunkene Autofahrer erwartet ihr denn? Es ist keine Ballsaison …"

„Wir machen eh bald Schluss, war angeordnet."

Der Polizist lächelte und hob die Hand zum Gruß, deutete auf seine Kappe. „Gute Heimfahrt!"

„Danke, gute Nacht!"

Wasakovskys Ärger wuchs auf dem restlichen Heimweg beständig. Die Polizisten an der Straße hätte er für den Einsatz gut gebrauchen können. Stattdessen verbrachten sie den Abend damit, eine leere Straße zu beaufsichtigen …

Als er daheim ankam, ging seine Frau schon schlafen, er selbst wartete aber noch auf einen Anruf und einen Lagebericht des Chefinspektors Kollecker. Wasakovsky wusste, dass Flug OES 248 inzwischen gelandet sein sollte. Endlich läutete es.

„Alle da, wie angekündigt. Wir beobachten und schauen, wie es weitergeht", erklärte Kollecker kurz angebunden.

Für Wasakovsky hieß das, dass er sich endlich hinlegen konnte. Schlaf fand er aber eine ganze Weile nicht. Vor seinem geistigen Auge sah er die Verdächtigen, die sich vom Flughafen aus in alle Richtungen zerstreuten, und die paar Polizisten, die versuchten, den vielen Zielen gleichzeitig zu folgen. Da konnte sehr viel schiefgehen und die monatelange Arbeit zunichtemachen. Irgendwann dämmerte er dann doch weg. Als er um halb sechs erwachte, griff er sofort zu seinem Telefon. Keine verpassten Anrufe, keine SMS. Nichts. Erst kurz nach acht, Wasakovsky war bereits in seinem Büro, meldete sich Kollecker wieder.

„Keine besonderen Beobachtungen", erklärte der Chefinspektor. „Es sieht so aus, als wären alle in derselben Wohnung, wir könnten also trotz allem Glück haben. Wir haben Stellung bezogen, momentan ist aber alles ruhig. In einer der Nachbarwohnungen sind wir auch postiert, hören aber auch von dort nichts." Der Bericht des Polizisten war knapp, aber präzise. Es galt abzuwarten.

Den Rest des Tages saß Wasakovsky auf glühenden Kohlen. Als es schon nach 16 Uhr war und er noch immer kein Update zur Lage erhalten hatte, rief er Kollecker an.

„Was ist jetzt?", fuhr er den Beamten grußlos an.

„Nichts. Absolut nichts", lautete die Antwort.

„Das gibt's nicht!"

„Doch! Da rührt sich einfach nichts. Keiner geht raus, keiner rein."

„Ich komme vorbei!" Wasakovsky legte auf, ohne eine Antwort des Chefinspektors abzuwarten. Zwanzig Minuten später saß er Kollecker in einem Café beim Observierungsort gegenüber.

„Eine alte Frau und zwei Kinder", sagte Kollecker, „und der Briefträger war im Haus. Das ist aber auch schon alles. Unsere Zielpersonen sind wahrscheinlich im Erdgeschoss oder im ersten Stock, dort ist mal Licht angegangen. Sonst wohnen dort scheinbar nicht viele, einige Wohnungen sind leer." Kollecker war es etwas unangenehm, dass er nicht mehr zu berichten hatte. Wasakovsky versuchte, sich über die enttäuschende Bestandsaufnahme nicht aufzuregen. Er überlegte gerade, was man noch tun könnte, als Kolleckers Funkgerät knackend zum Leben erwachte.

„Kollecker für Wolf, kommen."

„Auf Empfang!"

„Drei mögliche Zielpersonen betreten das Haus. Groß, schlank, Baseballkappen, Jacken bis oben zugezogen …"

Wasakovsky und Kollecker blickten einander an.

„Es geht los", sagte Wasakovsky. „Sind unsere Leute bereit?"

„Warten nur auf das Signal."

„Gut. Wir geben ihnen zehn Minuten, dann Zugriff. Ich komme mit."

„Nehmt Platz. Ich habe schon geglaubt, ihr kommt nicht mehr, es ist spät!" Ronald deutete auf das Sofa im Wohnzimmer.

„Für ein gutes Geschäft ist es nie zu spät!", grinste der Angesprochene. Das Grinsen dauerte nur eine Sekunde, dann wurde sein Blick unvermittelt kalt. „Wo ist die Ware? Ich will sie sehen."

„Wir arbeiten daran", entgegnete Ronald, der nunmehr selbst versuchte zu lächeln. Er war ziemlich nervös.

„Was soll das heißen? Die Ware ist nicht hier?"

„Doch, es hat aber ein Problem gegeben. Es fehlt noch was …"

„Was willst du damit sagen? Welches Problem?", fragte der gerade Angekommene scharf. Die anderen sahen einander fragend an. Innerhalb von Augenblicken baute sich eine fast greifbare Spannung in der Luft auf.

Plötzlich krachte es, die Eingangstür zersplitterte, und bevor sie sich versahen, flog eine Blendgranate in den Raum. Ein Trupp schwarzer Gestalten stürmte in die Wohnung. „Stopp! Polizei!", schrie jemand vom Gang.

Der Zugriff verlief glatt und ohne Probleme. Keine Minute später hörte man schon, wie die Polizisten einander zuriefen, dass die einzelnen Zimmer gesichert seien. Sieben Männer lagen fixiert am Boden.

Kollecker betrat die Wohnung mit gezogener Waffe, gefolgt von Untersuchungsrichter Wasakovsky.

Schon kurze Zeit darauf lieferte der Einsatzleiter der Spezialtruppe einen ersten Bericht ab: „Geld, Waffen, Dokumente – und viel Gift. Gratulation, es ist alles da." Wasakovsky nickte und musterte die Männer auf dem Boden. Ein voller Erfolg.

„Hey, das müsst ihr euch ansehen!", rief einer der jüngeren Beamten in diesem Moment aus einem Nebenzimmer und klärte damit gleichzeitig das Rätsel auf, weshalb man zwei der Zielpersonen mit heruntergelassenen Hosen angetroffen hatte. Mitten im Raum türmte sich ein immenser Haufen Fäkalien auf dem historischen Parkettboden.

„Wir hätten ihnen doch länger als zehn Minuten geben sollen", meinte einer der Beamten halb im Scherz. Die bunten Flecken in dem Haufen waren mit Kokain gefüllte Kondome. Ein atemberaubender Geruch lag in der Luft.

„Sieht nach einem neuen Rekord aus", meinte Wasakovsky abgeklärt zu den Polizeibeamten. „Was schätzt ihr?"

„Fünfzehn Kondome hat der eine Typ schon aus der Scheiße gesucht. Keine Ahnung, wie viele noch drin sind … ich habe keine Handschuhe mit. Aber wir machen uns gleich daran."

Auch heute wurde es für den Untersuchungsrichter Wasakovsky sehr spät, er erlebte den Abend dennoch ungleich befriedigender als den gestrigen. Als Nächstes galt es, die Verhafteten und ihre Kundenkreise zu beleuchten. Die Hauptlieferanten waren bereits der amerikanischen DEA und den Kollegen der südamerikanischen Justiz ins Netz gelaufen.

Als Wasakovsky am Morgen immer noch zufrieden beim Frühstückskaffee saß, läutete sein Diensttelefon.

„Ja?"

„Wir haben eine Leiche in der Nähe einer Schule. Näheres wissen wir noch nicht … die Staatsanwaltschaft beantragt einen Lokalaugenschein und eine Leichenöffnung, Sie mögen sich das bitte anschauen! Bericht folgt."

Wasakovsky blickte in seine Kaffeetasse. Die Zufriedenheit von eben war wie weggewischt, stattdessen machte sich ein ungutes Gefühl in seinem Magen breit. In der Nähe einer Schule … Er hoffte, dass es sich bei der Leiche nicht um ein Kind handelte. Eine Vorstellung, die auch den abgeklärtesten Kollegen naheging. Er trank aus und machte sich auf den Weg.

Wasakovsky kannte die Waldlichtung aus seiner Jugendzeit. Jetzt standen aber einige Polizeifahrzeuge in der Peripherie herum. Er sah einen Rettungswagen. Daneben: Der Bestattungswagen, davor eine Bahre, auf der ein kleiner Mensch lag. Die Spurensicherung traf gerade ein. Ein Sanitäter eilte an Wasakovsky vorbei und wandte sich der Person auf der Bahre zu. Ein junges Mädchen. Lebendig, wie Wasakovsky erleichtert feststellte. Ein Uniformierter kam heran.

„Das Mädchen heißt Marianne. Die Kleine ist über den Toten gestolpert, und hat sich beim Hinfallen anständig den Kopf angeschlagen. Es geht ihr schon wieder halbwegs … die Leiche hat sie ziemlich erschreckt."

„Also keine Kinderleiche?"

„Nein, männlich, vielleicht 30 bis 40 Jahre alt."

Wasakovsky hörte sich Mariannes Erzählung an und versuchte, sie ein wenig zu trösten. Das Mädchen war ganz schön durch den Wind. Er erklärte ihr, dass nur lebende Menschen Böses tun könnten und man vor einem Toten keine Angst haben müsse. Zuletzt schaffte er es sogar, die Kleine ein bisschen zum Lächeln zu bringen, was die Situation ziemlich entspannte. Die Abkürzung durch den Wald werde sie dennoch sicher nie wieder nehmen, erklärte Marianne, bevor man sie – nur zur Sicherheit – in ein Spital brachte.

Wasakovsky ging weiter bis zum Fundort der Leiche. Ein paar Polizisten begannen eben damit, die Umgebung abzusperren. Die Gerichtsmedizinerin, Dr. Katternig, hockte bereits neben dem Toten.

„Keine äußeren Verletzungen", attestierte die Ärztin kurz darauf. „Meiner Meinung nach eine Giftleiche.

Magen-Darm-Blähungen sind eindeutig, die Mundhöhle, Flüssigkeitsausscheidungen … spricht alles dafür …"

Zwei Stunden später wusste man, dass die Leiche ganze zweieinhalb Kilo in Kondomen verpacktes Kokain geschluckt hatte – Wasakovsky selbst hatte Dr. Katternig und ihren Assistenten bei der Obduktion unterstützt. Ein paar der Kondome waren undicht geworden und hatten diesem Menschen das Leben genommen. Der ausständige Drogenkurier, wie letztlich im Bericht der Polizei stand, der auch einräumte, dass man den Kurier nicht ausreichend observieren habe können. Ein Leben völlig unnötig und lange vor seiner Zeit beendet.

Herbert
Geheimnisvolle Lauschangriffe

Herbert stand hinter der Theke und tat so, als ob er etwas zu tun hätte. Wenn einer der drei Gäste von seinem Glas aufgeblickt hätte, wäre ihm vielleicht aufgefallen, dass Herbert den Schmutz auf der Arbeitsplatte mit seinem Wischtuch aber eher verschmierte als beseitigte. Staub tanzte in den Lichtstrahlen, die durch die verhangenen Fenster einfielen. Wenn Herbert sein Gewicht verlagerte, knackte und knarzte der alte Dielenboden, den seine Eltern hier anno dazumal verlegt hatten. Der Wasserhahn hinter der Bar tropfte schon seit Ewigkeiten, und die große Wanduhr vertickte eine längst abgelaufene Zeit. Das alte Radio lief, es war die einzige Geräuschquelle.

Die Eingangstür knarrte ihren typischen Ton, und dann betrat ein Mann, den Herbert noch nie gesehen hatte, die Gaststube. Er blickte sich kurz um und nahm an einem der Tische Platz. In seinem langen, beigen Mantel sah er aus wie eine modernisierte Version des Fernsehdetektivs Columbo – und wirkte völlig fehl am Platz. Radfahrer ist das bestimmt keiner, wunderte Herbert sich. Aber wer konnte es sonst sein? Niemanden verschlug es mehr in diese Gaststube. Außer eben ab und an ein paar

Radfahrer. Vor fast vierzig Jahren, als noch Herberts Eltern dieses Lokal geführt hatten, war es eine Goldgrube gewesen. Es war damals direkt an einer gut befahrenen Hauptstraße gelegen und mit einer kleinen Tankstelle mit vier Tanksäulen ausgestattet. Tausende Autos, jeden Tag. Inzwischen hatte man in der Nähe eine Autobahn gebaut, und die Bundesstraße vor dem kleinen Lokal war seither immer verwaister geworden und endete mittlerweile in einer Sackgasse. Es passte: Ein Lokal im Nirgendwo lag an einer Straße, die nirgendwo hinführte. Herbert hatte hier schon als Kind fleißig mitgeholfen, wenn auch nicht ganz freiwillig. Er hatte damals diese Rennfahrer-Sticker gesammelt, die man in ein Album einkleben und sammeln konnte. Irgendwann war er dazu übergegangen, diese Bildchen zu stibitzen, wenn die Eltern einmal nicht genau hinschauten. Seine Mutter erwischte ihn, und als Strafe, und vor allem als Gegenleistung für das Stillschweigen dem Vater gegenüber, hatte Herbert von da an ständig Dienst am Reifendruckmessgerät versehen müssen.

Heute war das alles so lange her, dass es schon gar nicht mehr wahr war. Die Tausenden Autos von früher waren einigen wenigen Radfahrern gewichen. Und der Mann im beigen Mantel war gewiss keiner von ihnen. Er sah eher aus wie ein Geheimagent, der nicht verstanden hatte, worum es bei der ganzen „unauffällig bleiben"-Sache ging.

Er bestellte einen Verlängerten. Herbert verbrühte sich fast die Hand, weil er aus Gewohnheit das Teewasser aktivierte und daraufhin ein Schwall heißes Wasser in die Tasse schoss. Er blickte sich verstohlen um, aber keiner der Anwesenden schien das kleine Malheur bemerkt zu haben. Der Kaffee für den Fremden im Mantel war der erste, den Herbert an diesem Tag ausschenkte. Der Unbekannte dankte wortlos, sah Herbert beim Servieren aber nicht einmal an, weil sein vor ihm liegendes Smartphone seine ganze Aufmerksamkeit fesselte. Die Dinger funktionierten in der Gegend hervorragend, weil Herbert einem Netzbetreiber gegen ein gewisses Entgelt erlaubt hatte, einen Sender auf dem Dach zu installieren. Herbert war das im Grunde egal. Er selbst schwor auf seinen Festnetzanschluss. Ohnehin rief sogar den niemand an. Herbert hatte sogar ein diesbezügliches Angebot des Mobilfunkbetreibers, der den Sender installiert hatte, abgelehnt. Ein Smartphone brauchte er nicht und war zufrieden, dass er für die Zurverfügungstellung seines Daches einen guten Schilling erhalten hatte. Pardon: Euro, natürlich. Herbert rechnete noch immer alles in Schillingen, auch wenn er den Umrechnungsschlüssel immer vergaß. Egal. Er ließ seinen Blick über die Kundschaft wandern. Vier stumme Personen. Ein redenswerter Umsatz ließ sich hier nicht lukrieren. Wenn das der Vater noch erlebt hätte. Sicher drehte er sich gerade im Grabe um. „Bub, du wirst es einmal besser haben als wir!", hatte er oft gesagt, wenn er sah, wie fleißig Herbert die Luftpumpe bediente, die seine Mutter ihm aufgezwungen hatte. Noch immer sagte niemand ein Wort.

Columbo saß nach wie vor regungslos am Tisch, vor ihm dampfte der Kaffee, den Herbert zu heiß eingelassen hatte. Und immer noch starrte er auf das Smartphone vor ihm auf der Tischplatte, das in unregelmäßigen Abständen aufleuchtete. So ging das minutenlang, dann griff er ein letztes Mal danach, das Leuchten hörte auf, und er bestellte noch einen Kaffee. Herbert servierte diesmal ohne Zwischenfälle, dann ging es wieder hinter die Theke, wo das Radio eben begann, Bob Dylans „Knockin' on Heaven's Door" zu spielen. Herbert drehte ein bisschen lauter. Das war noch richtige Musik. Er sang leise mit. Als Bob fast fertig war, stand der Fremde auf und kam zur Theke.

„Guter Song! Zahlen."

„Zwei Verlängerte … macht drei sechzig."

Columbo kniff die Augen zusammen, sah Herbert mit einem schwer zu ergründenden Gesichtsausdruck an, dann legte er vier Euro auf die Theke und ging. Der auffällig günstige Preis ergab sich daraus, dass Herbert geschätzte fünfzig Schilling für zwei Kaffee wie Wucher vorkamen. Seltsamer Kauz, dachte Herbert noch, aber da tönten die ersten Akkorde von „Tumbling Dice" aus dem Radio. Die Rolling Stones. „Heute gibt es endlich mal gute Musik!", sagte Herbert laut, aber die drei verbliebenen Gäste reagierten nicht.

Eine Weile später erhielt Herbert per Post ein kaum verständliches Schreiben. Es war eine Vorladung zu Gericht. Jemand hatte eine Privatanklage gegen Herbert eingereicht. Der Grund für diese Anklage war dem Schreiben beigefügt und hätte genauso gut in Hieroglyphen verfasst sein können – da stand …

„Herbert N. hat am … mittels mechanischer Musikdarbietungen in Gegenwart von drei Personen in der Zeit von 16 Uhr 22 bis 16 Uhr 41, sohin öffentlich und ohne über unsere Werknutzungsbewilligung zu verfügen, in der Absicht, sich durch wiederkehrende Begehung längere Zeit hindurch ein nicht bloß geringfügiges fortlaufendes Einkommen zu verschaffen, wobei er unter Einsatz von Mitteln (Musikabspielanlage) handelte, die eine wiederkehrende Begehung nahelegen, sohin gewerbsmäßig, unter anderem nachstehend angeführte, unserem ausschließlichen Werkebestand angehörigen Werke der Tonkunst zur Aufführung gebracht (siehe § 91 Abs 1 UrhG), und zwar:

‚Lookin' Out My Back Door' – Fogerty, John Cameron.; ‚A Hard Day's Night' – McCartney, Paul James; ‚Stop'n go' – Steinhauer, Harald; ‚Sloop John B' – Wilson, Brian Douglas.

In eventu hat er als Inhaber und Leiter dieser Betriebsstätte die öffentliche Aufführung dieser Werke der Tonkunst in ihr durch seine Bediensteten oder Beauftragten nicht verhindert (Abs 2 leg cit). Er hat die Tat in der Absicht ausgeführt, sich durch die wiederkehrende Begehung, bzw. durch die Nichtverhinderung ihrer Begehung durch seine Bediensteten oder Beauftragten, längere Zeit hindurch ein nicht bloß geringfügiges fortlaufendes Einkommen – nämlich im Jahresdurchschnitt mehr als Euro 400 im Monat – zu verschaffen, wobei er bzw. seine Bediensteten oder Beauftragten unter Einsatz besonderer Mittel (Musikabspielanlage) handelten, die eine wiederkehrende Begehung nahelegen (§ 70 Abs 1 Z1 StBG).

Er hat dadurch unbefugt Eingriffe in das ausschließliche Werknutzungsrecht der Privatanklägerin im Sinne des §§ 91 Abs 1 bzw. Abs 2, 2a in Verbindung mit § 86 Abs 1 UrhG gesetzt und wird hierfür nach eben diesen Gesetzesstellen zu bestrafen sein."

Soweit der Text der Privatanklage ... Herbert verstand natürlich, dass es um das Abspielen von Musik ging – die mehrfach genannte „Musikabspielanlage" meinte wohl sein uraltes Radio aus den 1970ern, das noch von seinen Eltern geblieben war. Offenbar wollten irgendwelche Leute Geld von ihm, und nicht einmal wenig. Nur, weil er Musik gespielt hatte.

Jedenfalls: Herbert fand sich zum genannten Zeitpunkt beim Strafgericht ein und fand nach langem Suchen den Verhandlungssaal 38 im Parterre. Vor der Tür saß der Columbo-Typ von früher. Dieselbe Statur, derselbe Mantel, unverwechselbar. Herbert hatte nicht damit gerechnet, diesen Menschen jemals wiederzusehen. Bevor Herbert etwas zu ihm sagen konnte, wurde seine Strafsache bereits aufgerufen und er betrat den Verhandlungsraum.

„Wenn Sie bitte nach vorne kommen", begrüßte ihn der Richter. Außer ihm saß nur eine weitere Person im Raum. Es war der Vertreter der Privatanklägerin, wie Herbert gleich erfuhr. Der Richter fragte ihn alles Mögliche über seine Person und seine finanziellen Umstände, wobei Herbert nicht ganz verstand, warum er das gefragt wurde, zumal der Richter die Korrektheit der Angaben bemerkte, also wusste er das alles offensichtlich schon. Auch dem Vertreter der Privatanklägerin schien das alles bereits bekannt zu sein. Was die Anklage selbst betraf: Herbert hatte das schon richtig verstanden. Er war angeklagt, weil er Musik gespielt hatte. Einfach so.

Herbert gab dann auch ziemlich baff zu, dass er laufend Musik spielen würde, und zwar mit dem Radio – und ohne eine spezielle Bewilligung dafür zu haben.

„Herr Rat, das ist ein gewöhnliches Radio", erklärte Herbert, „keine ‚Musikabspielanlage', sondern ein simples Radio aus den Siebzigerjahren, das habe ich noch von meinem Vater."

„Na, na, das ist nicht alles! Es ist nicht einfach ein Radio!", warf der Privatanklagevertreter ein.

„… Es hat einen Kassettenrekorder, wenn Sie das meinen? Ja, der läuft, wenn es nichts Gutes im Radio gibt."

„Na, sehen Sie, das dürfen Sie auch nicht!", meinte der Vertreter der Privatanklägerin.

„Sie haben noch einen Kassettenrekorder?", fragte jetzt der Richter.

„Ja, einen Schaub-Lorenz", entgegnete Herbert, mittlerweile etwas aufgeregt.

„So einen habe ich auch einmal gehabt!", meinte der Richter mit verklärtem Blick.

Beim Privatanklagevertreter war es genauso: „Ja, ich auch! War einfach wunderbar … da sind wir gesessen und haben nur darauf gewartet, dass gute Musik zum Aufnehmen kam!"

„Genau! Gehofft haben wir nur, dass der Ansager nicht hineinspricht!", führte jetzt wieder das Hohe Gericht aus.

Die beiden anderen nickten angeregt. Nach weiteren drei Minuten wussten Angeklagter, Richter und Privatanklagevertreter, dass sie alle identen Jahrgangs waren, dieselben Schaub-Lorenz Kassettenrekorder besaßen oder besessen hatten, und auch noch dazu alle drei als Kinder die Rennfahrer-Aufkleber für ihre Stickeralben gesammelt hatten. In der Sache, dass man auf Ö3 nur schwer auszuhaltende Musik höre, war man einander ebenfalls einig.

„Zahlen müssen S' aber trotzdem!", ergänzte der Privatanklagevertreter, „dafür, dass die Musik nicht gut ist, können wir nichts!"

Columbos Einvernahme war nicht mehr notwendig. Herbert erfuhr allerdings vom Richter, dass dieser Columbo deshalb sein Mobiltelefon am Tisch „geparkt" hatte, weil es mit einer App Musik identifizieren und den jeweiligen Lizenzinhabern zuordnen konnte. Was es heutzutage alles gibt, Schaub-Lorenz, „schau oba".

Josef, vulgo Peppi
Ein Profi, wie er im (Strafgesetz-)Buche steht

Josef, alias Peppi, war ein Profi … aber nur je nachdem, wie man einen „Profi" definiert. Üblicherweise versteht man darunter jemanden, der viel Erfahrung hat und sehr gute Arbeit macht.

Im Grunde war das bei Peppi nicht vollends der Fall. Das begann bereits bei den zahlreichen Einbrüchen, die er versucht hatte. Ein Mal gab es keine Beute, ein anderes Mal löste er den Alarm aus, dann wieder brachte er ein Schloss nicht auf oder schaffte es nicht, das Sicherheitsglas einzuschlagen. Er brach sogar einmal durch das Dach – nicht im Sinne des „Einbrechens", sondern eher des „Hinunterfallens".

Effektiv sorgten aber auch die vielen missglückten Einbrüche dafür, dass er eine ganze Zeit hinter Gittern war. Kaum auf freiem Fuß beging er einen Banküberfall. Mit ähnlichem Ergebnis wie sonst: Er wurde bereits auf der Flucht ertappt, die Beute noch bei sich. Dafür gab es abermals eine harte Quittung. Man fuchtelt nicht mit einer Faustfeuerwaffe herum. Auch nicht vor Bankangestellten.

Die nächste Station in Peppis professioneller Laufbahn war eine „Anstellung" im Rotlichtmilieu. Dort wurde ihm ein Mordanschlag überantwortet, den er Gott sei Dank mit seiner üblichen Finesse anging. Das Opfer lebt heute noch. Wieder begab Peppi sich in Haft. Über Jahrzehnte. Im Laufe seines Lebens hatte Peppi mehr Zellen von innen gesehen als jeder andere. Als er diesmal wieder in Freiheit kam, versuchte er sich als Drogenhändler. Gleich bei der ersten Lieferung von fünf Kilogramm bestem Kokain wurde er aber neuerlich erwischt. Er hatte es sogar bereits über die Grenze nach Österreich geschafft – hier drückte er das verhängnisvolle Paket aber einem verdeckten Ermittler in die Hand. Wieder wurde Peppi verhaftet.

Peppi war also eigentlich nicht wirklich ein Profi. Wenn man in die Strafregisterauskunft blickte, dann war er einer, ohne Frage. Wenn man die dazugehörigen Urteile und Anklagen studierte, dann wurde es aber eher schwierig, ihn als solchen zu sehen. Dennoch genoss Peppi sozusagen das Bild eines Profis, das er sich in den Haftanstalten erarbeitet hatte. (Oder: Ersessen.) Die Mithäftlinge zeigten Respekt, in der Hierarchie war er relativ weit oben, trotz seiner mehr als bescheidenen Erfolge. Er war eine Art Legende der alten Schule. Auch in fortgeschrittenem Alter war er immer noch wortgewaltig, liebte Erzählungen und lange Abschweifungen, wenn ihn die Polizei etwas fragte. Nicht nur, dass er sich gerne reden hörte – er verfügte auch über eine irgendwie liebenswürdige Art. Wer ihn nicht kannte, hätte nie geglaubt, dass Peppi so viel auf dem vielbesungenen „Kerbholz" hatte.

So reagierte er auf die Frage des Schöffensenats, ob er sich schuldig oder unschuldig fühle, mit seinem bekannten, liebenswerten Lächeln. Sein inzwischen fortgeschrittenes Alter verlieh ihm etwas noch Rührenderes, den Charme eines verdienstvollen Pensionisten, der sein ganzes Leben geschuftet und einiges geleistet hatte, vergleichbar etwa mit dem freundlichen Kellner im Seniorenclub.

„Herr Rat", sagte Peppi dann, „schau' ich aus wie ein Verbrecher?"

Was er mit dieser Frage wirklich bezwecken wollte? Wahrscheinlich, um einen guten Eindruck bei den Laienrichtern zu hinterlassen. Der Richter, der zuvor Peppis gesamtes strafrechtlich relevantes Vorleben verlesen hatte, lächelte zurück. Dann zog er seine Brille beinahe bis zur Nasenspitze nach vorne, blickte Peppi über den Rand der Brille an und forderte ihn auf, zum Richtertisch zu kommen. Zwei Beamte der Justizwache begleiteten ihn.

„Kommen S' näher!", sagte der Richter, als Peppi schon am Tisch stand. Er lehnte sich an den Richtertisch. Der Vorsitzende schob die Kruzifix-Kerzen-Einheit zur Seite, um besseren Blickkontakt zu haben. Dann beugte er sich weit zum Angeklagten nach vorne, war keinen halben Meter mehr von Peppi entfernt. Peppi lächelte immer noch dieses Lächeln, das kein Wässerchen trüben konnte. Der Richter blickte ihm in die Augen.

„Schau ich aus wie ein Richter?"

Peppis Lächeln war wie fortgeblasen. Er wusste nicht, was er sagen sollte. Er wusste nicht einmal, ob er ja oder nein sagen sollte. Noch bevor Peppi das entscheiden konnte, setzte der Richter fort.

„Sie reden Blödsinn, es gibt kein typisches Aussehen für wen auch immer. Das sind Klischees. Dass Sie ein Verbrecher sind, kann man hingegen Ihren massiven Vorstrafen entnehmen. Setzen Sie sich wieder hin!"

Peppi ging, immer noch ohne Worte, zur Anklagebank zurück. Sobald er sich gefasst hatte, legte er in gewohnt wortreicher Manier das Geständnis ab.

Fadil
Von Krieg zu Krieg

Fadil wurde in Jablanica geboren, damals noch Jugoslawien. Er wuchs also im Kommunismus auf, beschäftigte sich mit diesem aber nie, obwohl sein Vater ein eingetragenes Mitglied der Partei war. Auch für Religion hatte Fadil sich nie interessiert. Er ging zuerst nach Banja Luka, arbeitete dort als Elektriker und floh 1992 vor dem Jugoslawienkrieg mit seiner Lebensgefährtin nach Österreich. Sie heirateten in Graz und bekamen drei Kinder.

In Graz geriet er in Kontakt mit den Zeugen Jehovas, fand so erstmals echte Berührungspunkte mit der Bibel und begann daraufhin, sich vermehrt für Politik und Religion zu interessieren. Nach einer Weile entdeckte er den Islam für sich. Das veränderte auch die Beziehung zu seiner Frau Dzana nachhaltig. Er empfand Dzana als zu offen und zu modern. Als er sie einmal von der Arbeit abholte, musste er feststellen, dass sie dort ihr Kopftuch abgelegt hatte. Unter Schlägen und Vorhaltungen befahl er ihr, ihre Arbeit aufzugeben. Sie leistete zuerst Widerstand, fügte sich dann aber. Für Fadil war klar: Eine Frau hatte zu gehorchen. Als er sie wenig später ohne Kopftuch beim Einkaufen erwischte, zog er sie an den Haaren hinter sich her nach Hause.

Weil seine Gewalttätigkeit nicht nachließ, verlangte Dzana alsbald die Scheidung. Fadil willigte nicht ein, wandte sich aber dennoch von ihr ab, und verbrachte stattdessen immer mehr Zeit mit Gleichdenkenden. Er versuchte Arabisch zu lernen und unternahm Pilgerfahrten, etwa nach Damaskus, die ihn in seiner neuen Einstellung weiter bestärkten.

Bald wollte Dzana sich nicht mehr von ihm einschüchtern lassen. Sie strebte ein Scheidungsverfahren an. Fadil akzeptierte weder die Scheidung selbst noch die Weisung des Gerichtes, die ihn zu Unterhaltszahlungen verpflichtete. Dass die Obsorge seiner Kinder Dzana zugesprochen wurde, akzeptierte Fadil ebenso wenig. Er betonte, dass er nur die Grundsätze der Scharia als handelndes Gericht anerkennen würde, niemals das österreichische Recht. Der Mensch habe eine religiöse Verpflichtung, sich nach dem islamischen Recht zu verhalten. Nichtsdestotrotz kam es letztlich zu einer rechtskräftigen Scheidung.

In Folge gründete er gemeinsam mit einem früheren Landsmann einen radikal-islamischen Glaubensverein in Graz. Weil es dort schon nach kurzer Zeit interne Auseinandersetzungen über die Auslegung des Korans gab, spaltete Fadil sich mit einigen anderen von dem Verein ab und gründete einen weiteren. Sie nannten ihn unter Bezug auf die 25. Sure des Korans sinngemäß „Die Rettung", und sahen sich als besonders fundamentalistische, dem Wahhabismus verpflichtete Gruppierung zur Auslegung des Korans und der Sunna.

Fadil begann auch, Videoaufnahmen von Auftritten und Vorträgen von Abu Bakr al-Baghdadi zu sammeln, der ab 2010 die terroristischen Vereinigungen IS (Islamischer Staat im Irak), ISIS (Islamischer Staat in Syrien) und die Al-Nusra Front anführte. Unter dem Eindruck von Abu Bakr al-Baghdadi und einigen weiteren Predigern identifizierte sich Fadil – speziell seit Beginn des syrischen Bürgerkrieges 2011 – immer intensiver mit dem Ziel, einen islamischen Staat auf Grundlage der Scharia in Syrien und dem Irak zu errichten. Dabei befürwortete er auch als erforderlich angesehene terroristische Straftaten und den Jihad, den Krieg gegen die „Kuffar", die Ungläubigen.

Im Frühjahr 2014 entschloss er sich, gemeinsam mit seinem besten Freund Nermin nach Syrien zu gehen, um sich dort am Kampf zu beteiligen. Mittlerweile gab es aber einen europäischen Haftbefehl gegen Fadil – auf der Reise wurde er verhaftet und nach Österreich ausgeliefert.

Staatsanwalt Winkelmoser erhob sich und blickte auf den Angeklagten. Dann trug er eine volle Stunde lang die Anklage vor, ohne dafür auch nur ein einziges Mal in die Anklageschrift zu sehen. Er kannte alle Namen, alle Beteiligten und alle Hintergründe auswendig. Der Angeklagte im Sakko, seinen langen Bart frisch gekämmt, schüttelte dann und wann den Kopf, lächelte sogar gelegentlich und folgte den Ausführungen genau. Danach war sein Verteidiger an der Reihe, zuletzt der Angeklagte selbst.

„Sie wissen, worum es geht?", fragte der Richter.

„Ja!"

„Dann ist es ja gut. Also, erzählen Sie einmal: Was sagen Sie zur Anklage?", begann der Vorsitzende den Prozess, wie schon Tausende Male zuvor in seinem Leben.

„Ich fühle mich im Sinne der Anklageschrift nicht schuldig."

„Oha, Sie sprechen mit mir?", warf der Vorsitzende ein.

„Ja, warum sollte ich das nicht?", der Angeklagte blickte den Richter an.

„Mit der Kollegin vom Bezirksgericht haben Sie nicht gesprochen. Sie schreiben ja auch selbst, dass Sie jedwedes Gericht und jede sonstige Behörde in Österreich ablehnen."

„So etwas habe ich sicher nicht geschrieben."

Der Vorsitzende kramte in den Akten, die die gesamte Richterbank in Anspruch nahmen. Mehr als sechsunddreißig Ordner nebst ganzen Mappen voller Beilagen türmten sich hinter dem Richtersenat auf. Nach wenigen Augenblicken hielt der Vorsitzende ein Blatt Papier in der Hand und las daraus vor.

„Hier schreiben Sie, dass Sie kein Gericht in Österreich anerkennen. Das ist Ihre Handschrift, oder? Und Ihre Unterschrift?", fragte der Vorsitzende mit lauterer Stimme.

„Kann sein."

„Was ‚kann sein', ja oder nein?"

„Ja!"

„Dennoch sprechen Sie jetzt mit mir. Also akzeptieren Sie jetzt dieses Gericht?"

Noch bevor Fadil antworten konnte, fiel der Staatsanwalt ein: „Das heißt, Sie sind entweder inkonsequent oder am Wege der Besserung."

„Ich werde Ihre Fragen beantworten", erklärte der Angeklagte so neutral er konnte.

Staatsanwalt Winkelmoser war ein alter Fuchs. Er war bekannt dafür, dass er Angeklagte gerne reizte, um deren wahres Gesicht zum Vorschein zu bringen. Besonders beliebt machte ihn das nicht. Auch nicht unter den Verteidigern, zumal Winkelmoser sich regelrecht in seine „Opfer" verbeißen konnte. Obschon er sonst ein angenehmer Mensch war: Angeklagte oder Beschuldigte hatten bei ihm zumeist nicht viel zu lachen. Telefonüberwachungen hatten mehrfach ergeben, dass man ihn zu den berüchtigten „drei Ws" zählte – Staatsanwalt Winkelmoser zusammen mit den beiden Richtern Wulf und Wasakovsky – die in gewissen Kreisen auch unter der griffigen Bezeichnung „die drei Riesenarschlöcher der Grazer Justiz" bekannt waren. Sogar Kopfprämien waren auf diese drei schon ausgesetzt worden …

Aus welchen Gründen auch immer: Fadil gab bereitwillig Auskunft über seinen Lebenslauf und versuchte, alle Fragen so gut wie möglich zu parieren. Auf jene, weshalb er sich von seinem selbst gegründeten Verein abgespaltet hatte, antwortete er diplomatisch, ohne wirklich etwas zu sagen.

„Den zweiten Glaubensverein haben wir gegründet, weil diverse Belange unter den Mitgliedern des ersten unterschiedlich interpretiert wurden. Einer benötigt eben mehr Beweise, der andere weniger. Man kann sagen, es gab Probleme bei der Auslegung oder beim Verständnis."

Der Vorsitzende unterbrach, als ob er auf dieses Stichwort nur gewartet hätte: „Das mit dem Verständnis scheint überhaupt so eine Sache zu sein. Für Ihre Kinder zeigen Sie es nicht. Sonst wären wohl kaum 60.000 Euro an Unterhaltszahlungen offen."

„Wie sollte ich die denn bezahlen?"

„Jetzt werden Sie nichts zahlen können. Das Problem ist aber auch eher, dass Sie bisher noch nie etwas bezahlt haben. Das Glück Ihrer Kinder ist, dass sie einen Unterhaltsvorschuss vom Staat bekommen. Von einer Demokratie, in der die meisten meinen, dass es so etwas geben sollte."

„Ich habe nichts dagegen", sagte der Angeklagte.

„Steht das nicht im Widerspruch dazu, was Sie sonst so von sich geben, Herr Angeklagter? Sie vertreten doch die Meinung, dass Muslime die österreichischen Gesetze nicht anerkennen sollen, oder? Nur was im Koran steht, ist richtig", meinte der Richter.

„Also ich glaube ihm das", meinte der Staatsanwalt, „weil er ja selbst nichts zahlen will! Es scheint aber ohnehin, als ob Ihnen die Familie nicht so wichtig wäre. Sie haben ja scheinbar sogar Ihre Frau verstoßen?" Das letzte Wort betonte er besonders.

„Ich wurde von meiner Frau geschieden, weil sie mich aus meiner Wohnung verwiesen hat. Sie hat nicht den geistigen Horizont, um meinen Weg als Lernender zum Glauben hin nachzuvollziehen. Religiöse Konsequenz bedeutet hier auch, dass diese Frau somit für mich fremd ist. Sie hat gegen unsere Werte verstoßen. Wir waren im Sinne des Islam verheiratet, deshalb war die staatsrechtliche Scheidung eigentlich unnötig. Der Prophet sagt, man soll das alles nicht so kompliziert machen. Das ist eine klare Regel im Wort Gottes. Wenn ich meiner Frau dreimal sage, dass ich sie verstoße, dann reicht das, um die Scheidung wirksam zu machen. Das ist mein gutes Recht."

„Da ist ja praktisch", entfuhr es dem Vorsitzenden und der beisitzenden Richterin unisono. Der Vorsitzende fügte umgehend hinzu: „Sie sollten aber auch nicht vergessen, dass Sie der Wohnung verwiesen wurden, weil Sie Ihrer Frau gegenüber gewalttätig waren."

„Das ist aber nicht angeklagt!", warf der Verteidiger ein.

„Da gebe ich Ihnen recht. Das ist heute kein Anklagepunkt. Es zeigt aber gut das Selbstverständnis des Herrn Angeklagten", sagte der Richter und dann, an Fadil gewandt, „Sie schlagen also Ihre Frau, dann verstoßen Sie sie, indem Sie dreimal Ihr Sprüchlein aufsagen, und das war es dann. Sie sind ein überaus mutiger und sehr ehrenhafter Mann! Ich bin schwer beeindruckt."

Nach einer kurzen Pause fuhr er fort: „Das bringt uns im Übrigen zu einem nicht unwichtigen Punkt. Was sagen Sie, Herr Angeklagter? Ist zur Durchsetzung der Religion Gewalt zulässig?"

Fadil zögerte kurz. Dann entschied er sich für „Konsequenz".

„Ja. Die meisten Propheten haben das ja auch gemacht. Wenn auf mich Gewalt angewendet wird, kann ich auch Gewalt anwenden. Im Krieg etwa ist es zulässig, einen anderen zu töten. Ich könnte auch jetzt Gewalt anwenden. Sehen Sie mich an: Ich bin in Haft, in der Gewalt des Staates. Ich könnte also handeln, entscheide mich aber dagegen. Zur Durchsetzung meiner Religion und meiner Einstellung ist Gewalt erlaubt. Man muss aber entscheiden, ob man sie auch ausüben möchte."

Der Angeklagte lächelte das Gericht selbstsicher an. Der Richter blieb ganz ruhig.

„Wollen Sie uns drohen? Meinen Sie, ich fürchte mich jetzt vor Ihnen? Oder vor den Kämpfern, die auf Ihren

Videos herumschreien und mit ihren Maschinengewehren in die Luft schießen, als würden sie gerade Cowboy spielen? Wissen Sie, woran mich das erinnert? An Kinder. Nur dass die nicht so einen Schwachsinn plärren und sich nicht ganz so idiotisch aufführen. ‚Die schmutzige Merkel soll sich in Acht nehmen.‘ ‚Alle Ungläubigen werden geschlachtet.‘ ‚Nehmt ein Auto und fahrt in die Menge der Ungläubigen.‘ Alles Zitate aus den Videos, die man bei Ihnen gefunden hat. Und das noch in einer Stadt, in der es vor gar nicht allzu langer Zeit tatsächlich eine solche Amokfahrt gegeben hat. Sie haben ein Gefühl für die Dinge, das muss ich schon sagen! Wenn mir davon nicht so schlecht würde, dann müsste ich ja lachen über die Kasperln, die auf diesen Aufnahmen in die Luft ballern.“

Der Richter sah Fadil scharf an, der erwiderte den Blick aber nicht, sondern sah zu seinem Verteidiger. So hatte bisher noch niemand mit ihm gesprochen. Im großen Geschworenensaal herrschte jetzt absolute Stille.

„Sie können froh sein, dass ich ein Profi bin“, sagte der Vorsitzende, „und meine persönlichen Meinungen für das Urteil hintanstelle. Wenn es nach Sympathie ginge, Herr Angeklagter, dann hätten Sie keine guten Karten.“ Dann, an die restlichen Anwesenden gerichtet: „Ich entschuldige mich bei den wirklichen Kasperln, die haben mit der grölenden Menge aus diesen Videos nichts zu tun …“

Sekundenlang hörte man nur das leise Blättern des Vorsitzenden im Akt.

„Dann bleiben wir bitte gleich beim Thema. Klären Sie mich ein wenig über die Videos auf, die Sie gesammelt haben.“

Der Angeklagte überlegte eine ganze Weile, bevor er antwortete.

„Ich lerne ja schon seit längerer Zeit Arabisch. Deshalb sammle ich arabische Videos, Bilder und sonstige Dateien. Manches auch in anderen Sprachen."

„Alles Mögliche oder nur Sachen, die Sie interessieren?"

„Nur, was mich interessiert."

„Dann zeige ich Ihnen mal etwas …"

Der Vorsitzende brachte mit ein paar Klicks einen Datenordner auf die Bildschirme. Er startete eine Videoaufnahme, die einen dahinrollenden Panzer zeigte. Er wurde beschossen und ging in Flammen auf. Ein paar brennende Menschen kletterten aus dem Panzer und wurden sofort unter Beschuss genommen. Die Kamera hielt minutenlang auf diese Menschen, wie sie brennend am Boden lagen. Der nächste Film zeigte einen knienden Soldaten, hinter dem eine vermummte Person stand. Die IS-Flagge wehte im Wind. Dann erschien eine Hand mit einer Pistole, die Waffe wurde dem Knienden an die Schläfe gehalten. Der Schuss ließ den halben Kopf des Soldaten explodieren. Ein weiterer Film zeigte dreißig Männer, ebenfalls kniend, denen Vermummte mit großen Messern die Köpfe abtrennten.

Die Laienrichter wandten sich erschüttert ab.

„Es gibt viele solche Dateien", sagte der Staatsanwalt in das betroffene Schweigen im Saal. „Das sind übrigens keine Fälschungen. Es ist IS-Propagandamaterial."

„Und damit lernen Sie Arabisch?", fragte der Vorsitzende den Angeklagten. „Es wird nichts gesprochen. Genauso gut könnten Sie die Sprache von einem Porno lernen."

Fadil, der zuletzt auffallend still geworden war, setzte sich auf.

„Diese Dinge habe ich auch nicht gesammelt in dem Sinne. Aber warum sollte ich mir das nicht anschauen? Ich muss ja wissen, was los ist. Pornos schaue ich nicht, das ist nicht erlaubt. Tötungen sind nichts Verbotenes."

Die Aussage bedurfte keines Kommentars.

Ganze drei Tage mühte sich das Gericht fortan durch den Prozessstoff. Fadil selbst musste mehr als dreißig Stunden lang Rede und Antwort stehen. Am vierten Tag erschienen die Justizwachebeamten ohne den Angeklagten zur Verhandlung.

„Er widersetzt sich der Vorführung", erklärte der Kommandant. „Wir haben ihn zu sechst nicht aus der Zelle gebracht. Er hat uns angegriffen und erklärt, er fände es erniedrigend, dass er sich für die Kontrolle ausziehen müsse. Wir haben ihn jetzt separiert, er ist nun in der Hochsicherheitszelle."

Da die Einvernahme eines Ermittlers unter Ausschluss der Öffentlichkeit und auch ohne den Angeklagten geplant war, konnte diese noch wie vorgesehen durchgeführt werden. Danach wurde die Öffentlichkeit wiederhergestellt. Normalerweise hieß das auch, dass der Angeklagte in den Saal gebracht wurde, wo man ihn darin unterrichten sollte, was in seiner Abwesenheit geschehen war. Der Vorsitzende fällte kurz angebunden den Beschluss, den Angeklagten persönlich aus der Zelle zu holen. „Kommen Sie mit, Herr Verteidiger?"

Der Advokat war mehr als überrascht. Er erhob sich, legte seinen Talar ab und folgte dem Vorsitzenden zur

Haftanstalt, die unmittelbar an das Gericht anschloss. Keine zehn Minuten später waren sie durch die Sicherheitsschleusen und standen vor der Hochsicherheitszelle. Der Richter wies den Stockkommandanten an, die Zellentür zu öffnen.

„Wirklich?", meinte dieser ungläubig, „der führt sich auf wie ein Berserker …"

„Aufmachen", befahl der Vorsitzende mittlerweile leicht genervt. Das alles kostete Zeit. Hinter dem Richter machte sich die Einsatzgruppe bereit, mit Schutzausrüstung und bisssicheren Handschuhen, die Schlagstöcke gezückt. Endlich klackte das Schloss der schweren Eisentür. Noch ehe sie ganz geöffnet war, stürmte der Richter in die Zelle und entdeckte den Angeklagten in seinem weißen Kaftan barfuß auf der einbetonierten Eisenpritsche – kein einziger Gegenstand in diesen speziellen Zellen ist lose. Der Angeklagte sprang wie von der Tarantel gestochen vom Bett, der Richter war mit drei Schritten bei ihm und blieb fünf Zentimeter vor seiner Nasenspitze stehen. „Wollen Sie jetzt kindisch sein? Das ist kein Kasperltheater! Ziehen Sie sich an und kommen Sie mit!" Der Richter war sehr laut geworden. Fadil bat, sich noch anziehen zu dürfen.

Der Stockkommandant war baff. „Alle Achtung, Herr Rat, das hat nicht einmal unser Psychologe geschafft …"

Keine fünf Minuten später war man zurück im Verhandlungssaal.

Dort wandte sich der Vorsitzende sofort dem Angeklagten zu. „Die Scharia regelt das nicht, aber die Strafprozessordnung sieht vor, dass ich Ihnen mitteile, was in Ihrer Abwesenheit geschehen ist. Alles klar?"

Der Angeklagte war immer noch ziemlich perplex und meinte nur einsilbig, dass er das verstünde. Die gesamte Situation wirkte fast versöhnlich. In Folge monierte er nur, dass er nicht einsehen würde, warum er vor jeder Hauptverhandlung kontrolliert werden müsse.

„Die Beamten folgen nur den Regeln. Sie sind für die Sicherheit verantwortlich. Vielleicht nehmen Sie ja etwas aus der Zelle mit und werfen damit nach mir", meinte der Vorsitzende mit einem Lächeln. Fadil lächelte erstmals seit Langem zurück. Der Stress der letzten Tage schien für einen Augenblick vergessen.

„Eigentlich sind wir mit den Befragungen ziemlich fertig, allerdings habe ich heute noch etwas bekommen, womit ich Sie konfrontieren muss", setzte der Vorsitzende fort.

„Sie sind wirklich ein Gefährlicher ...", sagte Fadil.

„Keineswegs. Ich mache meinen Job."

„Für mich ist das gefährlich."

„Mag sein. Haben Sie einmal geschrieben, dass Sie versucht hätten, in den Urlaub zu fahren, man Sie in Istanbul aber zurückgeschickt hätte?"

Fadil erschrak ein wenig. Der Richter bezog sich auf eine Nachricht, die Fadil seinem Freund Nermin über Facebook geschickt hatte. Nermin war mit seiner Familie bereits nach Syrien vorausgereist. Woher wusste das Gericht das?

„Ich ... habe das geschrieben, damit mein Freund wusste, dass ich doch nicht in Urlaub gefahren bin."

Jetzt mischte sich die Beisitzerin ein: „Sie haben also versucht, in den Urlaub zu fahren, wurden aber aus Istanbul zurückgewiesen?" Die Wiederholung gab dem Sachverhalt etwas Faktisches. Da gab es nichts mehr zu leugnen.

„Ich wollte nach Istanbul, aber nicht, um nach Syrien weiterzureisen, sondern um dort Geschäfte zu machen. Ich wollte Damenkleidung kaufen …"

„Und der Kontakt zu H.S.?", fragte der Vorsitzende.

Fadils Lippen wurden ganz schmal. Das war der Mittelsmann, der die Leute in Istanbul empfing und dann weiter über die syrische Grenze schleuste. Aber woher wusste das Gericht das alles?

„Herr Angeklagter, ich will es kurz machen. Wir haben Ihren gesamten Schriftverkehr über Facebook. Der ist ja ziemlich umfangreich. Unter anderem geht es darum, dass Ihr Freund Ihnen mitteilt, dass er in Syrien schon ein Haus für Sie bereithalte. Die bisherigen Bewohner habe er umgebracht. Sogar Bilder von den Leichen hat er Ihnen geschickt. Eines zeigt ihn lachend neben abgetrennten Köpfen, die am Zaun aufgespießt sind. Daneben seine Kinder, die eine IS-Fahne schwenken, und seine Frau mit einer Kalaschnikow. Das muss ein sehr guter Freund von Ihnen sein …"

Der Richter ließ die Fotos über die Bildschirme flimmern. An Grausamkeit waren sie kaum zu übertreffen. Diese Inhalte – und sämtliche Kontakte – hatte die Staatsanwaltschaft in New York Facebook abgezwungen. Gute Kontakte zur NYPD und der DEA hatten damit natürlich rein gar nichts zu tun.

Als die Monitore erkalteten, wurde Fadil wegen der Verbrechen der terroristischen Vereinigung und der kriminellen Organisation zu acht Jahren Haft verurteilt.

„Was ich am allerwenigsten verstehe, Herr Angeklagter", wunderte sich der Richter bei der Urteilsverkündung, „… Sie haben selbst den Krieg in Jugoslawien und seine Gräuel miterlebt. Sie sind von dort geflohen! Und dann wollen Sie selbst aus freien Stücken am nächsten Krieg teilnehmen …"

Aus irgendeinem Grund applaudierte Fadil bei der Urteilsverkündung.

Das Urteil geisterte noch keine zwei Stunden durch die Medien, da alterierte sich schon ein Universitätsprofessor über das seiner Meinung nach unverhältnismäßig hohe Strafausmaß. Es geht doch nichts über Ferndiagnosen.

Der Vorsitzende ärgerte sich nur kurz darüber. Schon wenig später lernte er, dann als Beisitzer, weitere Angeklagte aus Fadils Umfeld und auch dessen „Hauptprediger" kennen. Gemeinsam mit Richter Wulf zeichnete er dann auch für die Verhaftung einiger Zeugen gleich direkt im Verhandlungssaal mitverantwortlich, die den dortigen Vorsitzenden Ramon mit hanebüchenen Geschichten für dumm verkaufen wollten. Unter den Angeklagten war auch einer, der aktiv am Kriegsgeschehen teilgenommen hatte. Für alle Beteiligten hagelte es auch dort drastische Haftstrafen.

Der Oberste Gerichtshof der Republik bestätigte die Urteile. Bei Fadil wurde lediglich die Haftstrafe durch das Oberlandesgericht um wenige Monate herabgesetzt, weil die sicherheitsdienstlichen Erhebungen so lange gedauert hatten. Fadil applaudierte diesmal nicht, sondern zog seine beiden Bewacher an seinen Handschellen aus dem Verhandlungssaal. „Ich anerkenne dieses

Gericht nicht, es ist alles nichtig", schrie er noch, bevor er die Saaltür zutrat.

Zu guter Letzt meldete sich auch noch der Verfassungsschutz. Aus einem Munitionslager in Bosnien waren fünf Kilogramm Plastiksprengstoff verschwunden, die wohl für einen Anschlag in Graz gedacht waren. Das vermutliche Ziel: Die Ungläubigen im Landesgericht für Strafsachen. Dass auf diese Erkenntnisse hin zwei zusätzliche Securities an den Eingangstüren postiert wurden, nötigte Wasakovsky, Wulf, Winkelmoser und Ramon aber nur ein müdes Lächeln ab. Eine Explosion von fünf Kilogramm Sprengstoff, zum Beispiel auf dem Parkplatz des Landesgerichtes, hätte nicht nur das Gerichtsgebäude, sondern auch die nähere Umgebung in Schutt und Asche gelegt. Dass der schwarze SUV mit dem Sprengstoff nie an seinem Ziel ankam, ist aber eine andere Geschichte …

Erhard
Der Weltreisende

Langsam ging das Tor hinter ihm zu. Das Sonnenlicht blendete ihn, und so blieb er einen Moment stehen, regungslos und blind, und genoss die Wärme auf seinem Gesicht. Sie fühlte sich intensiv an, rein und ungefiltert. Der Mief des alten Ziegelbaus verlor sich in der frischen Luft. Freiheit. Lange Jahre hatte er auf diesen Moment gewartet.

Ein Taxi brachte den muskulösen Hünen direkt zum Flughafen, wo ihn sofort eine kaum zu bewältigende Informationsflut überschwemmte. Für einen winzigen Augenblick flog sein Geist zurück in den kleinen, ruhigen Raum, in dem er die letzten Jahre verbracht hatte. Er fasste sich aber schnell, ging zu den Schließfächern und fand die versprochenen Papiere. Alles da. Auch sein neuer Reisepass. Das Gefühl der Freiheit nahm langsam konkrete Formen an. Er blickte auf das Ticket und die Notizen, die eine fremde Hand auf ein weißes Blatt Papier geschrieben hatte. Zwei Stunden später startete das Flugzeug Richtung Thailand. Erhard war froh, Österreich endlich verlassen zu können.

Als er in Bangkok aus der Ankunftshalle trat, traf ihn ein Föhnsturm und riss ihn vollends aus der Blase, in der er sich bisher gefühlt hatte. Jetzt erst erlaubte er sich ein echtes Freiheitsgefühl. Keine Wärter, keine Staatsanwälte oder Richter, die ihm wiederholt erklärten, dass eine bedingte Entlassung aus der Strafhaft nicht möglich wäre, weil er ein Rückfalltäter sei. Niemand, der ihm irgendwelche Befehle oder Anordnungen hätte geben können. Erhard konnte endlich wieder tun und lassen, was er wollte. Nur seine monetären Umstände setzten der Fantasie Grenzen. Seine Ersparnisse würden bei bescheidenem Lebensstil für die nächsten Wochen aber reichen, und spätestens bis dorthin sollten seine Kontakte wirksam werden. Kein Grund zur Sorge also.

Er stieg in einem kleinen, abgewohnten Hotel in der Innenstadt ab, das in preislicher Hinsicht seinen Vorstellungen entsprach. Nachdem er geduscht hatte, suchte er eines jener typischen Lokale auf, wo man spottbillig nicht nur kaltes Bier, sondern auch Kleinigkeiten zu essen bekam. Dazu auch Mädchen, die nicht lange um den heißen Brei herumredeten und genau wussten, was die Touristen wollten. Ebenfalls spottbillig. Erhard ließ es sich gutgehen. Wenige Tage nach seiner Ankunft kam auch schon wie geplant das Treffen mit seinem Freund Johann zustande. Die Wiedersehensfeier endete erwartungsgemäß in einem Vollrausch.

„Noch etwas zu trinken?", hauchte die Flugbegleiterin Erhard drei Monate später an. Speziell in der ersten Klasse waren die Stewardessen immer besonders nett. Er genoss die Platzverhältnisse – für einen Mann seiner Größe keine kleine Sache, wenn es ums Fliegen ging – und bestellte einen zweiten Whiskey on the rocks. Die Zeit in Thailand war gut verlaufen, er hatte sich erholt, war jetzt braungebrannt und guter Dinge. Hatte auch schon einen ganzen Batzen als Anzahlung erhalten. Er war viel mit Johann unterwegs gewesen und hatte einen Kerl namens Markus kennengelernt, einen freundlichen, introvertierten Typ, der ebenfalls in das Geschäft einstieg. Den Mann, der alles organisierte, hatte Erhard auch getroffen. Die Route lief angeblich schon seit beinahe zwei Jahren, stets problemlos. Die Ware wurde in Portionen zu je fünf Kilogramm abgepackt und jeweils einem Kurier zugeordnet, der persönlich die Haftung dafür übernahm. 50 % des Transportlohnes wurden angezahlt, die restlichen 50 % gab es bei Ablieferung. Sehr gute Konditionen, die man so sonst nicht fand. Meistens waren die Kuriere die Deppen der Nation, eine gewisse Ausfallsquote war einberechnet, Geld gab es immer erst nach erfolgter Lieferung. Sogar bewährte Transporteure erhielten anderswo nur winzige Anzahlungen. Hier war es anders. Der Boss arbeitete nach einem anderen Prinzip, er ließ seine Kuriere Mitverantwortung tragen. Man haftete mit der eigenen Seele. Und mit dem Leben. Jetzt, im Flieger, in der ersten Klasse, dachte Erhard an so etwas nicht. Stattdessen daran, dass sein Urlaub bereits bezahlt war, und dazu noch ein hübsches Sümmchen auf seinem Bankkonto lag. Später sollte der Rest des stattlichen Betrages folgen.

Als die Bordlautsprecher durchgaben, dass man in Kürze in Zürich landen würde, schnallte er sich an. Somit war auch der zweite Teil der Reise gut verlaufen. Zwei weitere Reiseabschnitte sollten noch kommen.

Nachdem die Boeing aufgesetzt hatte, verließ Erhard mit seinem Bordgepäck die Maschine und begab sich in die Transiträumlichkeiten. Dort traf er im Herren-WC vereinbarungsgemäß auf Markus, der eine gute Stunde zuvor aus Warschau gekommen war.

„Alles klar?", begrüßte Erhard Markus.

„Ja", gab Markus zurück, aber für Erhard klang dieses Ja wie eine Frage. Es klang nach Unsicherheit. Markus war blass, es fiel auf, dass er irgendwie nervös wirkte, angespannt und etwas neben sich stehend.

„Alles okay?", fragte Erhard.

„Ja, sicher!", antwortete Markus jetzt fester und deutlicher als zuvor. „Damit ich es nicht vergesse, hier sind dein Reisepass und die Papiere fürs Gepäck", setzte er hinzu und übergab Erhard die genannten Unterlagen. Der Reisepass war nagelneu. Beste Qualität, der Boss höchstpersönlich hatte ihn organisiert. Erhard sollte damit problemlos nach Kanada weiterfliegen können. Ein- und Ausreisestempel von Thailand waren weder bei den Amerikanern noch bei den Kanadiern gerne gesehen, zogen meist intensive Kontrollen nach sich und waren daher alles andere als zweckmäßig. Ohne weitere Worte trennten sich die beiden wieder und steuerten unterschiedliche Sitzplatzreihen am Abfluggate des Terminals an.

Die Canadian-Maschine setzte ziemlich pünktlich in Toronto auf. Erhard und Markus waren noch nie in Kanada oder in den USA gewesen. Schade, dass sie keine Zeit hatten, einen Abstecher in die City zu unternehmen, sie mussten gleich zum nächsten Gate, da es schon in

Kürze den nächsten Abflug nach Windsor gab. Bis jetzt hatte alles geklappt. Im Anschlussflug saßen die beiden nebeneinander.

„Den Heimflug buchen wir aber so, dass wir Zeit haben, uns die Stadt anzusehen, oder?", meinte Erhard, der gerade einen letzten Blick auf die Millionenmetropole erhaschen konnte, als das Flugzeug steil nach oben stieg, dann aber jäh nach Westen schwenkte.

„Sicher", meinte Markus einsilbig.

Der Anschlussflug dauerte keine Stunde, dann waren sie am Ende ihrer Reise angelangt. Die kleine Stadt Windsor wartete darauf, von ihnen entdeckt zu werden. Allein, sie hatten dazu weder Zeit noch einen echten Grund. Sie übernahmen ihr Gepäck, kamen problemlos durch die Zoll- und Einreisekontrolle, ein Taxi brachte sie ins Motel. Dort angekommen, erlaubten sie es sich endlich, sich über die geglückte Anreise zu freuen. Sie hatten es ohne Zwischenfälle von Thailand bis nach Kanada geschafft, jeder von ihnen fünf Kilo feinstes Heroin im Gepäck. Erhard war niemand, der sich schnell erschüttern ließ, aber die Möglichkeit, mit fünf Kilo Heroin erwischt zu werden, hatte auch ihn nicht kalt gelassen. Das hätte Bau bedeutet. Möglicherweise wieder für eine ganze Weile. Erhard griff erleichtert eine Bierdose aus der Minibar, nahm ein paar Schluck und schlief erschöpft ein. Als ein Klopfen an der Tür ihn weckte, brauchte er einige Sekunden, um sich zu orientieren.

Zwei Männer, wie angekündigt, standen vor der Tür. Sie blickten sich um, nahmen die Tasche mit der Ware an sich und fragten nach der zweiten.

„Next room!", meinte Erhard und deutete an, welches Zimmer gemeint war. Sie klopften auch dort und weckten Markus. Die Übergabe war damit ausgeführt. Geld, so erklärten sie Erhard auf seine Frage, gebe es aber erst, nachdem die Ware gesichtet sei. Und dafür müssten sie mitkommen. Damit hatte Erhard nicht gerechnet, aber er fügte sich. Er hätte auch gar keine andere Wahl gehabt.

Nach einer gut halbstündigen Fahrt entstiegen alle vier der Limousine in einer Art Lagerhaus am Stadtrand. Es war dunkel in der Halle, dennoch erkannte Erhard sofort, dass sie bereits erwartet wurden. Drei weitere Limousinen standen herum, einige Taschen lagen am Boden. Erhard gab die Szenerie ein komisches, ja eigentlich unsicheres Gefühl. Er hätte schwören können, dass hier irgendetwas nicht stimmte. Die Halle wirkte … es war schwer zu beschreiben. Kulissenhaft vielleicht? Jeder Schritt hallte viel zu laut nach, es waren zu viele Unbekannte hier, alles wirkte … gestellt? Er konnte seine Gefühle nicht in Worte fassen. Erhard war auch nicht unbedingt ein Mann der Worte. Aber er war ein körperlicher Mensch, und dementsprechend arbeitete auch sein Sensorium. Und sein Bauch sagte ihm, dass hier etwas nicht in Ordnung war. Er spürte die Unruhe in seinen Muskeln, als er auf diese Leute zuging. Er nickte wortlos in die Runde, halb erwartend, eigentlich mehr als halb, dass jemand eine Pistole und eine Dienstmarke ziehen würde. Oder auch nur eine Pistole. Hier gab es viel, sehr viel zu holen. Nachdem einer der Kerle den Stoff abgewogen hatte, händigte er Erhard aber ein dickes Bündel Dollarnoten aus und verabschiedete ihn ohne weitere Umstände. Bei Markus lief es genauso.

Erhard wollte dennoch nichts mehr, als so schnell wie möglich Land zu gewinnen.

Untersuchungsrichter Wasakovsky hatte einen langen Tag hinter sich. Der Samstag war wie im Fluge vergangen. Er hatte ihn im Gefangenenhaus des Landesgerichts für Strafsachen in Graz verbracht. Zwölf Untersuchungshaften hatte er verhängt, an einem einzigen Tag. Endlich war er zu Hause, das Essen hatte seine Frau heute schon mehrmals aufgewärmt. Als er nach einer lebensrettenden Dusche endlich an seinen Teller kam, zeigte sein Telefon einen versäumten Anruf an. Natürlich. Wasakovsky rief die Nummer zurück und geriet an Abteilungsinspektor Kaletz von der Suchtgiftfahndung.

„Wir haben Informationen von den Kollegen aus den USA. Die DEA sagt, ein Typ, der um 23 Uhr am Flughafen ankommen soll, hat etwas mit einer großen Suchtgiftgeschichte zu tun. Er kommt aus Kanada."

Warum sie den Angekündigten nicht gleich in Kanada verhaftet hatten, konnte der Kriminalbeamte nicht beantworten. „Wahrscheinlich war die Suppe zu dünn. Sie können nicht sicher sagen, ob er wirklich dabei war, gesehen haben sie ihn nicht. Er wohnte nur im selben Motel, in dem sie zwei andere observiert hatten."

„Das ist alles?", wollte der Untersuchungsrichter wissen.

„Wie es derzeit aussieht, ja. Mehr wissen wir noch nicht", entgegnete Kaletz, „er war jedenfalls einige Tage in der Stadt und kam zuvor aus Zürich. Vorstrafen mehrfach, massiv sogar, aber nichts mit Suchtgift. Eher Gewaltdelikte."

Kurz darauf ging das Telefon bei Wasakovsky erneut. Wieder Abteilungsinspektor Kaletz. Der verlor offenbar keine Zeit.

„Ja?"

„Ich habe den Staatsanwalt erreicht, den Suchtgift-staatsanwalt, er wird einen Haftantrag stellen. Ich habe auch noch weitere Informationen von den Kanadiern bekommen. Es spricht vieles dafür, dass der Typ dazu-gehört. Was machen wir?", wollte Kaletz zuletzt wissen. Insgeheim hoffte er auf einen Haftbefehl. Wasakovsky erfüllte diese Hoffnung.

„Nehmt ihn fest, durchsucht alles bei ihm – und achtet auf Details. Mehr muss ich nicht sagen, oder?"

„Nein, wird erledigt, wir melden uns, wenn es so weit ist!" Zufrieden verständigte Kaletz seine Kollegen und die Polizeidienststelle am Flughafen.

Vier Stunden später riss das Telefon den Untersu-chungsrichter aus dem Tiefschlaf. Auch seine Frau machte irritiert die Augen auf, obwohl diese nächtlichen Anrufe auch sonst keineswegs selten waren.

„Was gibt's?", fragte Wasakovsky leicht benommen.

„Der Haftbefehl ist vollzogen", erklärte Kaletz ohne den geringsten Hauch von Müdigkeit, „er redet aber nicht mit uns."

„Ist sein gutes Recht. Sonst etwas Verdächtiges?"

„Nur das Flugticket zurück nach Österreich, ein Stadtplan und einige Telefonnummern in einem Büch-lein. Mehr als 20.000 US-Dollar, einige kanadische Dollar. Zollmäßig könnte was drinnen sein, er hat nichts deklariert."

„Gift?"

„Nein. Die Kanadier haben aber insgesamt schon fünf Leute verhaftet. Vielleicht kommt von dort noch was."

„Okay. Wenn unser Mann nichts mehr zu sagen hat, liefert ihn bitte ein. Mit Kanada reden wir dann noch. Gute Nacht!"

„Ebenfalls!"

Erhard war gerade eingeschlafen, als er auch schon wieder geweckt wurde.

„Auf zur Einvernahme in den Verhörraum", meinte ein Justizwachebeamter und ergriff ihn an der Schulter. Sie führten Erhard zu zweit durch die Gänge der Haftanstalt. Sonntagvormittags war es dort immer sehr ruhig, an diesem Tag gab es keine Besuche, und einvernommen wurden nur Neuzugänge. Erhard war ein Neuzugang, kannte das Procedere aber schon. Er wusste auch, dass man eigentlich nicht viel gegen ihn vorbringen konnte. Er hatte einen ganzen Haufen Bargeld eingesteckt, als man ihn aufgegriffen hatte. Aber sonst? Wo Markus abgeblieben war, konnte er nicht sagen, der war am letzten Morgen in Windsor einfach nicht da gewesen. Erhard schalt sich, dass er überhaupt nach Österreich gekommen war. Warum nicht gleich zurück nach Thailand? Hatte ihn unwissentlich das Heimweh gepackt, oder irgendeine andere sentimentale Dummheit?

Während er sich noch über sich selbst ärgerte, betrat ein schlaksiger, hochgewachsener Kerl den kleinen Raum, in dem Erhard wartete. Der Untersuchungsrichter. Die Fragen nach seinen Personalien beantwortete Erhard noch, sonst kam aber kein Wort über seine Lippen. Wasakovsky wurde rasch deutlich und unterstellte ihm eine Verbindung mit dem internationalen Drogenschmuggel. Er zitierte aus Erhards Vorstrafen und erwischte ihn damit hart. Der hatte nicht damit gerechnet, dass man schon sein Strafregister in Deutschland kannte. Er sehnte sich an den thailändischen Strand zurück. Auf gar keinen Fall wollte er wieder zurück in das Loch. Aber er konnte auch zwischen den Zeilen lesen. Scheinbar stimmte seine Annahme: Wirklich nachweisen konnten die Bullen ihm nichts. Das lag in Wahrheit vor allem an einer Sache: Die kanadischen Beamten hatten zwar die gesamte Aktion in Windsor observiert – gerade über das Wochenende aus Kostengründen aber pausiert. Im Nachhinein gesehen ein schwerer Fehler. Genau in diesen Zeitraum war Erhards Aufenthalt vor Ort gefallen. Er selbst wusste von diesen Dingen natürlich nichts.

„Was sagen Sie dazu?", fragte der Untersuchungsrichter nach seinen Ausführungen. Erhard, dessen Statur sogar sein großgewachsenes Gegenüber klein wirken ließ, schwieg ein paar Augenblicke, dann beugte er sich halb über den Tisch und spuckte Wasakovsky ein „Fick dich!" entgegen. Erhard grinste selbstsicher. Der Untersuchungsrichter zuckte mit keiner Wimper, protokollierte die Antwort und grinste dann selbst über den Tisch. Zeit, das Ass auszuspielen. Erhard blieb nur äußerlich cool, als Wasakovsky ihm nun erklärte, dass die DEA – die amerikanische Drug Enforcement Administration – kürzlich im Zuge einer Ermittlung Drogen angekauft habe. Das wäre an sich vielleicht noch nicht nennenswert gewesen. Aber:

Die DEA habe die Drogen mit Bündeln von Dollarscheinen bezahlt. Und diese Bündel würden von ganz speziellen Gummibändern zusammengehalten, die aus einer einzigartigen Gummimischung bestünden. Und genau ein solches Gummiband – Erhard ahnte das Kommende bereits – habe auch die Dollarbündel zusammengehalten, die die Kollegen bei ihm sichergestellt hatten. Dann verkündete Wasakovsky den so begründeten Beschluss auf Verhängung der Untersuchungshaft. Abschließend erklärte er dem nun noch schweigsameren Erhard dessen mögliche Rechtsmittel, stand auf, drehte sich um – ja, wandte ihm völlig angstlos den Rücken zu – und ging zur Tür.

„Wo gehst hin?", plärrte Erhard ihm lauthals nach.

Der Untersuchungsrichter hielt inne, blickte ihn an. „Ich? Ich geh' mich ficken!" Sprachs und verschwand.

Die nächsten Monate verbrachte Erhard in seiner Zelle. Er blieb sich und seinem Boss treu, machte keine Aussage, gab nichts zu und verriet niemanden. Man haftete mit der Seele. Seiner Verfahrenshilfeverteidigerin, einer jungen Frau, die er für zu unerfahren hielt, hatte er erklärt, dass er vollkommen haltlos in etwas hineingezogen würde, womit er gar nichts am Hut habe. Das bei ihm gefundene Geld stamme aus einem Casino in Windsor. Als sie ihm erklärte, dass er wohl kaum amerikanische Dollar in einem kanadischen Casino habe gewinnen können, erklärte er ihr überrumpelt, dass er in den Staaten schon gespielt habe und mit dem Geld nach Kanada eingereist sei. Seine deutsche Strafregisterauskunft sei außerdem schlicht eine Verwechslung gewesen, erklärte er seiner Verteidigerin. Im

Fortsetzungsbeschluss der Untersuchungshaft stieß Erhard dann aber zum ersten Mal seit Monaten auf den Namen „Markus" und spürte, dass das Seil um seinen Hals enger wurde. Erhard hätte liebend gerne einen Starverteidiger engagiert, aber er hatte von hier aus keinen Zugriff auf sein Konto in Thailand.

Er war aber nach wie vor überzeugt, dass man eigentlich wenig Konkretes gegen ihn in der Hand hatte. Er hatte keine sonstigen Kontakte zu den Leuten vor Ort gehabt, eine Observation schloss er aus, da war er vorsichtig gewesen. Das mit den Gummibändern war natürlich unpraktisch. Hier müsste Erhard auf Zufall oder Pech argumentieren, wenn es im Prozess zum Thema gemacht werden sollte.

Die Wochen vergingen zäh. Irgendwann kam ein Brief aus Kanada für ihn an. Ohne Absender, aber so wie jede andere Häftlingspost geöffnet und zensuriert. Erhard überflog ihn. Es gab keinen Zweifel, wer den Brief geschrieben hatte: Markus. Erhard explodierte förmlich. Warum schrieb ihm dieser Idiot und bestätigte damit ihre Bekanntschaft? Erhard blickte auf den inneren Teil des Briefumschlages und entdeckte den Zensuriert-Stempel mit Datum, aber ohne Unterschrift. Das ließ ihn hoffen, dass der Stempel von einem Rechtspraktikanten oder einer Kanzleikraft stammte und der Untersuchungsrichter selbst womöglich gar keine Kenntnis davon hatte. Erhard wusste ja, wie so etwas lief.

Dass Wasakovskys Namenszug fehlte, lag aber tatsächlich daran, dass der eine Dienstreise nach Kanada unternommen hatte – und war damit absolut kein Grund zur Beruhigung. Der Big Boss der internationalen Drogenbande, ein Österreicher, hatte so umfassend ausgepackt, dass seine Aussage beinahe den zeitlichen Rahmen der Dienstreise gesprengt hätte. Die kanadischen Behörden hatten eine dreißigjährige Haftstrafe ohne Möglichkeit auf bedingte Entlassung verhängt, was aufgrund seines Alters den sicheren Tod im Gefängnis bedeutet hätte. Um eine Strafmilderung zu erreichen, war er als Kronzeuge aufgetreten, hatte alle Hintergründe geschildert und seine Verbindungsleute in Thailand und Österreich hochgehen lassen. Wasakovsky war dem Big Boss persönlich im Hochsicherheitstrakt gegenübergesessen. Zurück in seiner Heimat ließ er Erhard gleich am nächsten Tag vorführen. Als der abermals nichts sagen wollte – diesmal fand er dafür eine freundlichere Formulierung –, verständigte Wasakovsky den Staatsanwalt Menzl, der noch am selben Tag die Anklageschrift einbrachte.

Acht Wochen später startete der Schöffenprozess. Untersuchungsrichter Wasakovsky ließ es sich nicht nehmen, der Verhandlung als Zuhörer beizuwohnen.

Der Anklagevortrag des Staatsanwalts war kurz und präzise, brachte die wesentlichen Argumente auf den Punkt und stellte dem Angeklagten naturgemäß kein gutes Zeugnis aus. Viele Argumente wurden vorgebracht, die sich auf kanadischem Hoheitsgebiet in den Akt begeben hatten. Die mehr als fünfzig Kilogramm Heroin, die man auf dem Weg von Kanada in die USA in Beschlag genommen hatte, waren nur die Spitze des Eisbergs. Insgesamt ging es sogar um mehrere hundert Kilogramm bester Ware aus Thailand.

Die Reinheitswerte sprachen für eine Lieferung direkt vom Erzeuger. Die einzelnen Kleinkuriere waren jeweils mit rund fünf Kilogramm Heroin unterwegs gewesen.

Nach diesem etwa fünfzehnminütigen Anklagevortrag war nunmehr die Verteidigerin am Wort. Sie replizierte mehr als eine volle Stunde auf den Anklagevortrag des Staatsanwalts und führte umfassend aus, dass sämtliche Beweise lediglich Indizien wären. Sie bezog sich auf einige ungeklärte Punkte des Aktes und erklärte abschließend, dass es dem Grundsatz in dubio pro reo (im Zweifel für den Angeklagten) entsprechend nur zu einem Freispruch kommen könne.

Nun war der Angeklagte selbst an der Reihe. Richter Blahs, der zurückgelehnt in seinem Richterstuhl lümmelte – dafür war er bekannt –, richtete sich auf, zog seine Brille zur Nasenspitze, blickte sodann über seinen Brillenrand den Angeklagten an und übergab das Wort an ihn.

„Herr Angeklagter, kommen Sie nach vorne. Was sagen Sie zur Anklage? Schuldig oder nicht schuldig?"

Erhard, der ebenfalls die gesamte Zeit eher lümmelnd auf der Anklagebank gelehnt war, verließ diese und setzte sich auf den Stuhl vor der Richterbank. Jetzt ging es um alles. Für das, was als Nächstes passierte, fand im ganzen Saal niemand eine Erklärung. Erhard blickte den Vorsitzenden des Schöffengerichtes an, holte tief Luft, schloss die Augen und sagte: „Schuldig im Sinne der Anklage. Es stimmt alles."

„Und warum haben Sie das nicht schon früher gesagt?", wollte Richter Blahs wissen. Innerlich lächelte er, weil er sich so ein elendslanges Beweisverfahren ersparte.

„Man wird's doch wohl noch probieren dürfen", brachte Erhard mit einem schwachen Grinsen hervor. Er drehte sich um und blickte zu Untersuchungsrichter Wasakovsky, der im Zuschauerraum saß, hob leicht den Kopf und deutete einen Gruß an. Wasakovsky schaute mit freundlichem Gesicht zurück.

Die Verteidigerin wusste gar nicht, was sie sagen sollte. Manchmal war der eigene Klient der größte Gegner. Dieser wurde nach einer guten Stunde für schuldig befunden und im Sinne der Anklage verurteilt. Die Strafe fiel aufgrund seines umfassenden Geständnisses milde aus. Viel zu milde nach Meinung des Untersuchungsrichters, diese war aber nicht von Bedeutung.

Deshalb konnte Wasakovsky dann auch nicht einmal zwei Jahre später Erhard gemeinsam mit zwei weiteren Straftätern, die Wasakovsky früher wegen einer Schießerei und Zuhälterei in Haft genommen hatte, in der Fußgängerzone der Innenstadt antreffen. Die drei kamen ihm geradewegs entgegen, erblickten ihren ehemaligen Untersuchungsrichter. Die Situation war absurd und einzigartig zugleich.

„Muss ich mir einen Aktenvermerk machen, dass ich euch zu dritt gesehen habe? Was wird geplant? Die Strafen waren eigentlich eh zu kurz, oder?", sagte Wasakovsky. Insgeheim vertraute er auf die Gerüchtebörse im Milieu, die davon sprach, dass er immer „aufgeladen" – also bewaffnet – sei und sie sich deshalb nicht mit ihm anlegen würden.

„Gar nichts wird geplant, das ist nur ein Zufall", meinte einer der Zuhälter, der seinerzeit auf einen im Auto fliehenden Kontrahenten geschossen und diesen dabei nur durch glückliche Umstände nicht umgebracht hatte.

„Wirklich Zufall, Herr Rat", meinte jetzt auch der zweite ehemalige Zuhälter. Erhard sagte nichts. Er war kreidebleich. Aus Thailand dürfte er gerade nicht gekommen sein.

„Stellen Sie sich vor, wir wären jetzt in Palermo, Herr Rat, da würde dieses Treffen vielleicht ganz anders ausgehen", meinte einer der Zuhälter mit einem mehr als süffisanten Grinsen.

„Ja, Manfred", entgegnete Wasakovsky und fuhr mit der rechten Hand in die Innentasche seines Sakkos. „Wenn wir jetzt in Palermo wären, dann ginge die Sache wirklich anders aus. Dann gäbe es jetzt nämlich drei Tote. Und die Justiz würde mir gar nichts tun, die kennt eure Vorgeschichte. Ich sag' einfach, ihr hättet mich bedroht. Alles klar?"

„Ja, alles klar." Das Lächeln war aus Manfreds Gesicht verschwunden.

Die drei wichen aus und gingen weiter. Es sollten einige Jahre vergehen, bis Wasakovsky sie wiedersah.

Karl

Cowboys der Nacht

Karl hieß zwar Karl, nannte sich aber Charly. Alle nannten ihn Charly. „Karl" hatten ihn die Lehrer in der Schule genannt, und seine Eltern. Karl, setz dich endlich hin und sei ruhig! Nein, „Charly" klang da schon besser. Dabei war „Karl" gar nicht *so* schlimm. Sein bester Freund hieß „Gustav". Gustav! Wie konnte man nur so heißen? Peinlich. Klar, dass auch die Mädels nicht auf Gustav standen. Er nannte sich deshalb jetzt „John". Damit konnte man als cooler Typ durchgehen. Ebenso wie mit „Joe" und „Jack", die das Quartett an diesem Abend im Stammlokal komplettierten.

John, Joe und Jack, das klang nach Revolverhelden, überlegte Charly. Diesen Namen gegenüber klang „Charly" nun schon wieder weniger knackig, erinnerte eher an Charly Chaplin. „Charly" klang nicht mal nach einem Rocker. „Charly" klang nach Clown. Und Charly wollte absolut kein Clown sein.

Im Wechselbad dieser Gedanken geschah es, dass ein Typ, der gerade an ihm vorbeigehen wollte, plötzlich stehenblieb, ihn ansah und Charly aus kurzer Entfernung ein „He, du bist der Charly, oder?" entgegenblökte. Charly holte aus und schlug dem Unbekannten mit der Faust ins Gesicht, dass es nur so schepperte. Er ging mit blutiger Nase zu Boden.

„Red' mich nicht so blöd an!", donnerte Charly und drohte dem Liegenden, gleich nochmals zuzuschlagen.

„Lass' gut sein!", mischte sich Gustav, also John, ein. „Vergiss es, der ist eh nur ein Warmer!" Damit war eigentlich schon wieder alles beendet, der Blutende verzog sich aus dem Lokal.

Charly und John stellten sich zu Joe und Jack an die Bar.

„Das hat gesessen!", meinte Joe anerkennend.

„Dem hast eine Schöne verpasst!", meinte auch Jack. „Richtig niedergestreckt hast du den, nicht schlecht!"

Der Abend wurde noch heiter. Charly genoss es sichtlich, in der Gruppe anerkannt zu werden. Jeder lud jeden ein, sodass am Ende eigentlich alle vier auf ihre Kosten kamen. Die Gemeinschaft verlangte es, das gemeinsame Biertrinken verband. Sie vergaßen ihre Alltagsprobleme – und dass sie in Wirklichkeit Gustav oder Karl hießen.

Dieser Abend veränderte etwas. Zuerst die Gruppendynamik und dann sozusagen die Gruppenkultur. Sie wurden mutiger und streitlustiger, wollten einander ständig etwas beweisen. Wenn jemand unabsichtlich einen von ihnen anstieß, wenn sie gemeinsam unterwegs waren, gab es schnell Auseinandersetzungen. Immer öfter kam es auch vor, dass einer dabei Schläge austeilte, was dann jeweils für Gejohle und Jubel bei den restlichen dreien sorgte. Manchmal warteten sie geradezu darauf, dass jemand ihnen einen Anlass lieferte. Eine Art Wetteifer befiel das Quartett. Wer hatte den härteren Schlag? Wer konnte dem Gegenüber besser die Beine wegziehen? Obwohl Charly, John, Joe und Jack Stammgäste waren und für viel Umsatz sorgten, freute diese Entwicklung den Wirt ihres Lieblingslokales nicht unbedingt. Es kamen auch immer weniger Leute. Dies wiederum führte letztlich dazu, dass das Quartett sozusagen das Weite suchte. Sie streiften abends durch die Innenstadt und suchten dort nach Kontrahenten. Dafür mussten sie nicht mal Lokale besuchen. Sie fanden ihre Opfer auf Plätzen oder in Parks oder einfach am Gehsteig. „Giftler" zum Beispiel. Die waren leichte Beute, weil sie nicht gut im Weglaufen waren. Gelegentlich traf ein Faustschlag auch einen renitenten Rentner, der Ruhe vor seinem Haus einforderte. Angst vor einer Anzeige hatten sie nicht. Die Rentner seien viel zu eingeschüchtert, die Giftler würden garantiert nicht zur Polizei gehen, waren sie sicher. Und diese Logik schien tatsächlich zu halten. Immer mehr eilte auch ihr Ruf ihnen voraus. Die Leute fürchteten sie und gingen ihnen aus dem Weg. Charly, John, Joe und Jack waren die Herren der nächtlichen Straßen geworden.

Eines Tages gab es in der Stadt ein großes Musikanten-Fest, einen Musikwettbewerb mit Volksinstrumenten. Es wurde gejodelt, gespielt und gesungen, Chöre, jedes erdenkliche Instrument war vertreten. Mundharmonikas, Gitarren, Geigen, Trompeten …

Es waren viele Besucher aus ländlicheren Gebieten angereist. Unter anderen zwei Ziehharmonika-Spieler aus der Obersteiermark, die noch nicht oft in der Großstadt gewesen waren und beschlossen hatten, sich auch ein wenig ins dortige Nachtleben zu stürzen. Nach dem Ende des Wettbewerbs zogen sie also in voller Tracht ins Rotlichtzentrum der Stadt, wo auch unsere Herren der Nacht eben unterwegs waren.

Als die Musiker in ihren Haferlschuhen, Lederhosen, rot-weiß-karierten Hemden und Trachtenhüten just dieses Quartett ansprachen, um den Weg zu einem bestimmten Lokal zu erfragen, reichte der Blick von einem zum anderen, um zwischen Charly, John, Joe und Jack Einigkeit herzustellen, was als Nächstes zu passieren habe. John schlug unvermittelt und mit großer Wucht zu, sein Gegenüber war völlig unvorbereitet.

Inspektor Kernbichler hatte Journaldienst auf der Polizeiinspektion und wurde eben von einer alten Frau am Telefon angeschrien. Der laute Fernseher ihres Nachbarn raube ihr den wohlverdienten Schlaf.

„Herr Inspektor, ich sag' Ihnen eines: Wenn Sie nicht kommen, geh' ich runter und bring' den alten Deppen um!" Alles klar. Da musste man handeln.

Inspektor Kernbichler gab eben die Adresse an einen Kollegen weiter, als das Telefon schon wieder läutete.

„Polizei, ja bitte?"

Der Anrufer war geradezu panisch. Man müsse sofort anrücken, erklärte er kurzatmig, und auch gleich die Rettung mitnehmen. Er zeichnete furchtbare Bilder. Schwerverletzte, Blut … Der Inspektor alarmierte nicht nur die Einsatzkräfte, sondern auch gleich zwei Rettungswägen. Es gab keine Zeit zu verlieren.

Vor Ort bot sich der rasch eintreffenden Streife ein Bild der Zerstörung. Die Tragödie des Menschen, sichtbar gemacht in einem verachtenswerten Akt brachialer Gewalt. Weniger erfahrene Kollegen hätten allein durch den Anblick tiefe Wunden davongetragen. Zum Glück war schon die Rettung da. Man kümmerte sich bereits um die Opfer und versuchte zu retten, was noch zu retten war. Sogar in den Augen der Sanitäter war Betroffenheit.

Die Streifenbeamten erblickten eine Person, die wie das Ritualopfer einer mystischen Geheimversammlung aussah: Ein Mann mit blutigem Gesicht hing an einer Kette aufgehängt wie ein Gekreuzigter an einer Haltestellentafel und hörte nicht auf zu schreien. Ein anderer, dessen Hose und Unterhose zerrissen an den Knöcheln hingen, spuckte Blut in eine große Lache zwischen seinen Beinen. Zähne schwammen darin.

Den beiden Musikanten aus der Obersteiermark wurde der Strafprozess gemacht.

„Die haben um a poar Watschen gebettelt, Herr Richter, das muss ich Ihnen schon sagen!“, meinte der erste Harmonikaspieler.

„Ja, aber warum gleich an einer Kette aufhängen?“

„Mit der hat er selber herumgefuchtelt! Ich hab' sie ihm nur abgenommen, und dann war ich so gut in Schwung, dass ich ihn gleich an der Tafel aufg'hängt hab'. Damit endlich a Ruah is'!“, sagte der Harmonikaspieler. Er hatte Hände wie Klomuscheln.

„Und, dann war eine Ruh'?“, fragte der Richter ein wenig perplex.

„Nicht ganz, der andere hat a no 'plärrt!"

„Wie, ‚plärrt'?"

„Ich bring euch olle um, hat er g'schrien! Und damit auch wirklich a Ruah is', hab' ich ihm die Hos'n aus'zogen, dass er zum Schreien aufhört."

„Die Hose ausziehen, damit er zu schreien aufhört? Passt das zusammen?"

„Ich hob ihm sei' Unterhos'n in die Pappm g'steckt."

„Na, bravo!", meinte der Staatsanwalt. „So kann man auch Probleme lösen!"

„Bei uns in der Obersteiermark lösen wir die Probleme schon so, da brauchen wir keine Polizei", sagte der Musiker in sicherem Ton.

„Und dann spielen Sie Musik dazu, oder wie muss ich mir das vorstellen?"

„Musik wird erst dann gespielt, wenn wir uns alle wieder vertragen!"

„Schön."

„Ich würde sagen, wir spielen jetzt was! Sollen wir Ihnen was vorsingen?", meinte noch einer der Musiker.

„Nein, danke, ich glaub Ihnen auch so, dass Sie das können. Ich muss noch eine andere Schlägerei klären, die nächste Verhandlung beginnt in fünf Minuten!"

Nachdem auf diese Weise einige Hintergründe zu Tage getreten waren, meinte der Staatsanwalt, dass man durchaus von einer Notwehrsituation ausgehen könne. Eine geringe Notwehrüberschreitung gestanden die Angeklagten ein.

Den Herren der Nacht erging es weniger gut.

„Es gibt immer einen Stärkeren!", sagte Inspektor

Krauthofer zu ihnen. Er klärte sie darüber auf, dass es in Wahrheit sehr wohl Anzeigen gegen die vier Cowboys gab. Nach Bekanntwerden des Zwischenfalles mit den Obersteirern fanden dazu noch einige weitere der früheren Opfer den Mut, gegen die Cowboys auszusagen – nicht nur vor der Polizei, sondern kurz darauf auch vor dem Strafrichter.

Ioan
Die Geschichte einer Lüge

Ioan war 1980 in Satu Mare geboren, machte dort die Schule fertig und erlangte seine mittlere Reife. Seine Eltern waren stolz auf ihn und seinen Schulabschluss. Das heißt: genau genommen war seine Mutter stolz. Der Vater, seit vielen Jahren schwerer Alkoholiker, konnte sich die meiste Zeit kaum auf den Beinen halten und hatte wenig Sinn oder Aufmerksamkeit für die Leistungen seines Sohnes. Dabei erzählte der gerne aus der Schule. Wenn er nach Hause kam und der Mutter beim Zubereiten des Essens zusah, sprudelten die Geschichten darüber nur so aus ihm heraus.

„Ja, Bub, du wirst es einmal besser haben als wir", sagte sie dann oft und streichelte zärtlich über seinen Kopf.

„Ja, Mama, sicherlich!"

Ioans Mutter war eine Seele von Mensch. Liebenswert und herzlich wie eine Mutter nur sein konnte. Sie hielt zu ihm, auch wenn der Vater herumschrie und erklärte, der Bursche tauge zu nichts, während er selbst seine gesamte Pension versoff.

Und weil sich seine Mutter immer so liebevoll um ihn kümmerte, immer etwas zu essen für ihn bereithielt und ihn mit Lob überschüttete, als könne sie damit die diesbezügliche Nachlässigkeit des Vaters aufwiegen, brachte es Ioan auch nie übers Herz, ihr reinen Wein einzuschenken. In Wahrheit war Ioan nämlich schon lange auf keiner Schulbank mehr gesessen. Er hatte auch niemals seinen Abschluss gemacht. Stattdessen lungerte er mit Freunden herum und schlug sich mit kleineren Gelegenheitsarbeiten durch. Das verdiente Geld gab er in Lokalen und Bars aus. Wenn er seiner Mutter gelegentlich etwas Kleingeld zusteckte, behauptete er, es von einem netten Lehrer erhalten zu haben, dem besonders an ihm liege.

Nach dem „Schulabschluss" machte Ioan sich auf die Suche nach einem richtigen Job, fand aber keinen. Die Mutter verstand nicht, wieso er es trotz erfolgreicher Schulkarriere nicht schaffen konnte, eine brauchbare Anstellung zu bekommen. Seine Mutter war aber nicht die Einzige, der Ioan etwas vormachte. Anfangs fast nur, um sich nicht in eventuelle Widersprüche zu verwickeln, erzählte er auch seinen Freunden, dass es ihm in der Schule gut erginge, und später, dass der Abschluss kein Problem gewesen sei. Und so, weil seine Mutter die Lüge glaubte, und sein sonstiges soziales Umfeld diese Lüge ebenfalls glaubte: irgendwann glaubte sogar Ioan fast daran. Er hatte sozusagen nicht nur ein Trugbild erschaffen, sondern war selbst darin eingezogen.

Nach Jahren der Aussichtslosigkeit, ohne Arbeit und ohne Einkommen, beschloss er, seine Heimat zu verlassen, um sein Glück woanders zu versuchen. Um den Schmerz seiner Mutter zu lindern, erfand er ein einträgliches Jobangebot aus Deutschland und fütterte damit ihren Stolz ebenso wie seine Lebenslüge.

So erzählten dann auch die Briefe, die seine Mutter anfangs noch regelmäßig aus Deutschland erhielt, wie gut es ihm ergehen würde. Tatsächlich hielt er sich mit Schwarzarbeiten und „richtigen", aber sehr kurzzeitigen Beschäftigungen gerade so über Wasser. Dann wechselte er nach Italien und verdingte sich dort ein paar Mal als Erntehelfer, etwas Fixes ergab sich aber wieder nicht. 2012 kam Ioan dann nach Österreich. Er war inzwischen Anfang dreißig geworden, und die vielen schweren Jahre hatten ihn längst bitter gemacht. Er war enttäuscht und müde von seinem Leben, das mehr ein „Durchkämpfen" als ein echtes Leben geworden war. Weil ihm niemand etwas geben mochte, hatte er es sich angewöhnt, sich alles selbst zu nehmen.

Das spiegelte auch seine Zeit in Österreich wider: Nach einem Jahr bekam er seine erste gerichtliche Vorstrafe, weil er einem Arbeitskollegen einen massiven Faustschlag ins Gesicht versetzt hatte und ihm so die Kieferhöhle linksseitig brach. Bedingte Haftstrafe aufgrund schwerer Körperverletzung. Ioan war auch Schwarzfahrer in den öffentlichen Verkehrsmitteln. Nachdem er viele Male vor den Kontrolleuren davongelaufen war – viele kannten ihn schon –, kam er irgendwann auf die Idee, das Entwertungsfeld der Wochentickets mit einer Wachsschicht zu überziehen, um es wiederholt stempeln zu können, was bald aufflog. Diesmal waren die Ausgangsbereiche aber von Kontrollorganen besetzt, und die Flucht misslang. Urkundenfälschung und versuchte Erschleichung einer Leistung hieß das im strafrechtlichen Sinne. Die nächste Verurteilung. Ein anderes Mal gefiel ihm ein Mädchen in der

Straßenbahn so gut, dass er an ihren Oberschenkel fasste – die nächste Verurteilung: sexuelle Belästigung, bedingte Haftstrafe auf Bewährung mit dreijähriger Probezeit. Im Urteil war zu lesen: Schüler mit Abschluss, zuletzt ohne Beruf. Bei der nächsten Verurteilung wegen Eingriffes in fremdes Jagd- und Fischereirecht erklärte ihm der Richter noch: „Seien Sie doch nicht so dumm. Sie haben eine Ausbildung! Sehen Sie zu, dass Sie Arbeit bekommen!"

Wie jedes Mal hatte Ioan ganz automatisch bei der Abfrage seiner personenbezogenen Daten angegeben, dass er zwölf Jahre lang die Schule besucht und mit Matura abgeschlossen hätte. Dies hatte sehr oft den Effekt, dass ihm ein gewisses Mitleid oder Verständnis entgegengebracht wurde. Kein Job trotz Schulabschluss? Schade!

Die Kellnerin in der Bar gefiel ihm. Ioan hatte schon lange kein Mädchen mehr geküsst. Und die heutige Nacht war zwar schon lang, aber noch lange nicht vorbei.

„Trinkst du einen Whiskey mit mir?", fragte er die Kellnerin.

„Nein, danke, mein Dienst ist gleich aus."

„Okay. Ich trink aber noch einen!", meinte Ioan und deutete auf sein Glas.

„Es gibt nichts mehr, außerdem hast du schon genug", gab die Kellnerin zurück. Ioan, der sich seit so vielen Jahren irgendwie durchschlug und jetzt plötzlich von dieser jungen Frau zu hören bekam, dass er dafür nicht mal einen Drink haben dürfe, wurde zornig. So zornig, dass er sein leeres Glas nahm und es an der Kellnerin vorbei in die Bar pfefferte, dabei wütend seine Rechte einforderte. Gleich neben ihm saß ein Pensionist, der sofort eingriff und Ioan zu beruhigen versuchte. Dass ihn jetzt auch noch ein alter Herr maßregeln wollte, machte Ioan aber nur noch wütender. Ihm wurde jetzt richtig heiß. Er zog ein Klappmesser aus der Innentasche seiner Jacke. Der Alte erstarrte für Sekunden, fasste sich aber schnell und wich ein paar Schritte zurück, während Ioan wie ein Unzurechnungsfähiger mit dem Messer vor ihm herumfuchtelte.

„Erni, ruf die Polizei! Und du, du beruhigst dich jetzt besser, aber schnell!"

Ioan schnaubte. Die Kellnerin, Erni, hatte schon das Telefon am Ohr, und er, Ioan, konnte sich selbst dabei zusehen, wie er mitten im Lokal stand und diesen alten Mann mit einem Messer bedrohte.

„Mach keinen Stress ... du willst sicher nicht zum Mörder werden", sagte der Alte.

Da hatte er recht. Ioan schüttelte den Kopf, steckte das Messer zurück in seine Jacke und ging. Als er den ersten Fuß ins Freie setzte und eben die Tür hinter sich zufallen lassen wollte, packte ihn aber jemand von hinten. Es war der alte Mann, sein Griff überraschend kräftig.

„Nein. Du bleibst hier. Wir warten gemeinsam auf die Polizei", sagte der Herr in völlig ruhigem Ton.

Ioan gab auf. Es reichte für heute.

„Ja ... klar", gab er resigniert zurück, immer noch ein wenig neben sich stehend. Und so warteten sie tatsächlich gemeinsam vor dem Lokal auf die Polizei. Ioan nutzte den Moment, als der Alte sich eine Zigarette anzündete, um sein Klappmesser zu entsorgen, und dann kam der Streifenwagen bereits angerollt.

Ioan ärgerte sich, dass er sich provozieren hatte lassen. Verdammt, wieder was mit Polizei und Gericht, hämmerte es in seinem Hirn, als die Beamten ihn übernahmen. Ioan dachte an die Kellnerin und spuckte verächtlich aus. Nur traf er damit leider genau den frisch geputzten Schuh eines der Beamten. Ein Wort ergab das nächste und es wurde wieder laut. Ioan schimpfte die Beamten gerade lauthals, als einer der Polizisten das zuvor weggeworfene Messer fand. Die Festnahme folgte auf dem Fuß, also auf den Fußspucker, sozusagen. Ioan merkte, dass es jetzt ernster wurde, und entschloss sich dazu, einen Komazustand infolge Alkoholkonsums vorzuspielen. Es gelang nicht wirklich.

Die Anklage lautete auf gefährliche Drohung. Ioan dachte bei sich, dass er sich da schon irgendwie herauswinden würde.

„Herr Angeklagter, seit wann sind Sie hier in Österreich?", fragte der Richter.

„Seit 2012."

„Seither haben Sie bereits einige Verurteilungen gesammelt, wie ich sehe."

Der Richter las ihm alle seine Vorstrafen vor und zitierte aus den Urteilen, die er offenbar herbeigeschafft hatte. Ja, dachte Ioan, ein paar Dummheiten. Bisher war er noch immer ohne gröbere Blessuren davongekommen. Bedingte Freiheitsstrafen, einmal eine Geldstrafe. Von der letzten Haftstrafe auf Bewährung war gottlob die Probezeit bereits um, Ioan musste also nicht befürchten, dass man ihm diese Freiheitsstrafe „aufmachen" könnte, wie man im Jargon sagte. Strafrechtlich korrekt hieß das „Widerruf der bedingten Strafnachsicht".

„Zwölf Jahre Schulbildung. Korrekt?"

„Ja!"

„Also Matura?"

„Ja, in Rumänien gemacht."

„Das erste Positive, was ich heute höre!", murmelte der Richter. „Und sonst? Haben Sie auch einen Beruf gelernt?"

„Nein, nur die Schule gemacht."

„Fein. Und dann?"

„Nichts ... Gelegenheitsarbeiten, dann nach Österreich gekommen, hier nach Arbeit gesucht, aber lange nichts Fixes gefunden."

„Außer Blödheiten!"

„Ja, es waren Blödheiten, da haben Sie natürlich recht. Aber alles aus Frust, trotz Schulausbildung keine Arbeit und so ..." Ioan bediente sich der Argumente, die bisher immer gefruchtet hatten. „Es ist halt sehr schwer, als Maturant etwas zu finden, wenn man sonst nichts hat", meinte er.

„Nur mit der Matura finden Sie hier sicher nicht so leicht einen Job, das glaube ich Ihnen aufs Wort", warf der Staatsanwalt ein.

„Ja. Ich arbeite aber jetzt beim Arbeitsmarktservice."

„Sie arbeiten beim AMS?", fragte der Richter nach.

„Ja."

„Als Maturant?", brachte sich nochmals der Staatsanwalt ein. „Da haben Sie ja dann gar keine so schlechte Position."

„Eh nicht, mir geht's gut!"

„Was verdienen Sie da?"

„So um die 960 Euro."

„Als Maturant ...?", wiederholte jetzt der Vorsitzende.

„Ja, es ist gut. Ich kann davon leben."

Der Blick des Richters veränderte sich ein wenig. Dann sagte er: „Okay, Sie arbeiten also beim AMS – aber als was, was tun Sie dort?"

„Nichts Besonderes. Ich arbeite eben dort."

Ein kleines Hin und Her entstand, im Laufe dessen der Richter immer mehr Zweifel an Ioans AMS-Geschichte entwickelte.

„Ich kaufe Ihnen das nicht ab! Sie arbeiten nicht beim AMS, das ist eine Geschichte. Vielleicht sind Sie dort *gemeldet*, aber arbeiten tun Sie dort nicht", beschloss der Richter die Diskussion. Ioan merkte, dass das alles in eine komplett falsche Richtung ging.

„Egal, lassen wir das. Zusammenfassend: Sie haben Matura und sind arbeitssuchend", sagte der Richter.

Ioan musste unweigerlich an seine Mutter denken, wie sie ihm durchs Haar fuhr. Er hörte ihre Worte. „Der Bub ist brav und tüchtig, es wird etwas aus ihm, Papa, es wird was aus ihm!" War es wirklich möglich, dass das schon so lange her war?

„Der Lehrsatz des Pythagoras?" Die Worte des Richters rissen ihn aus seinen Gedanken.

„Bitte?", entgegnete Ioan überrumpelt.

„Der Lehrsatz des Pythagoras, wie lautet der?"

Ioan hatte keine Ahnung, was das sein sollte.

„Kenne ich nicht", antwortete er in der Hoffnung, keine weiteren Fragen mehr zu bekommen. Er verstand nicht, worum es gerade ging.

„Sie kennen den Lehrsatz des Pythagoras nicht?", fragte der Richter jetzt schärfer. „Das lernen Sie in Mathematik."

„In Mathematik war ich nicht gut!"

„‚Pi' wird Ihnen dann auch nichts sagen, oder?"

„Nein, weiß ich nicht, habe ich schon vergessen … ich weiß nicht, wer das ist."

„Ein Ohm? Was ist ein Ohm?", wollte der Richter dann wissen.

Jetzt mischte sich der Dolmetscher ein und klärte den Richter auf, dass „Om" im Rumänischen „Mann" bedeute, das also für den Angeklagten verwirrend sein könnte. Nach wenigen Sätzen war aber klar, dass Ioan mit einem „Ohm", der Maßeinheit, genauso wenig anfangen konnte wie mit Pythagoras.

„Alles klar; die Hauptstadt von Österreich? Damit wir auch Geografie streifen!"

„Kann ich jetzt nicht sagen."

„Großartig. Sie sind nach eigenen Angaben seit 2012 in Österreich, einem Land, von dem Sie nach all den Jahren nicht einmal die Hauptstadt kennen, haben einige Vorstrafen, sind ohne Arbeit und sitzen in Nachtlokalen herum, wo Sie das bisschen Geld vertrinken und sich auch gleich die nächste Vorstrafe einhandeln. Da muss man wirklich gratulieren, Sie sind auf dem Weg in eine hervorragende Zukunft!"

Ioan, der immer noch ein bisschen die kümmernde Stimme seiner Mutter im Kopf hatte, musste dem Vorsitzenden innerlich recht geben. Ja. Es stimmte alles. Er versoff wie sein Vater das bisschen Geld, das er hatte, in düsteren Spelunken, traf auf Leute, die er gar nicht kannte oder mochte, spuckte Polizisten auf die Schuhe und verlor grundlos die Nerven. Was würde seine Mutter wohl dazu zu sagen haben? Würde sie immer noch nachsichtig seinen Kopf tätscheln? Nachdem er sie zwei Jahrzehnte lang angelogen hatte? Und es war ja nicht nur sie – sogar sich selbst hatte er angelogen. Auch das seit sehr langer Zeit. Hatte sich etwas vorgemacht. Er hatte sich sich selbst vorgemacht … Die paar harschen Worte des Richters enthielten mehr Wahres über Ioan, als er sich selbst gegenüber je zugegeben hatte. „Wenigstens hast du die Schule fertiggemacht", hörte er seine Mutter sagen, „ich bin stolz auf dich!" Aber zum ersten Mal in seinem Leben klang diese Stimme bedrohlich. Bedrohlich wie das Verfahren, dessen Zentrum er im Moment war. Diesmal konnte er sich nicht herausreden, das wurde immer klarer.

„Ich habe kein Messer gehabt, ich habe nichts gemacht!", sagte er ein wenig später zu einem Vorwurf des Richters, aber der ließ nicht locker und bohrte immer weiter. Im Anschluss daran wurden noch der Alte aus dem Lokal und die Polizeibeamten, die Ioan dort abgeholt hatten, als Zeugen vorgeladen. In Ioans Kopf geisterte immer noch seine Mutter umher. Er hatte ihr schon lange nicht mehr geschrieben. Lebte sie überhaupt noch? Was war mit seinem Vater? Saß er noch an der Schnapsflasche oder hatte er sich bereits ins Nirwana gesoffen? Ioan erschauderte. Aber nicht wegen der Urteilsverkündung, sondern aufgrund dieser Gedanken.

Gefängnis. Freiheitsstrafe. Unbedingt, für einige Monate. Die Worte des Richters klangen fern und unwirklich. Diesmal war Ioan nicht davongekommen. Das erste Mal, dass er eine unbedingte Haftstrafe ausfasste. Sie würden ihn einsperren. Diesmal tatsächlich.

„Damit Sie sich beruhigen, sonst erstechen Sie demnächst wirklich noch jemanden!", meinte der Richter. Diesen Satz hörte Ioan wieder klar und deutlich, obwohl er im Geiste immer noch halb bei seinen Eltern war. Seine Mutter sagte ihm gerade, dass er ja in Österreich ein Studium beginnen könne.

„Übrigens", setzte der Richter noch hinzu, „von Ihrem angeblichen Schulabschluss glaube ich kein Wort."

„Der Bub ist brav", sagte die Mutter. „Der hat sein ganzes Leben noch vor sich."

Gerhard und Dietmar
Die letzten Herbsttage

Gerhard stellte sein Fahrrad ab und setzte sich zu Dietmar auf die Bank. Es war ein ruhiger Herbsttag, die Blätter im Stadtpark verfärbten sich bereits. Das ehemals satte Grün wich langsam gelben, roten und goldbraunen Tönen. Die Sonne hatte noch Kraft und wärmte die Haut, der Park war gut besucht. Spielende Kinder tummelten sich zwischen den Spaziergängern. Die Menschen genossen die vielleicht letzten warmen Tage des Jahres.

„Sie ist wieder mit diesem Typen zusammen", sagte Gerhard unvermittelt. Dietmar verstand, wovon die Rede war, gab aber keine Antwort. Gut gemeinte Ratschläge waren hier ganz unbrauchbar. Auch Gerhard sagte nichts weiter. Sie redeten seit Monaten über dieses Thema und immer, wenn Gerhard es ansprach, wusste Dietmar nicht, wie er seinem Freund helfen könnte. Hundert Mal hatte er ihm geantwortet, dass es am besten sei, diese Frau zu vergessen. Das war leicht gesagt, aber unrealistisch. Man funktionierte nicht so, zog nicht einen logischen Schluss und empfand danach. Es dauerte lange, bis eine Erkenntnis in die Tiefe einer Seele sickern konnte.

„Du weißt, dass ich dir in dieser Sache nicht helfen kann, oder?", sagte Dietmar nach einem längeren Schweigen. „Schau mich an. Ich bin das beste Beispiel dafür, wie man es nicht macht." Dietmar lächelte, aber sogar in diesem Lächeln lag eine gewisse Schwermut, die Gerhards Gefühle eher spiegelte als sie zu zerstreuen.

Sie blieben wortlos sitzen und beobachteten, wie der Sommer seine sieben Sachen zusammenpackte und sich mit Riesenschritten auf den Weg machte. Längst schon hatte er ihnen den Rücken zugekehrt. Bald würde die jetzt noch in allen Farben blutende Natur erkalten und mit Eis zuwachsen.

Eines Abends stand Dietmar vor dem Hochhaus, in dem Gerhard wohnte, um ihn abzuholen. Er läutete an der Gegensprechanlage.

„Ich bin da. Kommst du?", fragte Dietmar.

„Ja, gleich!", antwortete die Stimme im Lautsprecher. Es knackte, als Gerhard auflegte. Ein paar Augenblicke später ging die Haupteingangstür auf und er trat in den kühlen Abend hinaus.

„Wow. Nicht schlecht", meinte Dietmar, als er ihn musterte. Gerhard trug ein Sakko und ein weißes Hemd, hatte die Haare nach hinten gekämmt, als ginge er auf einen Ball.

Gerhard lächelte. „Die Krawatte hab' ich mir gespart. So festlich ist der Anlass auch wieder nicht … deine Aufmachung ist aber auch nicht schlecht!"

Dietmar hatte ebenfalls ein weißes Hemd angelegt – ein Zufall, sie hatten es zuvor nicht abgesprochen – und stand in feinen Schuhen. Die schwarzen Jeans passten nicht perfekt dazu. Alles in allem war aber auch er sehr adrett gekleidet. „Ist ja auch ein besonderer Tag", meinte er, „sogar das Auto hab' ich gewaschen."

„Alle Achtung!"

Sie mussten lachen. Gerade heute legte Dietmar zum ersten Mal Wert darauf, wie sein Auto aussah. Auf dem Parkplatz löste der Anblick des Wagens einen Anflug von Melancholie in Gerhard aus. Unzählige Stunden hatten die beiden gemeinsam in diesem Fahrzeug verbracht. Sie pflegten schon lange eine enge Beziehung zueinander, so eng, dass manche ihrer Bekannten sogar schon angenommen hatten, sie wären ein Paar. So war es aber nicht, auch wenn die beiden Studenten immer füreinander da waren und gemeinsam durch dick und dünn gingen.

„Eigentlich ein schönes Auto", meinte Gerhard, als er sich auf den Beifahrersitz des VW Golf setzte. „Ich kann mich noch erinnern, wie wir damals in Südfrankreich gefürchtet haben, der Wagen gibt den Geist auf. War ein ganz schöner Spaß, oder?"

„Was heißt ‚ein ganz schöner Spaß'? In meinen Augen war das die beste Reise, die ich jemals unternommen hab'. Ich habe heute auch schon daran gedacht. Apropos: Ich hab' uns extra einen edlen Tropfen mitgebracht, damit wir auch auf die heutige Reise gebührend anstoßen können." Er beugte sich hinunter und kramte eine Flasche Rotwein unter dem Fahrersitz hervor. „Das gehört schon dazu, oder?"

„Freilich!", gab Gerhard zurück. Bisher war er sehr aufgeregt gewesen, jetzt beruhigte er sich aber langsam.

„Wir können uns das immer noch überlegen", sagte Dietmar plötzlich unvermittelt und sah seinen Freund an.

„Da gibt's nichts mehr zu überlegen!", antwortete Gerhard, nahm einen kräftigen Zug aus der Flasche und hielt sie Dietmar hin.

„Auf uns!"

Auch Dietmar nahm einen tiefen Schluck. „Auf uns!"

Als der Streifenwagen der Polizei sich der Unfallstelle näherte, waren Rettung und Feuerwehr schon dort. Die Blaulichter der bereits anwesenden Einsatzfahrzeuge wirkten wie aufeinander abgestimmt und kreiselten seltsam synchron durch die Nacht. Das Lichtsignal der Polizei passte rhythmisch nicht dazu und verwandelte das ruhig wirkende Zusammenspiel der Blaulichter in ein hektisches Geflacker. Hektik herrschte auch um das Unfall-Fahrzeug, das sich in die Friedhofsmauer gebohrt hatte. Die Fahrer- und Beifahrertüren standen offen wie leere Augenhöhlen. Ein Notarzt beugte sich eben ins Innere des Fahrzeuges, dessen Front an eine Ziehharmonika erinnerte. Rettungsleute hielten Infusionsflaschen in die blau flackernde Luft. Die Feuerwehr arbeitete auf der anderen Seite des Fahrzeuges mit schwerem Gerät verbissen daran, die Insassen besser zugänglich zu machen. Zwischen den Mauersteinen und dem zerdrückten Blech stieg ein wenig Wasserdampf auf. Ein einsamer, zerschlagener, aber noch immer brennender Scheinwerfer verstrahlte sein Licht in die dunkle Nacht.

Der Richter rief die Strafsache auf, aber vorerst schien dem Aufruf niemand zu folgen. Erst nach einer guten halben Minute hörte man, wie jemand versuchte, die Saaltür von außen zu öffnen. Die Tür ging einen Spalt auf, fiel wieder zurück ins Schloss, dann nochmals. Nach einigen Versuchen erschien der Angeklagte und holperte mit seinem Rollstuhl umständlich über den Türanschlag.

„Sind S' bitte so gut, helfen Sie ihm", sagte der Richter zu seinem Rechtspraktikanten, der sofort aufsprang, zur Türe eilte und diese aufhielt, damit der Angeklagte in den Raum fahren konnte. Er rollte bis vor den Richtertisch. Ein ganz junger, hagerer Bursche in einem schwarzen Rollstuhl.

„Sie heißen Dietmar?"

„Ja." Seine ohnehin leise Stimme flatterte so heftig, dass der Richter es schon bei diesem ersten Wort registrierte. Er las Dietmars Daten vor, von seinem Geburtsdatum über die Schulbildung bis hin zu seinem Studium. Als er damit fertig war, atmete er durch und sah den Angeklagten an.

„Ich brauche Sie nicht zu fragen, ob Sie wissen, worum es geht, oder?"

„Nein."

„Okay … Eigentlich müsste ich Sie gar nichts fragen. Der Sachverhalt ist mir schon aus dem Akt ziemlich klar, obwohl Sie bei der Polizei nicht viel gesagt haben."

Der junge Mann im Rollstuhl antwortete nicht. Er saß mit hängendem Kopf und Schultern in seinem schwarzen Rollstuhl, den Rücken nach vorne gekrümmt. Seine Hände zitterten. Er war sehr blass. Der ganze Raum war von einer gespenstischen Ruhe durchwirkt. Der Vorsitzende versuchte, Blickkontakt aufzunehmen, sein Gegenüber wich ihm aber aus. Erst als sie gefühlte Minuten lang so verblieben waren, schaffte der Angeklagte es, dem Richter in die Augen zu schauen. Dietmars Augen waren leer.

„Ist es so, wie ich vermute?", fragte der Richter dann plötzlich.

Der Gefragte senkte den Blick. Ein leises Ja.

„Warum?"

„Es macht keinen Sinn. Deshalb."

„Der Sinn ist oft unklar, oder?"

„Ja."

„Aber oft wirken Dinge sinnlos, ohne dass sie es eigentlich sind …"

„Ich weiß."

„Haben Sie jemals darüber nachgedacht? Gemeinsam, meine ich."

„Ja, haben wir."

„Und? Das Ergebnis?"

„Dass es wirklich sinnlos ist."

„Und deshalb dann …?"

„Ja."

„Und warum hat …"

Der Richter schluckte den Rest der Frage gerade noch rechtzeitig. Er sah, wie anfangs noch verhalten erste Tränen das Gesicht des Angeklagten netzten. Dann begann er bitterlich zu weinen. Einige lange Minuten vergingen. Was sollte man in so einer Situation schon sagen?

„Das ist aber auch keine Lösung, Sie wissen das genau, oder?", fragte der Richter in mildem Ton, nachdem Dietmar sich ein wenig gefangen hatte.

„Ja, das sagt mir mein Therapeut auch immer wieder."

„Und, haben Sie Ihren Plan aufgegeben?"

„Ja … obwohl …"

„Alles keinen Sinn hat?", vervollständigte der Vorsitzende.

„Ja.“

„Aber vielleicht hat es einen Sinn gehabt, dass Sie überlebt haben.“

„Ich sehe keinen.“

„Vielleicht, damit sich jemand um das Grab Ihres Freundes kümmern kann? Vielleicht; wer weiß das schon …“

Dietmar begann wieder leise zu weinen.

„Das, was die Polizei da schreibt und wovon auch die Staatsanwaltschaft ausgeht, stimmt aber nicht, oder?“ Die Polizei ging von einem Unfall nach Alkoholkonsum aus, für den Richter stellte sich der Sachverhalt aber anders dar. Scheinbar lag er damit richtig.

„Nein“, gab der Angeklagte erwartungsgemäß zurück.

„Habe ich mir gleich gedacht … Das, was jetzt vor Ihnen liegt, wird sehr schwer, aber da müssen Sie durch.“

„Ich stehe dazu.“ Dietmar unterdrückte seine Tränen und richtete sich auf, soweit der Rollstuhl das erlaubte. „Ich bin schuld. Und ich übernehme auch die volle Verantwortung.“

„Okay. Sie können sich vielleicht denken, dass eine bestimmte Sache noch genau zu klären ist?“

„Nein, was denn?“

„Ob es sich um eine Tötung auf Verlangen oder um eine Mitwirkung am Selbstmord handelt. Am Rande wird zu klären sein, ob Sie überhaupt zurechnungsfähig waren, als es passiert ist.“

Der Rollstuhlfahrer blickte den Richter an, als der weitersprach.

„Also: Sie waren der Fahrer des VW Golf, der Ihnen auch gehört. Sie wollten sich gemeinsam mit Ihrem Freund, dem Herrn Gerhard, an diesem Tage das Leben nehmen. Und damit es auch wirklich klappt, hatten Sie sich reißfeste Plastikbänder jeweils um den Hals und die Kopfstützen geschlungen, die Ihnen beim Aufprall wohl das Genick brechen sollten. Die Polizei mag die vielleicht übersehen oder nicht richtig interpretiert haben, aber auf den Fotos sieht man sie. Ich habe in dieser Sache auch schon mit unserer Gerichtsmedizinerin gesprochen … Und das ist auch der Grund dafür, dass man bis hin zur Friedhofsmauer keine Bremsspuren finden konnte. Sie sind nicht einfach in der Linkskurve davor geradeaus weitergefahren, sondern haben direkt auf die Mauer zugelenkt, oder?"

Dietmar senkte seinen Blick wieder. Er blieb stumm.

„Sie selbst haben aber überlebt …"

Der Gefragte hob den Kopf: „Ich hatte den Sicherheitsgurt angelegt. Gerhard nicht."

„Aus Gewohnheit …", sagte der Richter leise. Es war keine Frage, sondern eine Feststellung.

„Aus Gewohnheit", wiederholte Dietmar.

Alex
Heiße Liebe und Nichtrauchermasken

Alex wirkte, als ob er aus seinem Anzug eigentlich schon längst herausgewachsen war. Er war stämmig und muskulös, das Hemd in strahlendem Weiß, sogar eine Krawatte hatte er um seinen Stiernacken gebunden. Selten, dass Angeklagte so gestriegelt vor das Gericht traten.

Ebenso weiß wie sein Hemd war die Corona-bedingte Atemschutzmaske auf seinem Gesicht. Er ging zügig durch den Verhandlungssaal und nahm auf der Anklagebank Platz. Als der Verhandlungsrichter die personenbezogenen Daten durchging, bestätigte Alex diese jeweils laut und deutlich mit einem fast schon gebellten „Jawohl!" Die Intonierung war für den Richter nichts Ungewöhnliches.

„Sind Sie Reservist beim Bundesheer?"

„Nein."

„Wirklich? Ich hatte mir nur gedacht, weil Sie immer so knackig mit ‚Jawohl' bestätigen ..."

„Jawohl!"

„Ein einfaches Ja würde nämlich völlig ausreichen ..."

„Jawohl!"

„Sie können auch die Maske abnehmen. Wir haben hier im Saal sowieso größere Abstände, dazu kommen noch die Plexiglasscheiben, außerdem habe ich hier sogar ein Messgerät für die Luftbelastung."

„Jawohl!" Der Angeklagte nahm seine Maske ab und legte sie vor sich auf den Tisch. Dabei fiel auf, dass seine Maske seitlich beschriftet war. Außergewöhnlich war das nicht, weckte die Neugier aber dennoch.

„Was steht auf Ihrer Maske geschrieben, wenn ich fragen darf?"

„ILD'. Habe ich selbst draufgeschrieben."

„Was heißt es?"

„Ist eine Abkürzung."

„ILD … Das kenne ich! Ein Serienmörder hat das mal auf einen Zettel geschrieben verschickt", antwortete der Richter.

„Sie müssen entschuldigen, ich habe die falsche Maske mit. Die hier trage ich eigentlich nur zu Hause, aber in der Aufregung vor der Verhandlung habe ich die falsche erwischt."

„Verstehe. Und wem gilt die Aufschrift dann?"

„Meiner Frau."

„Ihrer Frau? Sie haben gerade noch bestätigt, dass Sie nicht verheiratet sind …"

„Jawohl, das ist richtig. Ich nenne sie eben meine Frau, obwohl sie es eigentlich nicht ist."

„Sie meinen Ihre Lebensgefährtin?"

„Jawohl. Sie ist meine Frau, sozusagen."

„Sind Sie noch zusammen?"

„Jawohl, wir haben uns schon wieder versöhnt."

„Und was sagen Sie zur Anklage wegen versuchter schwerer Körperverletzung?"

„Voll schuldig, jawohl. Ich habe mit meinem Verteidiger gesprochen, der hat erst gemeint, so einen Tatbestand gibt es rechtlich gar nicht, aber dann hat er seine Meinung geändert."

Der Staatsanwalt blickte auf: „Das ist richtig, diese Definition ist neu. Vorher gab es nur die ‚versuchte absichtliche schwere Körperverletzung'."

Angeklagter: „Jawohl, hat mein Anwalt auch gesagt."

„Lassen Sie bitte das dauernde ‚Jawohl'. Wir sind nicht beim Bundesheer."

„Jawohl."

„Na gut. Also: Sie sagen, Sie fühlen sich voll schuldig. Wie konnte es bitte dazu kommen?"

„Das ist schnell erklärt. Wir wohnen in einer kleinen Wohnung, Sie können sie sich gerne anschauen. Nett, aber sehr klein. Und der Balkon ist noch kleiner, außerdem sieht man von dort zu den Nachbarn rüber, und das sind richtige Asoziale. Solche Nachbarn wünsche ich niemandem! Die sind vollkommen gestört. Und die, die über uns wohnen, sind auch nicht ganz dicht."

„Sie meinen, da rinnt Wasser runter?", fragte der Richter bewusst naiv, um die Wortwahl des Angeklagten vielleicht ein bisschen einzubremsen.

„Nein, so meine ich das nicht. Ich möchte sagen, dass die auch spinnen … wobei, einmal ist ihnen sogar die Badewanne übergegangen."

Sinn für Ironie schien Alex nicht zu haben.

„Zurück zum Thema …", wies ihn der Richter an.

„Jawohl! Also, wir sind die ganze Zeit über in unserer kleinen Wohnung eingepfercht und deshalb haben wir ein wenig Stress gehabt. Sie wissen schon, wegen Corona und so. Die eigentliche Katastrophe ist ja, dass man in kein Lokal mehr gehen kann. Wir hocken also die ganze Zeit zu Hause. Ich arbeite ja nichts mehr, wie Sie wissen, und meine Frau auch nicht. Und so sind wir halt jeden Tag zusammen. Von früh bis spät. Dazu sollte ich noch sagen, dass meine Frau raucht und ich das schon vor zwei Jahren aufgegeben habe. Jetzt kann sie aber zum Rauchen nicht auf den Balkon gehen, weil, wie gesagt, unsere Nachbarn Idioten sind. Also raucht sie im Wohnzimmer. Und seit Neuestem raucht sie sogar in der Küche. Beim Kochen! Ein Streit ist da ja praktisch vorprogrammiert, das ist aber nicht nur meine Schuld. Würden Sie es zulassen, dass Ihre Frau beim Kochen raucht?"

„Ich?", fragte der Richter. „Mich brauchen Sie dazu nicht fragen, ich bin militanter Nichtraucher … das spielt aber jetzt keine Rolle!"

„Oh doch, sehr wohl! Sie verstehen das dann ja viel besser. Was sagen Sie dazu, Herr Staatsanwalt?", wollte der Angeklagte wissen.

„Was ich davon halte, ist auch unwichtig", gab der zurück.

„Sie müssen mich aber doch auch verstehen können!", warf nochmals der Angeklagte ein.

„Herr Angeklagter", unterbrach der Richter, „ich verstehe durchaus, dass Sie vielleicht zornig werden, oder dass es dann deswegen einen Streit geben kann. Aber bei allem Verständnis – was Sie mit Ihrer Frau gemacht haben, kann auch bei bestem Willen sicher niemand verstehen!"

„Jawohl, da haben Sie vollkommen recht. Aber es kam laufend zu Schwierigkeiten, und die ersten Handgreiflichkeiten kamen von ihr! Als ich einmal ihre Zigarette auf den Balkon rausgeschmissen habe, hat sie mich geohrfeigt! Und ein anderes Mal wollte sie den Fernseher auf den Boden werfen, ich habe ihn Gott sei Dank noch auffangen können."

„Gott sei Dank also, dass dem Fernseher nichts passiert ist?", fuhr der Richter dazwischen.

„Jawohl, Gott sei Dank ist nicht mehr passiert!"

„Ihnen ist schon klar, wie das mit Ihrer Frau ausgehen hätte können?"

„Ja, sicher, nur habe ich gar nicht so weit gedacht … im ersten Moment war das ja noch lustig!"

„Wie? Nichts daran ist lustig!", betonte der Richter mit Nachdruck.

„Eh nicht, aber ihr Blick, als ich sie mit dem Brennspiritus angeschüttet habe … den hätten Sie sehen müssen."

„Und dann?"

„Ich habe ihr gesagt, dass ich sie anzünden würde, wenn sie keine Ruhe gibt. Aber das habe ich doch nicht ernst gemeint."

„Und warum kam es dann trotzdem dazu?"

„Weil sie mir wiederholt gesagt hat, dass ich ein Feigling sei und mich das eh nicht trauen würde. Ausgelacht hat sie mich!"

Sein Kopfschütteln konnte der Richter unmöglich unterdrücken. „Und, weiter?"

„Na ja … ich habe das Feuerzeug angeworfen und bin ihr damit in die Haare gefahren …"

„Den Rest kennen wir!" Der Richter blickte den Angeklagten scharf an. „Man könnte sogar auf die Idee kommen, dass Sie sie umbringen wollten, Herr Angeklagter!"

„Jawohl, das hat mein Verteidiger auch schon gesagt. Aber das wollte ich doch nicht. Ich bitte Sie, ich wollte ihr eine kleine Abreibung verpassen, mehr nicht!"

„Statt für den Fernseher sollten Sie Gott lieber dafür danken, dass das Feuer gleich wieder ausgegangen ist und nur kleine Teile der Haut und ihren Pullover erwischt hat."

„Darüber bin ich auch wirklich froh." Alex verkümmerte auf der Anklagebank zusehends.

„Die Staatsanwaltschaft glaubt ihm das", warf der Ankläger ein.

„Und was bedeutet dann die Nachricht auf der Maske?", wollte der Richter abschließend noch wissen.

„Die trage ich zu Hause immer, wenn sie raucht. ‚ILD' soll ‚Ich liebe dich' heißen. Ich habe es draufgeschrieben, damit sie es sieht. Das Reden ist mit der Maske ja ziemlich anstrengend. Scheiß Corona."

„Wie lange tragen Sie die Maske durchschnittlich?", fragte der öffentliche Ankläger.

„Eigentlich … na ja, fast den ganzen Tag. Sie raucht eine nach der anderen."

„Noch Fragen?"

Keine Fragen. Wenigstens keine, die relevant waren, oder auf die es eine befriedigende Antwort hätte geben können.

Eva und Egon
Der beste Autoverkäufer aller Zeiten

Egon kam in den Besucherraum und nahm gegenüber von seiner Lebensgefährtin Platz. Die Glasscheibe zwischen ihnen war frisch geputzt. Er nahm den Hörer ab.

„Schön, dass du gleich gekommen bist", sagte er mit einem breiten Grinsen. Es gab gute Neuigkeiten.

„Was gibt es denn so Dringendes?" Eva verlor keine Zeit.

„Ich komme nächste Woche raus, auf Freigang. Das mit dem Werner hat geklappt!", erklärte er überschwänglich. „Er stellt mich wirklich ein! Das heißt, ich kann dann tagsüber in seinem Büro arbeiten. Was sagst du dazu?"

Evas Blick klärte sich sofort auf: „Das ist ja großartig! Damit habe ich gar nicht gerechnet!"

„Es kommt noch besser: Wenn ich mich gut führe, muss ich sogar nachts nicht immer zurück. Für das Wochenende hat mir der Stockkommandant den Freigang schon erlaubt. Vielleicht kann ich also sogar an den Wochenenden ab und zu bei dir sein!"

„Wirklich?! Das ist ja super! Die besten Nachrichten seit Langem!"

„Jap. Und ich habe auch schon meine Beziehungen spielen lassen, wir kommen wieder ins Geschäft. Ein bisschen Geld brauch' ich noch, dann läuft der Laden wieder!"

Diese Neuigkeit rief nicht die erwartete Freude auf Evas Gesicht. Ihr Ton wurde ein wenig skeptisch. „Bist du sicher?"

„Hundertprozentig! Den ersten Kunden habe ich schon. Wenn das klappt, kriege ich zig neue dazu. Vertrau' mir", betonte der Häftling eindringlich.

„Ich habe dir immer vertraut ... jetzt reden wir aber schon seit drei Jahren durch eine Glasscheibe miteinander ..."

„Pech", sagte Egon. „Wenn der eine Idiot mich nicht angezeigt hätte, wäre nie was passiert."

„Du hättest ihm auch einfach das Geld geben können."

„Dann wären alle Reserven weg gewesen. Und gerade, weil ich die jetzt noch habe, kann ich wieder anfangen. Glaub mir, das funktioniert! Mein Plan ist todsicher."

Alles kam, wie Egon angekündigt hatte. Er durfte tagsüber arbeiten gehen. Ein Bürojob bei seinem Bekannten Werner, der in der Versicherungsbranche tätig war. Abends rückte Egon brav in die Haftanstalt ein, wo er mittlerweile als Musterhäftling galt. Egon war ausgesprochen zuvorkommend, hatte gute Umgangsformen, eckte nie an. Kurz: Er schien auf dem besten Wege der Resozialisierung zu sein. Mit Gewalt oder dergleichen hatte er ohnehin nie etwas am Hut gehabt.

Eines Abends brachte ein Beamter das Essen zu Egon in die Zelle. Sie kannten einander schon seit zwei Jahren.

„Ich war schon auf Freigang!", sagte Egon stolz zu ihm.

„Weiß ich. Alles klar?", antwortete der Beamte.

„Bestens! Ich habe im Büro auch schon mit dem Lieferanten gesprochen, das haut hin. Ich kriege das Modell, den Preis weiß ich morgen", antwortete Egon.

„Ehrlich? Das wäre echt super. Bin gespannt, ob es wirklich so günstig wird."

„Bestimmt. Auf mich ist Verlass!"

Weil es nie irgendwelche Probleme gab, durfte Egon bald auch immer wieder mal über das Wochenende aus der Haftanstalt. Alles traf genau so ein, wie er es Eva angekündigt hatte. Die Kunden meldeten sich zuhauf bei ihm. Mundpropaganda war die beste Werbung. War Egon anfangs noch stundenlang unbeschäftigt im Büro gesessen, reichten die acht Stunden am Tag inzwischen schon gar nicht mehr aus, um alle Anfragen abzuhandeln.

Das sagte er auch Eva. Außerdem hatte er eine kleine Überraschung für sie.

„Wir fahren übers Wochenende nach Kitzbühel! Siehst du? Alles läuft, wie ich es gesagt habe! Du musst mir aber zuvor noch ein Fahrzeug abholen. Der Händler erwartet dich um zwölf, dann kommst du gleich her und holst mich ab, okay? Zieh was Schönes an."

Ganz Kitzbühel war an diesem Wochenende auf den Beinen. Das berühmte Hahnenkammrennen stand auf dem Programm. Ein tiefblauer Himmel begrüßte die Besucher, der Schnee blitzte in den Sonnenstrahlen weiß von den Bergen. Der ganze Ort pulsierte mit Leben. Die Crème de la Crème des internationalen Skisports war da und auch allerlei Prominente. Alles, was Rang und Namen hatte, wollte sich an diesen Tagen sehen lassen.

Egon und Eva hatten diverse VIP-Karten eingesteckt und gingen von einem Partyevent zum nächsten. Egon mit seiner gefälschten Rolex am Handgelenk, Eva mit (echter) Perlenkette und allerhand weiterem Schmuck (weniger echt). Man stand in Fellmänteln und Moonboots an den Bars, stärkte sich mit Champagner und Kaviar, warf mit Geld um sich und war mit Leuten auf Du und Du, die man noch nie in seinem Leben gesehen hatte.

„Und du bischt der Egon?", fragte ein tiefgebräunter Tiroler im Skilehreroutfit an einem Partytisch. Im Zelt regierten flirrende Farben, ob der vielen Besucher stand man mittlerweile fast Rücken an Rücken. Das Publikum war in ausgelassener Stimmung und schrie mit der Musik um die Wette.

„Genau!", rief Egon, um die Musik zu übertönen, erhob sein Champagnerglas und wies den Kellner an, dass der noch eine Magnumflasche bringen solle. Dabei steckte er ihm einen Zwanzig-Euro-Schein zu.

„Mein Kumpel hat gesagt, du hast ihm einen astreinen RS6 günstig besorgt", setzte der Skilehrer fort.

„Wenn du Interesse hast, musst du dich nur melden", entgegnete Egon. „Ich kann alles Mögliche besorgen. Hab gerade erst einem steirischen Arzt einen Enzo verkauft, der freut sich wie ein Nackter über die Wäsche. 911er hab' ich auch im Angebot. Es gibt fast nichts, was ich dir nicht beschaffen kann. Zu einem konkurrenzlosen Preis, versteht sich."

„Hab' ich schon gehört", meinte der andere. „Ein 911er wäre natürlich klasse, aber meine Alte möchte lieber einen

Kombi. Wenn schon Kombi, dann aber wenigstens was Scharfes, würde ich sagen, oder? Muss die ja nicht wissen, was er unter der Haube hat." Der Skilehrer lächelte Eva an.

„Ab und zu sieht man aber gleich, was drinsteckt", lächelte diese zurück.

„Warum nicht? Bei dir sieht man ja auch gleich, was drinnen ist", meinte der Skilehrer und blickte unverblümt in Evas Dekolleté. Sie rückte ein wenig näher an ihn heran und senkte ihre Stimme.

„Und du bist ein echter Kitzbüheler Skilehrer? Der einer jeden zeigen kann, wie es geht?"

„Dir zeig' ich gerne, wie es geht", antwortete dieser, leise genug, dass sie es gerade noch hören konnte, und zwinkerte ihr zu. Sie erwiderte das Zwinkern.

Egon bekam davon nicht viel mit. Er war bereits im Gespräch mit einem anderen, der ihm gerade erklärte, dass nicht der Skilehrer, sondern dessen Frau diejenige sei, von der das Geld käme.

„Eine Zahnärztin. Die holt sich das Gold aus den Zähnen der Prominenten, hat mächtig Kohle. Sie wollte mal das Schloss Lehenberg kaufen, bevor die Hotelkette zugeschlagen hat."

„Echt? Nicht schlecht! Wir sind dort untergebracht – Gott sei Dank mit Blick nach Kitz und nicht in den Wald", grinste Egon. Er war in seinem Element. Endlich kam die bestellte Magnumflasche an den Tisch, deren Bezahlung nun der Skilehrer übernahm.

„Dann geht die nächste auf mich!", prostete Egon in die Runde. Unter dem Tisch fasste er nach Eva und schob sie unauffällig zu dem Skilehrer.

Um Egons Tisch gesellten sich mittlerweile weitere Einheimische, auch ein bekannter Ex-Skistar stand dabei.

„Treff' ich dich endlich", meinte der frühere Rennläufer zu Egon. „Mein Freund sagt mir, du hast günstige Wagen im Angebot?"

„Immer! Und für einen wie dich sowieso nur zum besten Preis!", lächelte Egon und hielt ihm das Champagnerglas entgegen.

„Was hast du denn?", fragte der Rennstar aus alten Tagen.

„Alles, was du willst. Aktuell hätte ich zum Beispiel einen RS6 mit Vollausstattung da, Neupreis einhundertfünfundneunzig, für dich unter Freunden einhundertzehn. Steht bei meinem Hotel, bei Interesse kannst du ihn jederzeit ansehen. Sind nur eintausend Kilometer drauf. Aber nicht herumerzählen."

„Ein Wahnsinnspreis. Wie geht das denn?"

„Direkter Kontakt zum Management und zur Familie! Du kannst auch einen ohne Vollausstattung haben. Fünfundsiebzig. Dreißigtausend Anzahlung, den Rest bei Fahrzeugübernahme."

„Da legst dich nieder …", sagte der Skistar baff.

Das Gedränge im VIP-Zelt nahm beängstigende Ausmaße an. Später stand Egon an den Pissoirs und traf dort zufällig den Skilehrer von vorhin. Ganz offensichtlich hatte der schon zu viel getankt.

„Deine Alte ist ein scharfes Luder!", meinte der unvermittelt.

„Nicht so scharf wie meine Preise", grinste Egon. Der Skilehrer lachte auf. Dann wurde er ernster.

„Wenn du das sagst … Was zahl' ich dir für einen 911er?"

„Hängt vom Modell ab, da gibt's viele, weißt eh."

„Sagen wir, einen Allrad mit Vollausstattung."

„Listenpreis einhundertneunzig bis zweihundertzwanzig. Bei mir ist es ein Hunderter weniger."

Der Skilehrer pinkelte beinahe aus der Muschel.

„Was?", schrie er, „das ist ja ein Wahnsinn!"

„Nicht so laut, das muss nicht jeder wissen", zischte Egon zurück.

Der Skilehrer biss sich auf die Lippen. „Entschuldige, aber …"

„Passt schon. Aber häng' das nicht an die große Glocke. Eigentlich brauch' ich keine Kundschaft mehr. Ich hab' nur ein begrenztes Sortiment und kann nicht jedem was liefern. Die normalen Händler müssen ja auch überleben."

„Ich versteh' schon."

Tage nach dem Ausflug saß Egon wieder an seinem Schreibtisch.

„Sie sind mir empfohlen worden", betonte der Diplomingenieur, der eben bei ihm Platz genommen hatte.

„Von wem, wenn ich fragen darf?"

„Vom Herrn Oberreiter. Der hat einen Passat bei Ihnen gekauft."

„Ach ja, Franz. Ist er mit dem Auto zufrieden?"

„Sehr zufrieden. Deshalb hat er Sie ja empfohlen. Ich bräuchte einen Kombi, weil ich drei Kinder habe. Einen A4 oder A6 oder so was …"

„Für drei Kinder? Dann brauchen Sie viel Platz. Da

sind die Audis nicht so das Wahre, ein Passat wäre besser, der ist viel geräumiger …"

Egon begann mit seinem Streifzug durch das Einmaleins seines Autowissens. Dann klärte er den Herrn Diplomingenieur über die Möglichkeiten auf.

„Ich habe gerade einen A4-Kombi in Verwendung. Ich gebe Ihnen den für, na, sagen wir einmal zwei Wochen. Dann können Sie das mit den Platzverhältnissen selbst austesten. In voraussichtlich zwei bis drei Wochen krieg' ich einen A6, den können Sie von mir aus auch ein paar Tage ausprobieren, damit Sie den Unterschied kennen. Wenn ich einen Passat kriegen sollte, melde ich mich. Und in etwa drei Monaten bekomme ich einen Q7 rein. Bei einer Bestellung dauert es aber drei bis vier Monate bis zur Lieferung. Anzahlung wäre etwa ein Drittel vom Gesamtpreis, jeweils abhängig vom Modell und der Kilometerzahl. Ganz neu geht natürlich auch."

Als sein Name aus den Lautsprechern kam, mussten die Justizwachebeamten Egon nicht extra auffordern mitzukommen. Er hatte sich schon erhoben und ging zur Türe des Verhandlungssaales.

„Die Handschellen können Sie abmachen, denke ich", meinte der Vorsitzende des Schöffensenates und blickte die Beamten an.

„Wir brauchen wohl keine Angst zu haben, dass Sie aus dem Verhandlungssaal fliehen."

Egon nickte. „Ich bin noch nie vor irgendetwas weggelaufen."

Nachdem der öffentliche Ankläger alle Fakten aus der

Anklageschrift vorgetragen und der Verteidiger die Sicht des Angeklagten umrissen hatte, war Egon an der Reihe, die Fragen des Gerichtes zu beantworten. Er trug einen passgenauen, grauen Anzug. Weißes Hemd, Krawatte, glänzende, dunkle Schuhe … Der Duft seines Deodorants hüllte bald den ganzen Saal ein.

„Schuldig oder nicht schuldig?"

„Eigentlich nicht schuldig!"

„Warum?"

„Weil mein Verkaufsmodell funktioniert hat und auch problemlos weitergelaufen wäre!"

Schon diese Verantwortungsstrategie benötigte eine genauere Befragung. Von der Polizei gab es wenig Zweckdienliches, obwohl sie sich sehr bemüht hatte, Egons Geschäftsstrategie nachvollziehbar zu erheben.

Der Vorsitzende startete ganz von vorne.

„Wie ich es so sehe, haben Sie das erste Auto, das Sie aus der Haft heraus verkauft haben, um 16.000 Euro veräußert. Ist das zutreffend?"

„Richtig", antwortete Egon.

„Warum?"

„Es musste günstig sein, damit es sich herumspricht."

„Verstehe. Sie haben dieses Fahrzeug einem Justizwachebeamten verkauft, beziehungsweise für ihn organisiert?"

„Ja!"

„Jetzt müssen Sie mir aber etwas erklären. Meine Unterlagen sagen, dass Sie dieses Fahrzeug bei einem Händler in Oberösterreich um 22.000 Euro gekauft haben. Das heißt doch, dass Sie da 6.000 Euro Verlust hatten?"

„Stimmt. Aber durch diesen Superpreis sind alle hellhörig geworden. Das hat sich sofort herumgesprochen. Die ersten Folgebestellungen bekam ich noch in der Haftanstalt selbst."

„Mein Mandant hat also zunächst auch Geld in die Hand genommen, um das Geschäft aufzubauen", brachte sich der Verteidiger kurz ein.

„Und woher war das Geld? Sie hatten und haben horrende Schulden."

„Das Geld hat meine Frau organisiert."

„Wie?"

„Das müssen Sie sie selbst fragen", wich Egon aus.

„Stammt das Geld aus Ihren früheren Betrügereien?"

Egon zögerte mit seiner Antwort.

„Stimmt, etwas Geld habe ich noch gehabt, damit wollte ich wieder ins Geschäft einsteigen."

„Das dann auch richtig losgegangen ist, oder?"

„Das ist fast eine Untertreibung. Ich habe in zwei Tagen fünfzig Bestellungen gehabt."

„Und fünfzig Anzahlungen?"

„Ja, die Leute wollen alle günstig Autos kaufen. Die Anzahlungen sind nur so hereingeregnet", führte Egon aus. Eine gewisse Begeisterung war nicht zu überhören.

„Und mit diesem Geld haben Sie dann zumindest teilweise die neu bestellten Fahrzeuge angezahlt?"

„Ja, aber nicht alle. Teilweise habe ich sie erst später bezahlt. Ich hab' so viele bestellt, dass sich das mit der Anzahlung nicht immer gleich ausgegangen ist."

„Das ist nun eine Untertreibung Ihrerseits", warf der Richter ein. „Einige waren nicht angezahlt, zahlreiche Fahrzeuge haben Sie gar nicht bezahlt!"

„Stimmt schon, aber das war nur ein geringer Prozentsatz."

„Wir reden hier von mehr als einhundertachtzig Fahrzeugen", warf der Staatsanwalt mit strengem Blick ein.

„Wie viele Fahrzeuge haben Sie denn gekauft, anbezahlt oder auch nicht?"

„Keine Ahnung, Hunderte ..."

„Das ist nicht verwunderlich. Ihre Preisgestaltung wurde ja immer absurder. Und aus irgendeinem Grund haben die Leute Ihnen das auch immer abgenommen."

„Ich hätte noch über Jahre Autos bestellen und ausliefern können", antwortete Egon mit Überzeugung.

„Das glaube ich Ihnen gerne. Sie verkauften ja auch Fahrzeuge, die im Handel regulär zwischen 120.000 und 160.000 Euro kosteten, um 70.000 bis 80.000. Das kann ja gar nicht legal zugehen ...", antwortete ihm der Richter.

„Mein Mandant war schon immer ein toller Autoverkäufer und war auch immer sehr beliebt. Er hat vielen zu ihren Traumwagen verholfen!", sagte der Verteidiger.

„Mein Vorbild ist Joe Girard!", warf Egon mit verklärtem Blick ein.

„Wer?", entfuhr es dem öffentlichen Ankläger.

„Joe Girard – der beste Autoverkäufer aller Zeiten. Er war zwölfmal im Guinness-Buch der Rekorde!", antwortete Egon mit Begeisterung.

„Und war der auch im Gefängnis?", wollte der Staatsanwalt wissen.

„Keine Ahnung, ich weiß nur, dass er mein großes Vorbild ist. Er hat die meisten Autos verkauft." Egons Augen leuchteten.

„Ja, aber legal, soweit ich weiß", sagte der Vorsitzende. „Bei Ihnen ist das anders. Sie können keinen RS6 neu um achtzigtausend verkaufen, und keinen RS5 um fünfzig. Und einen Elfer kriegen Sie auch nicht neu um neunzig. Das sind alles Fabelzahlen und sonst nichts. Die von Ihnen in einer E-Mail genannten OZ-Felgen gibt es auf der ganzen Welt nicht um einhundertfünfzig."

„Sie kennen sich aus?", meinte Egon jetzt mit einem Blick zum Richter.

„Ja, da brauch' ich nicht mal in der Eurotax-Liste nachschauen. Das geht auch nicht mit Tageszulassung oder Vorführwagen. Blödsinn. Alleine die Extraausstattungen machten gelegentlich schon Ihren Gesamtpreis aus!", setzte der Vorsitzende nach. „Und Sie waren auch nie Unter- oder Zwischenhändler. Sie waren Privatier und sonst gar nichts! Im Endeffekt arbeiteten Sie nach der ‚Loch auf, Loch zu'-Methode, stimmt's?"

„Na ja, wenn Sie es so sagen … irgendwie schon", gestand Egon.

„Wenn Sie so weiter gemacht hätten, hätten Sie diesen Herrn Girard also wirklich noch eingeholt", konstatierte der Staatsanwalt.

Nachdem Egon klar wurde, dass sein System ohnehin durchschaut war, begann er nun recht bereitwillig zu erzählen. Im Vorsitzenden erkannte er dafür einen guten Gesprächspartner. Sie besprachen Preisgestaltungen, Bonuszahlungen, Firmenrabatte und Sondervereinbarungen, Tageszulassungen, Sonderausstattungen, Österreichpakete und dergleichen mehr.

„Wie Sie ‚Elfer' gesagt haben, habe ich gleich gewusst, der kennt sich aus", meinte Egon zuletzt.

Am Ende des Gespräches war der Sachverhalt so klar geworden, dass nur mehr zwei Zeugen vernommen wurden. Zunächst einmal jener Justizwachebeamte, der das erste Fahrzeug gekauft hatte – er beteuerte, keine Probleme mit der Anmeldung gehabt zu haben –, und dann noch der Herr Diplomingenieur.

„Was haben Sie bei ihm gekauft?", wollte der Vorsitzende vom Diplomingenieur wissen.

„Kaufen wollte ich ursprünglich einen A6. Ich bin dann aber längere Zeit einen A4 gefahren, dann einen A6, dann kurz einen Passat. Einen Passat habe ich dann auch bei ihm bestellt, bin aber weiter mit einem A4 von ihm gefahren. Dann erhielt ich einen Q7 und habe daraufhin einen Golf für meine Frau und einen A4 für einen Freund bestellt. Der war extrem günstig. Dann habe ich einen Q5 erhalten, dann wieder einen Passat, und dann noch einen A6. Den A6 habe ich dann auch bestellt, aber nicht bekommen. Stattdessen vorübergehend einen RS6. War ein Superauto. Zuletzt hatte ich einen SQ7 oder wie der heißt. Der ist auch super."

„Und wie viel haben Sie insgesamt angezahlt?"

„Ich weiß es nicht mehr so ganz genau, aber um die einhunderttausend. Und den Leasingvertrag."

„Was für einen Leasingvertrag?"

„Für den SQ7."

„Aha. Damit ich es verstehe: Sie wollten eigentlich einen günstigen A6. Bestellt haben Sie aber einen Passat, einen Golf, einen A4 und einen A6. Und am Ende haben Sie den SQ7 geleast?"

„Ja!"

Der Vorsitzende blickte den Angeklagten an. „Sie verkaufen wirklich dem Papst ein Doppelbett. Es ist eigentlich kaum zu glauben … Diesem steirischen Arzt haben Sie tatsächlich einen Enzo Ferrari verkauft?"

„Ja", antwortete Egon. „Ich glaube, für 200.000 Euro."

„Der kostet in Österreich so um die 370.000, soviel ich weiß …"

„Stimmt schon, bei mir gibt es den aber billiger!", rief Egon.

„Wie ich schon sagte", meinte der Verteidiger, „er ist wirklich ein Tüchtiger. Ein ganz Tüchtiger!"

„Apropos ‚tüchtig'. Was war da eigentlich in Kitzbühel los? Kann da noch etwas nachkommen, so mit Autoverkauf, Anzahlung und so?", wollte der Vorsitzende abschließend noch vom Angeklagten wissen.

„Da kommt nichts mehr dazu. Die reden alle nur wichtig. Ganz geil sind die auf den RS6 gewesen, den ich mir übers Wochenende ausgeliehen hatte. Mit dem Preis bin ich sogar noch runtergegangen. Der Skilehrer hat bei meiner Lebensgefährtin hineingebraten, dass der Rauch schon auf der Streif gestanden ist, und der Ex-Skirennläufer wollte auch gleich einen 911er bestellen. Ich bin auch mit der Anzahlung ganz runtergegangen, aber die haben nicht einmal fünftausend zahlen können, so blank waren die alle. Großes Mundwerk, aber nichts dahinter."

Ganz stimmte es nicht. Den Audi RS6 hatte er zwischen Kitzbühel und Liezen drei Mal verkauft. Anzahlung inklusive. Am Rande: Joe Girard, der „beste Autoverkäufer aller Zeiten", hat allein in seinem stärksten Monat über einhundertsiebzig Autos verkauft. Legal.

Stanislav und Felix
Ein unverbindliches Geständnis

Dieter parkte seinen schwarzen BMW vor dem Hotel. Der Sechszylinder verstummte. Er warf die Autotür zu, zupfte seine dunkle Lederjacke zurecht und setzte Sonnenbrillen auf. Die Cowboystiefel knirschten auf dem Schotter. In der Lobby ging er direkt an die Bar und bestellte einen Whiskey mit Eis.

Benjamin traf kurz darauf ein. Während Dieter sich einen weiteren Whiskey genehmigte, war Benjamin kurz angebunden.

„Wann?", fragte er einsilbig.

„Morgen, wie vereinbart. Gegen drei Uhr. Vielleicht schon gegen zwei."

„Okay. Dann bin ich um zwei da."

„Dann komm' ich auch um zwei. Alles wie zuletzt."

„In Ordnung. Wie viel?"

„Eines, vielleicht sogar zwei."

Damit war ihr Gespräch schon wieder beendet. Der Barkeeper kam heran. Benjamin zog es vor, nicht vor dem Fremden zu reden und ging grußlos wieder nach draußen.

Am nächsten Tag parkte Dieter wie vereinbart auf dem Parkplatz vor einem Einkaufszentrum. Die Sonne brannte vom Himmel, flimmernde Luft über heißen Autodächern. Dieter öffnete das Fenster auf der Fahrerseite, lauschte der Unruhe. Es war richtig viel los. Einkaufswagen wurden scheppernd hin- und hergeschoben, Kofferraumdeckel knallten. Schwitzende Radfahrer schoben sich zwischen den Autos durch. Nichts anderes hatte Dieter erwartet. Hier ging man in der Masse unter. Und es war wichtig, nicht aufzufallen. Er zündete sich eben eine Zigarette an, als Benjamin an die Beifahrertür klopfte und zustieg.

„Alles klar?"

„Logisch."

„Wann kommen sie?"

„Bald. Sind schon in der Nähe."

Weiter wurde nichts gesprochen. Die beiden Männer warteten stumm in der dunklen Limousine. Die drückende Hitze und der monotone Lärm des Parkplatzes wirkten einlullend. Dieter war nicht nervös. Er machte derartige Geschäfte so oft, dass sie Routine geworden waren. Die Zigarette, die er jetzt rauchte, hatte er früher „Beruhigungszigarette" genannt, eine solche hatte er aber nun schon längst nicht mehr nötig. Gewohnheit. Die Zigarette selbst, wie auch diese ganze Sache.

„Da sind sie!", sagte Benjamin plötzlich. „Da, der graue Skoda. Das sind sie. Mit Sicherheit." Dieter nahm einen letzten, tiefen Zug und warf die Zigarette auf den Parkplatz. Zeit für das alte Spiel. Immer noch war er ganz ruhig. In diesem Business musste man hart sein können, sonst ging es nicht. Dieter war es.

„Das ist ja wieder typisch!", schrie plötzlich eine hohe, etwas brüchige Stimme durch das noch offene Fenster auf der Fahrerseite. Eine alte Dame stand draußen. „Nichts arbeiten, aber alles verdrecken!", fauchte sie angriffslustig. Sie zeigte auf die Zigarettenkippe vor ihren Füßen. „Die heben Sie schön wieder auf! Wir brauchen Ihren Dreck hier nicht; dort drüben ist der Mistkübel. Typisch ist das, wirklich; die Wiener-Bazis kommen zu uns und werfen hier ihren Mist weg, damit es bei uns auch so dreckig wird wie bei euch!"

„Ist ja schon gut, regen Sie sich nicht so auf", gab Dieter zurück, immer noch ganz Profi. Unauffällig sein.

„Sie sind ja gar kein Wiener", stellte die Dame fest. „Das hört man sofort. Haben Sie das Auto etwa gestohlen? Sie schauen mir eh ein bisschen verdächtig aus."

Dieter wollte gerade aussteigen und dem Wunsch der Dame nachkommen, um weitere Reibereien zu vermeiden, da blieb auch schon eine zweite ältere Dame stehen und setzte ihre Einkaufstasche ab.

„Was ist denn los, Lisa?", wollte sie von der anderen wissen.

„Nichts Besonderes, Hilde, nur der junge Bursche da schmeißt seine Tschick auf den Boden, das geht nicht!", legte die erste Dame nach. „Vielleicht hat er auch das Auto gestohlen, schau dir an, wie der ausschaut!"

Jetzt reichte es Dieter. Er hatte schon den Mund geöffnet, um der Frau eine anständige Rückmeldung zu geben, da sagte die zweite plötzlich: „Lisa, lass das. Du bist nicht dein Mann, du musst nicht Polizei spielen."

Dieter schluckte ganz schnell hinunter, was ihm eben auf der Zunge gelegen war, zumal jetzt auch noch tatsächlich ein Streifenwagen der Polizei auf den Parkplatz fuhr. Dieter stieg also ganz ruhig aus und bückte sich nach dem Zigarettenstummel. „Ich schmeiß' ihn schon weg …"

„Machen Sie das, sonst zeig' ich Sie an! Die Polizei ist eh schon da", entgegnete die Dame.

Dieter ging zu dem angezeigten Müllkorb und warf die Kippe hinein. Benjamin war inzwischen auch ausgestiegen und folgte ihm. Gemeinsam gingen sie zu dem Skoda. Dieter fühlte den Blick der alten Dame in seinem Rücken, als er und Benjamin in den Fond des Skoda stiegen. Die beiden Männer im Inneren stellten sich als Stanislav und Felix vor. Die vier hatten einander aber kaum begrüßt, da klopfte die Dame von vorhin an die Scheibe neben Dieter. Er kurbelte sie irritiert runter, die Dame steckte sofort ihren Kopf herein.

„Was läuft denn hier, mein Herr? Das sieht alles sehr verdächtig aus, das muss ich Ihnen schon sagen."

Dieter brachte nicht mehr die Geduld für vorgeschützte Freundlichkeit auf.

„Gar nichts läuft, Oma! Hau ab jetzt, oder muss ich grob werden?"

Entrüstet und kopfschüttelnd ging die Dame davon. Felix und Stanislav auf dem Fahrer- und Beifahrersitz blickten einander fragend an. Dieter versuchte, wieder Ruhe in die Situation zu bringen, dann übernahm Benjamin das Reden. Dieter konnte kein Tschechisch. Nach kurzer Rede klärte Benjamin ihn auf, dass alles in Ordnung sei, die Ware im Kofferraum. Ihre Geschäftspartner würden gerne wissen, wo das Geld sei.

„Ist bei uns, ebenfalls im Kofferraum", sagte Dieter.

Er beschloss, die Ware gleich an Ort und Stelle zu kontrollieren, bevor er den Fremden den Schlüssel zu seinem Auto aushändigen würde.

„Jetzt?!" Benjamin schaute ihn ungläubig an.

Dieter stieg aus und blickte sich um. Die Damen von vorhin sah er nirgends. Niemand sonst schenkte ihm Beachtung. „Das passt", sagte er dann in den Wagen, „die Alte ist weg."

Er ging nach hinten, machte den Kofferraumdeckel auf und fand einen Lederkoffer mit einigen in Plastik eingewickelten Päckchen. Er stach mit einem mitgebrachten Messer in eine der Packungen, beugte sich hinunter und roch an dem weißen Pulver. Dann schloss er Koffer und Kofferraum wieder und setzte sich in den Wagen zurück.

„Okay, alright!"

„The money?", fragte jetzt Felix, der Lenker des Fahrzeuges. Dieter gab ihm seinen Autoschlüssel und zeigte in Richtung seines Autos. Da sah er aber die Alte von vorhin, die gerade um den Wagen herumschnüffelte. Sie begutachtete das Innere des Wagens durch eines der Seitenfenster. Die vier blieben sitzen und warteten darauf, dass sie sich wieder trollte. Als sie das endlich tat, konnte Felix hinübergehen. Dieter, Benjamin und der zweite Fremde, Stanislav, blieben sitzen und beobachteten, wie Felix ausstieg und zu Dieters Wagen schlenderte.

Felix ging zu dem dunklen BMW und öffnete den Kofferraum. Eine Tasche. Er zog den Reißverschluss ein Stück auf und sah hinein. Viel Geld. Felix trat neben den Wagen und gab Stanislav den Daumen nach oben. Plötzlich erschien eine ganze Gruppe vermummter Gestalten und umstellte den Skoda innerhalb eines einzigen Augenblickes, die Waffen im Anschlag. Bevor Felix noch Zeit für einen Gedanken hatte, packte ihn jemand von hinten und drückte ihn zu Boden. Handschellen klickten. Felix konnte gerade noch den Kopf heben und beobachten, wie die Vermummten die anderen drei aus dem Skoda zogen. Das Ganze dauerte nicht mehr als ein paar Sekunden.

Die Türe wurde geöffnet, und Untersuchungsrichter Wasakovsky betrat den Einvernahmeraum, in dem es sonst nicht mehr als zwei Stühle und einen alten Holztisch gab. Felix saß auf einem der Stühle. Wasakovsky bat den Dolmetscher herein.

„Ich bin der zuständige Untersuchungsrichter."

„Ja, ich verstehe." Felix sprach und verstand Deutsch perfekt.

„Sie heißen?"

„Felix."

„Ihre persönlichen Angaben sind richtig?"

„Ja."

„Sie wissen, worum es geht?"

„Ja, selbstverständlich!", betonte Felix ohne Akzent.

„Ich verkünde Ihnen den Beschluss auf Einleitung der Voruntersuchung. Gegen Sie besteht der Verdacht des Suchtgiftschmuggels und der Inverkehrsetzung von übergroßen Suchtgiftmengen laut Suchtgiftgesetz." Wasakovsky nannte die betreffenden Paragrafen, informierte und belehrte Felix, wie das Gesetz es vorschrieb. Der junge Mann verstand alles. Der Dolmetscher musste nur aus Sicherheitsgründen bleiben.

„Sie haben auch schon Aussagen bei der Polizei gemacht. Sind die richtig?"

„Ja, ich habe schon alles erzählt. Ich fühle mich auch in allen Punkten schuldig. Es stimmt, was die Polizei geschrieben hat, und ich gebe auch alles zu."

„Auch das, was Sie über die Hintergründe in Prag erzählt haben, stimmt?"

„Ja, es war genau so, wie ich angegeben habe."

„Ihr Motiv?"

„Geldprobleme. Stanislav ist ein Freund von mir. Ich hab' ihm davon erzählt, und er hat mir eine Möglichkeit geboten, an Geld zu kommen."

„So etwas nennen Sie einen Freund? Nachdem er Sie in diese Geschichte hineingezogen hat?"

„Er hat mich zu nichts gezwungen. Ich habe freiwillig mitgemacht."

Einen derart einsichtigen Beschuldigten hatte Wasakovsky schon lange nicht mehr erlebt. Felix erzählte alles, was der Richter wissen wollte. Seine Aussage passte nicht nur widerspruchsfrei zu seiner Aussage vor der Polizei, sondern auch zu den restlichen polizeilichen Ermittlungsergebnissen.

„Sie wollten also Suchtgift in großen oder auch übergroßen Mengen von Prag nach Wien und dann weiter nach Graz transportieren – also auch über die Grenze schmuggeln – und hier irgendwelchen Abnehmern übergeben, wofür Sie auch Geld bekommen sollten?"

„Ja. Stanislav hat das alles organisiert. Ich bin mit ihm in Prag zu ein paar Typen gefahren, die ich nicht gekannt habe, er aber offensichtlich schon. Ich habe dann eine große Tasche gekriegt, in der das Kokain war. Wie viel genau, habe ich nicht gewusst, Stanislav sprach von fünf bis zehn Kilogramm."

„Und wenn in der Tasche Heroin oder auch Waffen gewesen wären?"

„Darüber habe ich mir keine Gedanken gemacht, wahrscheinlich hätte ich es aber trotzdem getan. Die Rede war immer nur von Kokain."

„Haben Sie das Kokain gesehen?"

„Ja, es war in der Tasche. In Plastik verpackt."

„Haben Sie es getestet? Nehmen Sie selbst Suchtgift, insbesondere Kokain?" Wasakovsky sah Felix prüfend an.

„Nein, ich habe nie etwas genommen. Ich habe auch gar nicht das Geld dafür. Getestet habe ich es auch nicht, warum hätte ich das tun sollen?"

„Wegen der Qualität zum Beispiel?"

„Da gab es für mich nichts festzustellen. Ich kenne mich damit nicht aus. Stani sagte, dass es ein super Stoff sein soll."

„Also etwas Hochwertiges?"

„Ja, sonst würde sich die Fahrt ja nicht auszahlen." Wasakovsky hob anerkennend die Augenbrauen. Da redete jemand Klartext.

„Hat Ihnen Stanislav etwas davon erzählt, dass er andere Leute mit der Substanz betrügen wollte? Also, dass er beispielsweise Heroin liefert, aber von Kokain spricht, oder umgekehrt?"

„Nein, davon weiß ich nichts."

„Was haben Sie im Auto gesprochen?"

Auf diese Frage hin erzählte Felix dann die ganze Geschichte so, wie sie auch im Observierungsbericht der Polizei zumindest teilweise niedergeschrieben war. Er berichtete auch ausführlich über die alte Dame. Wasakovsky musste fast lachen. Die Geschichte endete damit, dass Felix zu dem fremden BMW ging und dort von der Polizei fixiert wurde. Im Gespräch stellte sich heraus, dass Felix die alte Dame im Verdacht hatte, selbst bei der Polizei zu sein.

„Was sagen Sie abschließend zum Antrag der Staatsanwaltschaft auf Verhängung der Untersuchungshaft wegen Flucht-, Verdunkelungs- und Tatbegehungsgefahr?"

„Dagegen kann ich nichts sagen, Sie müssen mich ja einsperren." Eine solche Antwort kam auch eher selten vor. Wasakovsky blätterte nochmals durch den Akt, um sicherzugehen, dass er nichts übersehen hatte.

Dann erklärte er: „Nehmen Sie bitte zur Kenntnis … den Beschluss auf Abweisung des Antrages auf Untersuchungshaft – und den Beschluss auf Enthaftung. Sie dürfen gehen. So wie ich das sehe, wird das Verfahren gegen Sie eingestellt."

Felix blickte den Richter ungläubig an. Unmöglich, dass noch mehr Unverständnis in einen einzigen Blick passen könnte.

„Wie? Warum?"

Wasakovsky nahm dem Beschuldigten die Überraschung ab. Der spielte nichts vor. Dann erklärte Wasakovsky, was Felix bisher noch nicht gewusst hatte: Das vermeintliche „Kokain" war in Wahrheit eine Substanz, die in Österreich gar nicht unter das Suchtgiftgesetz fiel. Und im Falle Felix' gab es keine Anhaltspunkte dafür, dass er wusste, dass sein Freund Stanislav diesen Betrug versucht hatte. Felix, der gerade noch angenommen hatte, mit Sicherheit eingesperrt zu werden, war frei. Er durfte gehen.

Eine kleine Sache am Rande dieser Begebenheit soll den werten Lesenden an dieser Stelle nicht vorenthalten werden: Circa zwei Wochen später meldete sich eine alte Dame beim Landesgericht für Strafsachen. Sie berichtete von sonderbaren Vorkommnissen auf einem Parkplatz im Grazer Bezirk Eggenberg: „Ich sag' Ihnen, da ist was gelaufen!" Nachdem man ihr versichert hatte, dass die Justiz sich des Problems bereits angenommen und alles geklärt hatte, war sie kurz angebunden und hatte es plötzlich eilig. „Das muss ich sofort meiner Hilde erzählen!"

Wolfgang und Renate
Ein Ausflug auf die andere Seite

Die Pausenglocke war noch nicht verklungen, da öffnete sich schon die Türe des Lehrerzimmers und Wolfgang stürmte in den Raum. Er hatte es heute eilig, wollte dringend nach Hause. Er legte seine Bücher auf seinen Platz, Kugelschreiber und Lesebrille, schob den Sessel unter den Schreibtisch – Ordnung muss sein – und nahm seinen Wintermantel vom Garderobenhaken.

„Wir müssen unbedingt die festen Winterschuhe mitnehmen", rief er seiner Frau entgegen, als er die Wohnungstüre öffnete. Vor ihnen lag ein perfektes Wochenende in der Bundeshauptstadt. Sie hatten ein gemütliches Hotel im Zentrum ausgewählt, in dem sie vor Jahren schon einmal gewesen waren. Zwei schöne, gemeinsame Tage, vielleicht noch eine Ausstellung, alles ganz ohne Stress und Zwang.

Nachdem sie das Hotelzimmer bezogen und sich erfrischt hatten, genossen sie ausgelassen die abendliche Stimmung der belebten Fußgängerzone. Die strahlenden Lichterketten gaukelten eine Wärme und Behaglichkeit vor, die es in Wirklichkeit nicht gab: Eine kühle Brise fegte winterliche Eiskristalle durch die Schluchten der Häuserblocks. Wolfgang und Renate schmiegten sich eng aneinander. Nach einer ausgiebigen Stärkung in einer entzückenden kleinen Gaststätte gingen sie innerlich gewärmt und beschwingt weiter. Sie küssten sich auf der Straße und kamen sich dabei vor wie verliebte Teenager. Da entdeckte Renate einen kleinen Laden, vor dem sie unvermittelt anhielt. Funkelnde kleine und große Preziosen lagen im Schaufenster, fingen ihren Blick.

Wolfgang wurde von zwei Beamten in den Verhandlungssaal gebracht. Der eine musste ihn dafür an der Schulter fassen und schob ihn mit sanfter Gewalt vor das hohe Gericht.

Der Richter blickte über seine Brille, direkt in Wolfgangs Gesicht.

„Warum kommen Sie nicht zur Verhandlung? Die Ladung wurde Ihnen bereits zweimal zugestellt – nachweislich. Und Sie kommen einfach nicht."

Wolfgang, alleine vor der Richterbank stehend, sagte nichts.

„Nehmen Sie Platz!", forderte ihn der Vorsitzende des Gerichtshofes auf. „Sie stehen als Zeuge vor Gericht und unterliegen der Wahrheitsverpflichtung. Eine falsche Zeugenaussage ist strafbar. Wobei das mit der Aussage bei Ihnen nicht wörtlich zu nehmen ist, Sie haben ja bis dato nichts ausgesagt. Ich mache Sie aber hiermit darauf aufmerksam, dass Sie zu einer Aussage verpflichtet sind! Sie haben kein gesetzliches Entschlagungsrecht." Die Worte des Richters waren unmissverständlich.

„Ich glaube aber, dass ich Ihnen das nicht erklären muss", fuhr er nach einer kurzen Pause fort. „Sie werden das wissen, als AHS-Lehrer?"

Natürlich wusste Wolfgang das. Er liebte Krimis, Romane wie Filme. Aber das hier war kein Krimi, kein Roman und kein Film. Es war die Wirklichkeit. Und so sehr er es sich wünschte, er kam aus dieser Wirklichkeit nicht mehr weg, die von einem Augenblick auf den anderen in sein Leben eingebrochen war. Die ihn nachts schreiend aufwachen ließ, ihn mit Haut und Haar verschlungen hatte.

Als Lehrer war er beliebt, sogar bei den Schülern. Nun aber fiel er schon seit Wochen aus, sperrte sich zu Hause ein, zog sich völlig in sich zurück. Und wartete darauf, dass diese neue Wirklichkeit, die es eigentlich nur im Krimi geben durfte, ihn endlich wieder ausspuckte. Aber das Monster hielt die Zähne geschlossen. Wolfgang hatte mittlerweile nicht nur Angst im Dunkeln, er hatte immer Angst. Und es ging nicht nur ihm so. Seine Frau Renate war nicht mehr Renate. Sie war ein Schatten ihrer selbst, hatte schon seit Tagen kein einziges Wort mehr gesprochen. Sie beide, Renate und Wolfgang, waren eigentlich schon tot. Und weil Wolfgang tot war, war er auch nicht zu der früheren Gerichtsverhandlung erschienen.

Das Gericht sah dies naturgemäß anders. Dass Wolfgang weder offiziell noch inoffiziell tot war, war auch der Grund dafür, dass die Polizei ihn diesmal per Gerichtsauftrag abgeholt und zur Hauptverhandlung gebracht hatte. Im Dienstwagen der Polizei hatte er das Dunkel im Fußraum der zweiten Sitzreihe angestarrt, als ob er dort Erlösung hätte finden können. Auch Renate war von einer Polizeistreife abgeholt und zu Gericht gebracht worden, zwei Beamtinnen hatten sich um sie gekümmert. Sie hatte sich widerstandslos mitnehmen lassen. Ihr eigentlich schönes Gesicht war aschgrau und wirkte eingefallen.

Wolfgang saß wie in Trance auf dem Stuhl vor der Richterbank, seinen Tunnelblick auf zwei Männer und eine Frau im Talar gerichtet. Er wünschte sich an den Tag zurück, an dem er mit Renate durch die Stadt geschlendert war. Einmal anders abbiegen, und das Leben liefe ganz normal weiter. Wie hatte er sich noch auf dieses Wochenende gefreut, auf das warme Hotelzimmer. Auf das Leuchten in Renates Augen, einen Schluck guten Weines, das gemeinsame Liegen im fremden Hotelbett. Einmal nicht an die Tagesquerelen in der Schule denken. Aber alles war vorbei gewesen, schon bevor er es in das fremde Bett geschafft hatte. Innerhalb eines einzigen Augenblicks …

„Ich spreche mit Ihnen!", sagte der Vorsitzende und holte Wolfgang aus den Bildern, die sich in ihm auftürmten.

„Oder sind Sie zu müde? Durch die weite Anreise schon so erschöpft?"

Die Frage des vorsitzenden Richters zeigte, dass der nicht einmal annähernd ahnte, was sich in Wolfgangs Innerstem gerade abspielte.

„Sie waren am 7. Dezember in der Stadt und befanden sich vor dem Juweliergeschäft", setzte der Verhandlungsrichter neu an. Da Wolfgang immer noch keine Reaktion zeigte, wiederholte der Richter den Satz, lauter als zuvor. Ein Ruck ging durch Wolfgang. Er fasste sich, so gut es ging.

„Ich war nicht in dieser Stadt", kam es ihm dann leise über die Lippen. Seine Stimme zitterte.

„Bitte? Sprechen Sie bitte laut und deutlich in das Mikrofon!"

„Ich war nicht in dieser Stadt!", presste Wolfgang mit aller Kraft heraus.

„Wie bitte?"

„Ich war nicht da."

„Sie waren nicht da?"

„Nein, ich war nicht da!"

„Und wie kommt die Polizei dann auf Ihre Daten, wenn Sie gar nicht dort gewesen sind?"

„Kann ich nicht sagen", entgegnete Wolfgang.

„Sie können das nicht sagen?" Aus der Tonlage konnte man ableiten, dass der Richter ungeduldig wurde. Wolfgang war ein erwachsener Mann, mitten im Leben. Er war ein Lehrer, ein Mann der Bildung. Der Verfahrensrichter hatte aber das Gefühl, er spräche mit einem Kind.

„Finden Sie das witzig?", fuhr der Vorsitzende Wolfgang unvermittelt an. Wolfgang machte das alles wesentlich komplizierter als nötig.

„Nein, warum?"

„Wir stellen hier die Fragen, nicht Sie!"

„Bitte, fragen Sie."

„Das habe ich bereits! Ich wiederhole die Frage noch einmal: Waren Sie am 7. Dezember hier in der Stadt?"

„Nein, das kann ich ausschließen."

Der Richter atmete durch und versuchte, seine Lautstärke wieder etwas zurückzunehmen: „Herr Zeuge, es gibt eine Videoaufzeichnung, auf der man Sie mit Ihrer Frau vor der Auslage des Juweliergeschäftes sieht. Und im

Anschluss an den Vorfall wurden Sie und Ihre Frau in der Nähe des Ladens angetroffen. Können Sie mir das bitte erklären?"

„Nein, wir waren dort nicht."

„Also handelt es sich um einen Irrtum der Polizei? Und das Video ist auch falsch?"

„Wahrscheinlich."

„Nochmals: Die Polizei kommt nach dem Vorfall an den Tatort. Sie werden beide vor Ort angetroffen und auch befragt."

„Nein, das stimmt nicht."

„Sie sind aber befragt worden! Sie haben nur keinerlei Angaben gemacht. Sie wurden auch vom Kriseninterventionsteam betreut! Das steht doch alles im Akt."

Der Vorsitzende rückte seine Brille zurecht und blätterte in den Unterlagen. Die paar Sekunden halfen ihm, sich zu sammeln.

„Da, unter der Ordnungsnummer vier auf Aktenseite zweiunddreißig ist das sogar vermerkt", setzte er dann fort. „Inklusive Ihrer personenbezogenen Daten."

„Das kann ich mir nicht vorstellen. Ich weiß nicht, wovon Sie sprechen." Wolfgang blickte auf seine Füße, ließ die Schultern hängen.

„Herr Magister, das ist ein vollkommener Unsinn, was Sie da von sich geben!", fuhr jetzt der öffentliche Ankläger den Lehrer an. „Ich verstehe durchaus, dass Sie Angst haben. Das berechtigt Sie allerdings nicht, uns anzulügen! Sie dürfen keine Geschichten erfinden." Der Staatsanwalt war wie der Richter mit seiner Geduld am Ende.

„Ich erfinde keine Geschichten", entgegnete Wolfgang.

„Da stimme ich Ihnen sogar zu! Sie erfinden keine Geschichte, Sie verheimlichen eine!"

„Ich kann nichts verheimlichen, was ich nicht erlebt habe", erklärte Wolfgang. Seine Stimme hörte vernehmlich auf zu zittern. Er wirkte beinahe ruhig, gefasst, als hätte er eine undurchdringliche Maske auf seinen Zustand gesetzt. Dann sagte er, direkt an den Richter gewandt: „Sie haben die Geschichte auch nicht erlebt. Sie kennen sie nur aus Ihren Akten, und da steht etwas drinnen, was nicht richtig ist. Ich war nicht in der Stadt." Es klang trotzig.

„Ich wiederhole: Sie wissen, dass eine falsche Zeugenaussage strafbar ist?"

„Ja."

„Und Sie bleiben bei Ihrer Aussage?"

„Ja."

„Herr Zeuge!", versuchte es der Vorsitzende ein letztes Mal, „wir wissen, dass Sie an diesem Tag dabei waren und den gegenständlichen Vorfall unmittelbar miterlebt haben. Sie und Ihre Frau. Uns allen ist bewusst, dass das furchtbar für Sie gewesen sein muss. Der Täter ist aber mittlerweile gefasst. Sie sind vor ihm in Sicherheit ... Wir verstehen, dass Sie Angst haben. Aber Sie müssen auch verstehen, dass wir unsere Arbeit machen müssen. Und es geht nicht, dass Sie hier die Unwahrheit erzählen!"

Wolfgang blickte den Richter an. Dass dieser recht hatte, war ihm durchaus klar. Aber der Richter verstand Wolfgangs Situation nicht, konnte sie gar nicht verstehen. Er kannte das Monster nicht, das sich in Wolfgang eingenistet hatte. Sollte man sie eben strafen. Es gab nichts, was Wolfgang und Renate noch zu verlieren hatten. Die Hölle war in ihnen. Keine Frage, keine Antwort, keine Strafe vermochte das zu ändern.

Umgekehrt war es ähnlich. Scheinbar verstand auch Wolfgang die Situation des Richters nicht. Was der Vorsitzende gesagt hatte, stimmte natürlich. Der Täter war bereits gefasst. Was nun noch fehlte, war eine eindeutige Identifizierung durch die Augenzeugen. Er sah Wolfgang an. Wolfgang, in dessen Augen eine Panik loderte, die heiß genug war, seine Vernunft zu verbrennen. Einige quälende Augenblicke lang sagte niemand etwas. Nur eines hatten sie gemeinsam, Wolfgang und dieses Trio, das ihm gegenübersaß: Sie alle versuchten, aus den Blicken der jeweiligen anderen etwas zu entnehmen.

„Ich gebe auf!", sagte der Richter endlich, mehr zum Staatsanwalt als zu Wolfgang.

Wolfgang durfte gehen. Er wartete vor dem Gerichtssaal auf Renate, sie wurde nach ihm vorgeführt. Wolfgang harrte in einem grauen, unbeleuchteten Raum aus, atmete die stickige Luft und fühlte sich von der aussichtslosen Tristesse bald umfangen. Überraschend war Renate aber bereits nach wenigen Minuten wieder bei ihm. Die Geduld des Richters war offenbar wirklich zu Ende.

„Fertig?"

„Ja, fertig." Renates leblose Stimme war so leise wie die ihres Mannes.

Drei Monate später betraten Wolfgang und Renate wieder einen Verhandlungssaal. Heute war es aber kein Geschworenenverfahren, sondern ein Einzelrichterverfahren. Und Wolfgang und Renate waren keine Zeugen mehr, sondern

Angeklagte. Beide. Falsche Zeugenaussage vor Gericht. Diesmal hatten sie sich freiwillig eingefunden und mussten nicht von der Polizei vorgeführt werden. Viel hatte sich seit der letzten Verhandlung in der Bundeshauptstadt nicht geändert. Nur die Berufsbezeichnung war bei Wolfgang nun eine andere.

„Sie sind also Lehrer von Beruf?", wollte der Richter wissen. Es war nicht derselbe wie beim letzten Mal, er kannte aber die Akten des ersten Verfahrens.

„Nicht mehr. Ich bin mittlerweile im Ruhestand. Krankheitsbedingt", antwortete Wolfgang einigermaßen gefasst.

„Und Sie?", fragte der Richter an Renate gewandt.

„Ich bin arbeitslos, ich wurde gekündigt."

„Sie waren zuvor eine leitende Angestellte."

„Ja."

Der Staatsanwalt trug die Anklage vor, wonach beide anlässlich der früheren Hauptverhandlung falsch ausgesagt hätten. Nähere Details sparte sich der Ankläger, verwies auf die Aktenlage.

„Was sagen Sie zur Anklage?", begann der Einzelrichter die Befragung, „denken Sie daran: ein Geständnis ist ein Milderungsgrund!"

Sowohl Wolfgang als auch Renate plädierten auf nicht schuldig. Sie wären weder in der Stadt noch bei diesem Vorfall dabei gewesen, führte Wolfgang unmissverständlich nicht nur für sich, sondern auch gleich für seine Gattin aus. Diese ergänzte nur: „Nicht schuldig."

Der Richter blätterte im Akt. Nicht, weil er noch wirklich etwas darin nachlesen musste. Natürlich hatten die beiden sich früher ganz genau so verhalten. Dann verkündete er den Beschluss auf getrennte Einvernahme der beiden Angeklagten und schickte Wolfgang aus dem Verhandlungssaal.

„Frau S.", begann der Richter, nachdem die Tür sich leise hinter Wolfgang geschlossen hatte, „ich bin heute in der Situation, nicht für Schöffen oder Geschworene verhandeln zu müssen. Wissen Sie, was das bedeutet?"

„Nein", antwortete Renate mit dünner, unsicherer Stimme.

„Das heißt, dass ich eigentlich nicht mehr viel fragen muss. Sie dürfen mir glauben, dass ich den gegenständlichen Akt gelesen habe. Ich weiß also sehr gut, worum es geht."

„Drehen Sie sich bitte einmal um", setzte der Richter fort, „und schauen Sie in die Zuschauerränge. Da ist niemand. Nicht einmal die Presse und auch nicht eine Person, die dieser Prozess interessiert. Sie müssen also keine Angst haben. Ich weiß, was Sie mitgemacht haben."

Obwohl Renate beim Betreten des Saals schon bemerkt hatte, dass in den Zuhörerreihen im Gegensatz zum letzten Mal niemand saß, drehte sie sich um und betrachtete die leeren Ränge.

„Da ist niemand, vor dem Sie Angst haben müssen!", bekräftigte der Richter. „Ist alles korrekt, was in dem Akt steht?"

Renate drehte sich wieder zu ihm um, blickte mit großen Augen an ihm vorbei. In ihrem Inneren arbeitete es erkennbar, sie blieb aber stumm.

„Nochmals, Frau S. Ich habe alles gelesen. Ich weiß –

wir beide wissen –, dass Sie damals in der Stadt waren." Das Wort „Angeklagte" kam nicht über seine Lippen. Es hätte nichts gebracht, diese Frau unter Druck zu setzen.

Renate machte immer noch keine Anstalten, etwas zu erwidern. Der Richter blieb in lockerem Gesprächston.

„Sie waren also in der Stadt. Und es hat sich damals alles so zugetragen, wie es die Polizei protokolliert hat. Das stimmt, oder?"

Renate sah weiterhin wortlos geradeaus. Ihren Augen war abzulesen, dass sie einen bestimmten Punkt außerhalb des Raumes anstarrte. Eine Erinnerung.

„Sie waren damals dabei." Es war eine Feststellung, keine Frage.

„Nein", hauchte sie. Dann, beinahe unhörbar: „Ich fühle mich nicht schuldig."

„Das ist Ihre Sicht der Dinge … Sie waren offiziell nie in dieser Stadt. Sie waren auch nicht vor Ort. Sie sind mit Ihrem Mann auch nicht vor dem Schaufenster dieses Juweliers gestanden, als der Besitzer des Ladens herausgekommen ist und Sie ersucht hat, etwas zurückzutreten, damit er seine Rollläden herunterlassen konnte. Sie waren auch nicht dabei, als ein dunkel gekleideter Mann mit Hut diesen Juwelier angesprochen und dessen Namen genannt hat. Und ebenso waren Sie nicht dabei, als der Juwelier als Angesprochener diesen Namen bestätigte."

Dass der Mann dem Juwelier daraufhin eine Pistole mit Schalldämpfer an den Kopf gehalten und drei Mal abgedrückt hatte, erwähnte der Richter nicht mehr. Auch nicht, dass Renate und Wolfgang mit schreckgeweiteten Augen dem Täter aus nächster Nähe ins Gesicht geblickt und erwartet hatten, dass weitere Schüsse folgen würden. Auch jetzt starrte Renate den Richter mit aufgerissenen Augen an. Entweder ihn - oder immer noch diese Erinnerung.

„Und weil Sie seitdem Todesangst haben, haben Sie auch nichts zu Protokoll gegeben. Sie müssen nichts mehr sagen, ich verstehe alles. Wenn das also so richtig ist, wie ich es jetzt geschildert habe, dann sagen Sie jetzt nichts dazu", schloss der Richter.

Die Angeklagte blieb stumm.

Keine Minute später betrat Wolfgang den Saal. Auf die Frage, ob er sich schuldig fühle, falsch ausgesagt zu haben, antwortete er wie gehabt: „Nicht schuldig. Ich war nie in dieser Stadt. Meine Frau auch nicht."

Als Wolfgang und Renate nach geschlossener Verhandlung den Saal verlassen wollten, ließ der Verhandlungsrichter sie wissen, dass der wegen Auftragsmordes Angeklagte anhand einer eingehenden Analyse der Videoaufzeichnung inzwischen eindeutig als Täter identifiziert und verurteilt worden sei.

„Wollte dieser Mörder Sie als Zeugen auch töten, hätte er das am 7. Dezember gemacht. Er sitzt jetzt in lebenslanger Haft. Außerdem kann ich mir nicht vorstellen, dass er noch Interesse an Ihnen hätte. Sie waren nicht ausschlaggebend für seine Verurteilung!"

Erstmals seit Langem schöpften Renate und Wolfgang Hoffnung, in jenes Leben zurückkehren zu können, aus dem es sie so jäh herausgerissen hatte. Wolfgang entsorgte seine Kriminalromane. Er sah auch niemals mehr einen

Krimi im Fernsehen. Sie waren nichts als Gedankenspiele. Die Realität war anders. Ganz anders. Eine einzige Kostprobe der tatsächlichen Wirklichkeit hätte ihn fast für immer verdorben.

Der Auftragsmörder erlebte die Rechtskraft des Urteiles indes nur kurz. Auch für ihn wäre vielleicht alles anders verlaufen, wenn er in seinem Leben nur ein Mal anders abgebogen wäre. So aber fand man ihn erhängt in seiner Zelle. Mit einem Strick, den es offiziell in diesem Raum gar nicht geben konnte. Als der Richter des zweiten Verfahrens das durch Zufall erfuhr, verständigte er umgehend Renate und Wolfgang.

Kurz darauf erhielt der Richter einen Brief. Er öffnete das Kuvert und zog Blatt für Blatt heraus. Zehn Seiten, sauber gefaltet. Und alle leer. Auf der letzten, der zehnten, fand er schließlich ihre Worte: „So viel hätte ich Ihnen zu schreiben, aber ich kann nicht. Meine Glückstränen ersticken mich. Mit innigem Dank! Renate."

Matthias Clostermann
Prototyp
Thriller

ISBN 978-3-99200-315-0
ca. 250 Seiten, Klappenbroschur
ca. (D) **€ 19**

Ein schwerer Motorradunfall zerstört binnen Sekunden das Leben des jungen Elitesoldaten Stefan Roth. Als dieser danach aus einem langen Koma erwacht, ist er mit einer furchtbaren Tatsache konfrontiert. Er hat bei dem Unfall beide Arme und Beine verloren und sieht einem Leben als hilfloser Krüppel entgegen – bis geheimnisvolle Besucher ihm einen ungeahnten Ausweg aus seiner Misere anbieten. Als Testperson eines geheimen militärischen Forschungsprogramms der Europäischen Union wird er als erster Mensch eine gänzlich neue Art von Neuroprothesen bekommen – Hightech-Roboter-Gliedmaßen, verbunden mit den Muskeln und Nerven seines Körpers, welche er mit seinem Gehirn steuern kann. Das Experiment und die Operationen gelingen tatsächlich, aber hinter der segensreichen Forschung lauert eine dunkle Seite. Denn mithilfe seiner künstlichen Gliedmaßen kontrolliert ihn auch ein anderer. Als der freundliche, aber geheimnisvolle Leiter der Forschungsgruppe und die leitende Ärztin brutal ermordet werden, nehmen die Dinge für Stefan Roth eine gefährliche Wendung. Gemeinsam mit seiner attraktiven Physiotherapeutin und einem jungen Techniker flüchtet er aus der Forschungseinrichtung und macht nun Jagd auf diejenigen, die versuchten, ihn als Prototyp einer menschlichen Waffe zu missbrauchen.